RAVAGE

www.casterman.com
casterman
87, quai Panhard-et-Levassor
75013 Paris

Publié en Grande-Bretagne par Scholastic Children's Book, Londres,
sous le titre : *Havoc*

ISBN 978-2-203-024359

Achevé d'imprimer en juin 2010, en Chine.
Dépôt légal : août 2010 ; D.2010/0053/257
Déposé au ministère de la Justice, Paris (loi n° 49.956 du 16 juillet 1949
sur les publications destinées à la jeunesse).

RAVAGE

CHRIS WOODING

Illustrations Dan Chernett
Traduction Faustina Fiore

VILLES

L'orage

1

Seth n'avait jamais vu un orage arriver si vite. Comme si le mauvais temps avait été dirigé précisément contre lui, telle une énorme main prête à le saisir. Une angoisse diffuse l'envahissait peu à peu, le prenait à la gorge.

Le tonnerre grondait au-dessus de sa tête tandis qu'il courait sur le chemin. Des nuages noirs semblables à des taches d'encre glissaient sur l'horizon. Une bruine froide avait commencé à arroser le petit village de Hathern, intensifiant le froid de cet après-midi d'octobre. Un vent féroce lui cinglait les oreilles et agitait ses cheveux en bataille.

Il portait le bibelot sous sa veste et le serrait contre lui tout en courant. Quelque chose lui disait de le cacher, comme si le ciel noir avait été constellé d'yeux ennemis.

Quand il arriva chez lui, il pleuvait des cordes. Il referma la porte d'entrée et s'y adossa pour reprendre son souffle. Dans le salon, ses parents regardaient la télévision, comme d'habitude.

« Le temps se gâte, hein ? » commenta sa mère. Son père répondit par un grognement peu intéressé.

Ne se rendaient-ils compte de rien ? Ne ressentaient-ils pas la terreur de l'orage, l'impression terrible qu'il s'apprêtait à les dévorer ? Non. Bien sûr que non. Si on n'en parlait pas à la télévision ou dans les journaux, ça ne les intéressait pas.

Il monta rapidement dans sa chambre. Le vent avait redoublé de vigueur et faisait trembler la fenêtre. La pluie fouettait la vitre. Il faisait presque nuit, alors que quatre heures n'avaient même pas encore sonné. Seth n'était pas facile à effrayer, mais il avait peur.

Il tira les rideaux, sortit le bibelot qu'il venait de prendre chez Kady et le posa sur son lit.

Le regarder lui donnait la chair de poule. Un horrible monstre semblable à une pieuvre le fixait de ses yeux morts. Ses tentacules de pierre enserraient un minéral laiteux de la forme d'un œuf.

Ainsi posé sur la couette dans la pénombre, il n'avait rien de spécial en dehors de sa laideur. Un éclair alluma les rideaux. Au loin, un chat miaulait.

Lentement, Seth se pencha et prit l'objet, froid au toucher. Il examina l'œuf emprisonné dans les tentacules du monstre.

On voyait de la lumière à l'intérieur. Une sorte de ver fluorescent se tortillait et s'enroulait sur lui-même comme un serpent. Le bibelot devint chaud dans sa main, et la lumière augmenta jusqu'à ce que l'œuf éclaire son visage à la façon d'un soleil miniature.

De la *vie*. Il y avait quelque chose de vivant là-dedans.

« On te cherche, pas vrai ? murmura-t-il. On nous cherche tous les deux. »

2

Seth attrapa un sac à dos et y fourra précipitamment quelques vêtements. Il enveloppa le bibelot dans un T-shirt et le mit dans le sac. La lumière déclina et s'éteignit dès que l'objet ne fut plus en contact avec sa main.

Le garçon chercha ensuite la boîte où il conservait son argent de poche. Elle se trouvait derrière tout un bric-à-brac où l'on pouvait distinguer une batte de baseball, un ballon de basket et la roue avant d'un VTT. Seth avait toujours été un garçon très dynamique, peu intéressé par les jeux vidéo ou la télévision, mais il avait tendance à abandonner ses activités aussi vite qu'il en commençait d'autres. Rien n'était suffisamment palpitant à ses yeux. Tout était trop encadré, pas assez aventureux.

Jusqu'au jour où il avait découvert Malice. Un monde à l'intérieur d'une bande dessinée.

Il ouvrit la boîte et saisit une poignée de billets froissés qu'il enfonça dans ses poches. Quand reviendrait-il ? Peut-être jamais.

Il y eut un cliquetis sur le toit, comme si celui-ci

avait été traversé par une multitude de crabes. Les cheveux de Seth se dressèrent sur sa tête. Il leva les yeux.

Je connais ce bruit.

Il fallait qu'il se dépêche. Un éclair illumina la pièce, et le tonnerre résonna aussitôt après. L'orage était presque sur eux. Seth revêtit un blouson et enfila son sac à dos. Il s'apprêtait à sortir de sa chambre quand sa mère ouvrit la porte.

« Tu as entendu l'orage ? s'exclama-t-elle, souriante. On dirait que c'est la fin du… » Elle s'interrompit brusquement en apercevant son manteau et son sac. « Tu sors ? Par ce temps ? »

Elle portait un sweat-shirt et un pantalon de jogging. Ses cheveux blonds viraient au gris de jour en jour. Elle les coupait court, pour ne pas avoir à s'en occuper. Une expression de profonde incrédulité était dépeinte sur son visage rond et joyeux.

C'est comme ça que je me souviendrai d'elle, pensa tristement Seth. *Avec cet air de ne jamais vraiment comprendre ce qui se passe.*

« Il faut que je parte, dit-il.

— Que tu partes où ?

— Je ne sais pas. Ailleurs. »

Elle le regarda, éberluée. Il aurait pu inventer quelque chose, trouver un prétexte pour sortir de la maison ; mais Seth accordait beaucoup de valeur à la franchise, et il ne mentait jamais.

« Maman, je n'ai pas de temps à perdre ! s'énervat-il en voyant qu'elle restait en travers du passage. Il faut que je m'en aille. »

Il vit des larmes lui monter aux yeux et regretta immédiatement son ton. La plupart du temps, ses parents ne représentaient pour lui qu'une gêne. Leur vie lui semblait si ennuyeuse qu'il avait du mal à croire qu'ils avaient des sentiments, comme lui. Il était facile d'oublier que c'étaient des personnes à part entière.

« Non, tu ne partiras pas », dit-elle doucement. Puis, plus fort : « Tu ne partiras pas ! Pas après ce que nous avons vécu la dernière fois ! Tu ne nous laisseras pas comme ça ! »

Elle avança vers lui et s'efforça maladroitement de lui ôter son sac à dos. Il se débattit, mais son bras était bloqué par une bretelle.

« Lâche-moi !

— Tu ne disparaîtras pas de nouveau !

— Maman, je... »

Il la repoussa, plus fort qu'il ne l'avait voulu. Elle perdit l'équilibre, se cogna le coude contre l'armoire et éclata en sanglots.

« Pourquoi nous fais-tu *ça* ? » gémit-elle.

En la voyant pleurer, il se sentit terriblement coupable. Ses parents méritaient d'avoir un enfant dont ils pourraient être fiers, et non un fils qui supportait à peine d'être dans la même pièce qu'eux. Il s'approcha d'elle pour essayer de la consoler, mais s'arrêta avant de la toucher. Comment lui expliquer qu'il faisait ça pour eux ? Que ce qui le menaçait pouvait les détruire tous ? Comment pouvait-il le lui faire comprendre, alors qu'il ne le comprenait pas vraiment lui-même ?

« Je suis désolé, maman. Je n'ai pas le choix. »

Il sortit de la chambre, traversa le palier et descendit les escaliers. Sa mère le suivit en appelant son mari :

« Mike ! Mike ! Seth veut refaire une fugue ! Ne le laisse pas sortir ! »

Seth avait déjà ouvert la porte d'entrée et était à moitié dehors quand une main l'agrippa fermement par le poignet.

« Reviens ici ! »

Le visage de son père était sévère, et ses petits yeux le regardaient avec colère. Seth se sentit irrité à son tour. Il retira brusquement sa main. Pourquoi son père ne s'intéressait-il à lui que pour lui donner des ordres ?

Tous deux échangèrent un regard furieux de part et d'autre du seuil. Sa mère observait la scène, une main sur la bouche. Seth n'était pas encore assez grand pour s'en prendre à son père, mais assez pour le défier.

« Il faut que je m'en aille. Je reviendrai le plus vite possible.

— Tu n'iras nulle part. La dernière fois, ta mère a eu le cœur brisé, petit ingrat !

— Il y a des choses plus importantes que la télévision dans la vie, papa », laissa tomber Seth.

Son père ouvrit la bouche pour répliquer, mais un hurlement à glacer le sang s'éleva soudain au-dessus des toits. On aurait dit le cri déchirant d'un loup en chasse, en cent fois pire. Son père pâlit.

« Qu'est-ce que c'était ? chuchota sa mère dans l'entrée.

— On me cherche, maman. Il faut que je parte.

— Reste ici. » Son père regardait dehors, les épaules affaissées. Toute autorité l'avait abandonné ; ce n'était plus qu'un homme d'âge mûr, à la calvitie naissante, effrayé par l'obscurité. « Rentre à l'intérieur et ferme la porte. Tu n'es pas en sécurité, dehors. »

Un éclair illumina violemment le village, et le tonnerre résonna en même temps. L'orage était au-dessus de leurs têtes.

« Je ne suis plus en sécurité nulle part », dit Seth.

Il leur tourna le dos et s'enfuit.

3

Seth mit la capuche de son blouson. La pluie tombait dru et ruisselait le long des rues tortueuses du village. L'eau tombait à flots de la gouttière de l'église, tambourinait contre les fenêtres de la vieille cabane des scouts, trempait toboggan et balançoires dans la cour de l'école. La tempête hurlait, les chats miaulaient désespérément et, quelque part, une bête terrifiante le cherchait.

Il jeta un regard en arrière pour vérifier que ses parents ne l'avaient pas suivi. Sa mère l'appelait. Son père la retenait. Sa voix parvint jusqu'à Seth : « Tu vas attraper la crève ! »

Mais ce n'était pas la vraie raison pour laquelle son père voulait l'empêcher de sortir. C'était à cause du cri qu'il avait entendu s'élever au-dessus des toits. Peut-être sentait-il enfin qu'il y avait dans le monde des choses dont les journaux ne parlaient pas, que les politiciens ne pouvaient pas expliquer. Et cette idée l'effrayait.

Seth entendit la porte se refermer. Ses parents s'étaient décidés à rester chez eux, convaincus d'y être en sécurité. Il pria pour qu'ils aient raison. Puisqu'il n'était plus auprès d'eux, ils ne risquaient probablement rien. Ce que ses ennemis voulaient, c'était le bibelot. Le Fragment.

La rue qui passait devant chez lui était en pente, et il se dirigea vers le carrefour au sommet de la colline. Où pouvait-il aller ? Il n'en avait aucune idée ; il savait juste qu'il lui fallait partir. Un éclair troua les nuages de ses zigzags éblouissants, et l'orage gronda avec fureur. Les arbres du cimetière jouxtant l'église se tordaient sous la force du vent. Les ombres du village étaient noires et profondes, et n'importe quoi pouvait s'y cacher…

Une fois arrivé en haut, il s'arrêta, jeta un coup d'œil prudent dans la rue adjacente, et se figea. Quelqu'un venait dans sa direction. Un homme gigantesque, avoisinant les deux mètres, très gros, aux larges épaules. Il portait un long imperméable, et son visage était dissimulé dans l'ombre d'un feutre mou enfoncé sur son crâne.

Mais Seth n'avait pas besoin de voir son visage pour reconnaître Icarus Scratch.

Le cœur battant à tout rompre, il repartit dans l'autre sens au pas de course et traversa le cimetière de manière à ce que l'église se dresse entre Scratch et lui. Le chemin pavé entre les tombes était bordé d'arbres qui se courbaient et bruissaient sous le vent, secoués par l'orage. Seth avait l'impression qu'ils essayaient d'alerter ses ennemis. *Par ici ! Vite ! Il est là !*

Il déboucha dans une petite rue étroite et déserte de l'autre côté du cimetière. Les rideaux des maisons étaient tirés, et de la lumière en filtrait. Soudain, les lampadaires s'éclairèrent en réponse à l'obscurité. Un rayonnement jaune recouvrit le village.

Au bas de la ruelle se trouvait une route qui passait devant l'école et menait vers l'extérieur de l'agglomération, là où se trouvaient des champs et des bois. Seth décida d'aller dans cette direction : elle en valait bien une autre.

Il jeta un dernier coup d'œil circulaire pour s'assurer que Scratch ne l'avait pas suivi, puis courut vers le bas de la petite rue. Il l'avait presque atteint lorsque quelqu'un apparut devant lui.

C'était une femme maigre, aux traits anguleux, avec des cheveux blonds rassemblés en un chignon serré. Elle portait une veste noire et une jupe droite à la coupe sévère. Un sac à main en cuir sous le bras et un grand parapluie dans l'autre main, elle se hâtait, tête baissée, quand elle leva les yeux et découvrit Seth qui s'était arrêté net en l'apercevant.

« Quel temps ! » Son accent trahissait son appartenance à la haute société. « Tu as l'air trempé. J'ai un autre parapluie dans mon sac, si tu veux. » Elle s'avança en lui tendant son propre parapluie. « Tu peux me tenir ça pendant que je le cherche ? »

Elle avait l'air parfaitement inoffensive. C'était juste une femme qui avait été surprise par l'orage. Seth tendit le bras pour saisir le parapluie.

Un éclair éblouissant éclaira le village comme un flash. L'espace d'une seconde, Seth vit autre chose que la personne aimable qui lui faisait face. Une chose ridée, munie de crocs, aux yeux brûlants fendus horizontalement, comme ceux d'une chèvre. Une créature de cauchemar.

Il comprit son erreur trop tard. Son amie Kady lui avait parlé de cette femme. Elle s'appelait Miss Benjamin. Si Scratch était dangereux, elle était pire encore.

Miss Benjamin remarqua son expression et son visage se tordit en une grimace de fureur. Elle bondit vers lui, mais il recula juste à temps, et ses ongles ne firent que frôler son blouson. Il se mit à courir de toutes ses forces sous la pluie, tandis qu'elle glapissait derrière lui :

« Tu ne pourras pas nous échapper, Seth Harper ! Donne-nous le Fragment ! »

Seth sentait la panique l'envahir. Ce regard démoniaque l'avait secoué. Il s'enfonça dans le village, poursuivi par les grondements de l'orage. L'eau ruisselait sur ses joues ; son sac alourdi par le bibelot cognait contre son dos.

Il emprunta des ruelles écartées, se faufila dans des jardins ou le long de maisons. Il rencontra plusieurs chats qui couraient à ses côtés ou l'observaient du haut d'un toit. Tous les félins du village continuaient à miauler à qui mieux mieux. Seth ne savait pas très bien quel était leur camp. Voulaient-ils aider ses ennemis à le retrouver, ou l'incitaient-ils à s'enfuir ?

À la bordure du village se trouvait une série de terrains où les villageois faisaient pousser leurs légumes. La terre boueuse brillait sous le déluge. À l'extrémité des terrains, de l'autre côté d'une petite route, la forêt commençait.

Seth traversa les potagers, les baskets alourdies par la pluie. Tout en courant, il regarda par-dessus son épaule. Loin des lampadaires, l'obscurité reprenait ses droits : il voyait à peine où il allait entre les rangées de bambous, les tas de compost et les remises.

C'est alors qu'il entendit le hurlement de la bête. Ce cri terrible, torturé, qui avait tant effrayé son père quelques minutes auparavant. Cette fois-ci, il provenait de bien plus près.

Le cri avait été poussé dans l'un des potagers.

Seth redoubla d'efforts, bondissant entre les parcelles de légumes. Le vent, la pluie et la boue se liguaient pour le ralentir. Il lutta de toutes ses forces et se dirigea vers la route.

Un éclair illumina les alentours. Quelque chose bougea derrière une remise. Seth n'eut que le temps d'apercevoir une patte arrière, mais ce fut largement suffisant.

Pourvu que cette chose ne me voie pas !

Elle le vit.

La bête émit encore une fois une note aiguë qui vira au grave et se termina par un horrible glapissement. Seth courut, courut, aussi vite que ses jambes le lui permettaient. Il était presque au bout des terrains. L'orage le maltraitait sans trêve.

La bête sortit de sa cachette et sauta par-dessus les plantes. Seth avait les poumons et les cuisses en feu, mais il savait que s'arrêter, ne fût-ce que pour un instant, équivaudrait à être rattrapé et mis en pièces.

Il jaillit hors des terrains et traversa les buissons qui longeaient la petite route. Une lumière aveuglante, un grondement de moteur, un crissement de freins. Il avait débouché juste en face d'une voiture.

Seth fit un saut en arrière juste au moment où la bête bondissait au-dessus du bas-côté pour atterrir sur la route. Pendant une fraction de seconde, les phares l'éclairèrent, et Seth aperçut une sorte de lion mutant, déformé, pourvu de gigantesques crocs recourbés et d'yeux jaunes et fous. Des os et des cornes tordues pointaient de sa fourrure sale. La bête portait une muselière de métal hérissée de pointes et de crochets.

La voiture la heurta violemment et les phares s'éteignirent sous le choc. Le monstre fut projeté sur l'herbe à plusieurs mètres de là et resta inerte.

Au volant du véhicule se trouvait un jeune homme métis de dix-huit ou dix-neuf ans, stupéfait. À l'arrière, dans l'ombre, une fille était assise.

La bête demeura un instant immobile. Puis elle remua faiblement.

Seth ne perdit pas une seconde. Il courut vers la voiture, ouvrit la portière arrière et se jeta à l'intérieur, à côté de la fille. Il la reconnut : elle s'appelait Alicia Lane et allait au même lycée que lui, dans la classe supérieure.

« Démarre ! » cria Seth.

Le conducteur se retourna sur son siège.

« Eh, que…

— Démarre ! »

Obéissant à son ton pressant, le jeune homme appuya à fond sur l'accélérateur. La voiture contourna la bête, déjà en train de se relever. Au moment où ils passaient devant, un nouvel éclair illumina le ciel. Alicia, qui avait le nez collé à la vitre, put ainsi étudier le monstre tout à son aise avant que le véhicule ne s'éloigne à toute allure. Elle se retourna vers Seth et lui lança un regard ahuri.

Seth s'enfonça dans son siège et poussa un long soupir de soulagement.

Alicia

1

« C'était quoi, ce truc ? » cria le conducteur tandis qu'ils quittaient la petite route et tournaient le dos à Hathern. Il était visiblement secoué par ce qui venait de se passer. « J'espère que ce n'était pas un chien ! »

La pluie tombait sur le pare-brise aussi vite que les essuie-glaces l'ôtaient. Les lampadaires défilaient à côté de la voiture, projetant des halos de lumière voilés par l'eau.

« Ce n'était pas un chien, dit Alicia à voix basse.

— Qu'est-ce que c'était, alors ? Un cerf ? Je ne l'ai même pas vu ! Il a déboulé devant moi tout à coup, comme ça ! »

Alicia ne répondit pas. Elle regarda fixement Seth, comme s'il pouvait tout expliquer. Mais il en était incapable.

Il la connaissait vaguement, de réputation. Ils ne s'étaient jamais parlé. Elle n'habitait pas à Hathern, mais dans un autre village non loin de là. Elle passait pour une fille studieuse, mais comme elle était jolie, bien habillée et entourée de copines, elle n'avait pas été rejetée dans le gouffre des marginaux et des asociaux. Elle était même plutôt appréciée, pour une « intello », probablement parce qu'elle ne parlait jamais de ses bonnes notes et ne jouait pas les pimbêches.

Elle était à moitié jamaïcaine, et son imposante chevelure crépue encadrait un visage couleur café au lait. Des lunettes rectangulaires d'une grande marque inconnue de Seth étaient posées sur son nez. Elle portait un pull à col roulé noir et un jean enfoncé dans ses bottes.

« Ça va, vieux ? demanda le conducteur. Rien de cassé ?

— Non, ça va. »

Seth avait deviné qu'il s'agissait du grand frère d'Alicia, Lemar. Il avait arrêté sa scolarité quelques années auparavant. Quand Seth était entré au collège, il avait la réputation de terroriser les plus jeunes, mais pour autant qu'il s'en souvienne, il n'avait jamais eu affaire à lui.

« Cette bestiole te courait après ?

— Oui, répondit Seth avec lassitude.

— C'était quoi ?

— Il faisait noir. Peut-être que tu as raison. Peut-être était-ce un cerf. »

Alicia croisa son regard, mais garda le silence. Elle avait vu la bête et savait qu'elle ne ressemblait ni de près ni de loin à un cerf.

Lemar, lui, était rassuré. Du moment que ce n'était pas un chien, tout allait bien : il fallait effectuer une déclaration quand on écrasait un chien.

« Papa va me tuer quand il verra la voiture », grogna-t-il tout en cherchant un endroit pour s'arrêter sur le bord de la route.

« C'était un accident, fit remarquer Alicia.

— Si tu avais tenu le volant, ç'aurait été un accident, fit observer Lemar avec amertume. Mais comme c'était moi, ça va forcément me retomber dessus. »

Alicia leva les yeux au ciel et tourna son attention vers Seth.

« Tu es Seth Harper, pas vrai ? Le copain de Kady Blake et de cet autre garçon...

— Luke. »

Mais Luke était mort. Malice l'avait tué.

Kady, elle, était vivante. Elle était encore prisonnière là-bas, dans la bande dessinée. Kady et Justin.

Seth entendit un ancien écho de sa propre voix. *Je te retrouverai. D'une manière ou d'une autre, je reviendrai et je vous retrouverai. Je n'oublierai pas. Je vous le promets.*

Pourtant, il avait oublié. Il avait brisé sa promesse. Il l'avait oubliée. Il avait tout oublié.

En quittant Malice, on en perdait tout souvenir. C'était ainsi. Cela permettait à Tall Jake de continuer à enlever impunément des adolescents. Ceux qui réussissaient à revenir étaient incapables de se rappeler où ils étaient allés.

Pour parer à ce problème, Kady avait placé en lui une suggestion post-hypnotique, d'après une technique apprise de sa mère. Ils savaient qu'il oublierait tout en quittant Malice, mais la mémoire lui reviendrait le jour où il aurait un déclic. Le jour où il trouverait l'objet désigné par Kady. Le Fragment.

Le problème, c'est qu'il lui avait fallu plusieurs semaines avant de mettre la main dessus. Il avait perdu plus d'un mois à errer à Hathern sans savoir ce qu'il était censé y faire. *Un mois !* Il avait pu arriver tant de choses à Kady et Justin durant cette période !

Seth prenait ses promesses très au sérieux. Il ne jurait jamais rien sans être certain de pouvoir tenir sa parole. Il croyait en un monde où un serment équivalait à un véritable engagement.

Il faut que j'y retourne. Il faut que je la retrouve, et que je lui apporte le Fragment.

Il faut que je retourne à Malice.

Désormais, tout lui était revenu. Les couloirs crasseux de la Tour de l'Horloge. Les machines luisantes de la Ménagerie. Le Garde-Temps, le Contrôleur, les chitters. Le voyage sans fin dans les Oubliettes, qui étouffaient toute lumière et tout espoir. La demeure de Skarla.

Et ses amis. Kady. Justin. Un tigre à dents de sabre métallique nommé Tatyana.

La voiture ralentit brusquement lorsque Lemar trouva un endroit pour quitter la chaussée. Il s'arrêta, tira le frein à main et alla rapidement inspecter l'avant de la voiture pour voir l'étendue des dégâts. Seth l'entendit pousser un juron.

« Alors, c'était quoi ? demanda Alicia dès que son frère fut hors de portée de voix.

— De quoi parles-tu ?

— Ne fais pas l'andouille ! » La peur la rendait irritable. « Mon frère n'a rien vu, mais moi, oui ! »

Une certaine fragilité brillait dans son regard ; elle souhaitait tant que Seth lui donne une explication rationnelle. Mais il ne pouvait que lui dire la vérité.

« Tu as déjà entendu parler de Malice ?

— Oh, arrête ! »

Il haussa les épaules.

« C'est toi qui as posé la question. »

Seth remarqua que l'orage se calmait. Éclairs et tonnerre avaient cessé, et la pluie était moins forte. À l'extérieur, Lemar tripotait le pare-chocs avant à moitié détaché. Il marmonnait rageusement dans sa barbe.

« Tu es en train de m'affirmer sérieusement que ce monstre qui te courait après est sorti d'une BD ? se moqua Alicia.

— De quel autre endroit veux-tu qu'il vienne ? riposta Seth. Tu as déjà vu quelque chose du genre sur une chaîne nature, à la télé ? Tu as vu des photos dans le *National Geographic* ? » Elle ne répondit pas. « Je m'en doutais.

— J'ai entendu dire que tu avais disparu, reprit-elle après une pause. Et que quand on t'a retrouvé, tu étais complètement perturbé. Tu ne te rappelais pas où tu étais allé.

— Je suis allé à Malice. J'en suis revenu, mais mes amis sont toujours là-bas. » Il ouvrit son sac et lui montra le bibelot niché au milieu des vêtements froissés. « Je suis censé leur ramener ça. Il faut que j'y retourne. » Il referma le sac et appuya la nuque contre le siège, fixant des yeux le toit de la voiture. « Le problème, c'est que je ne sais pas comment.

— Comment y es-tu allé la première fois ? »

Son ton laissait transparaître qu'elle ne croyait pas une minute à son histoire, même si elle acceptait de jouer le jeu.

« J'ai récité la formule, fait le rituel. Tu en as entendu parler, non ?

— Bien sûr. Tall Jake, emmène… »

Il bondit sur son siège et lui plaqua une main sur la bouche. Elle poussa un couinement de surprise.

« Arrête. Sérieusement. Ne le dis pas. »

Il la lâcha. Elle recula discrètement de quelques centimètres, préoccupée.

« Je ne peux pas refaire le rituel. Tall Jake ne doit absolument pas savoir où je suis. Lui demander de venir me chercher serait complètement stupide. »

Elle repoussa ses lunettes du doigt et poussa un soupir exaspéré.

« Tu te rends compte à quel point ton histoire est ridicule ?

— C'est la vérité. » Il regarda par la fenêtre. Des voitures passaient devant eux. La pluie n'était plus qu'une bruine légère, et le ciel s'éclaircissait. Comme le soleil refaisait son apparition, les lampadaires s'éteignirent. « Que tu me croies ou non, je m'en fiche. Je ne suis pas en train d'essayer de te convaincre. De toute façon, si tu as vu ce monstre de tes propres yeux et que tu penses quand même qu'il y a une explication logique, tu n'es qu'une idiote. »

Alicia fut blessée par sa brutalité, mais Seth ne s'en souciait guère. Il avait des choses qui l'inquiétaient bien plus que l'opinion de cette fille. Lemar remonta dans la voiture et claqua la porte. De toute évidence, la réparation serait coûteuse. Il poussa un autre juron, puis se retourna vers Seth.

« Tu veux que je te dépose où, vieux ? »

Seth ne sut pas quoi répondre. Il ne savait toujours pas où aller. Il réalisa qu'il n'avait même pas son portable sur lui : il l'avait laissé dans sa chambre. Il ne pouvait appeler personne. De toute façon, qui aurait pu l'aider ?

« Où tu habites, mec ? insista Lemar avec impatience.

— Je ne peux pas y retourner, dit rapidement Seth.

— Alors tu veux aller où ? Tu préfères descendre ici, sur le bord de la route ? »

Alicia se pencha en avant.

« Peux-tu nous déposer à Narborough Road ? demanda-t-elle soudainement.

— Je croyais que tu allais étudier chez Sally ?

— J'ai changé d'avis.

— Papa va te tuer !

— Seulement si tu le lui racontes. Et au fait, je lui dirai que tu n'avais aucun moyen d'éviter ce cerf qui a bondi devant toi. Tu sais que sans ça, il ne te croira pas.

— Ouais. Cette chère petite Alicia, sage comme une image. » Il haussa les épaules. « Comme tu veux. En route pour Narborough Road ! »

Il baissa le frein à main et remit la voiture en marche, puis alluma la radio et se mit à frapper des mains sur le volant en rythme.

« Qu'y a-t-il à Narborough Road ? demanda tout bas Seth à Alicia.

— Un copain à moi. Il est obsédé par Malice. Si quelqu'un s'y connaît, c'est lui. Il pourra peut-être t'aider.

— Je pensais que tu ne me croyais pas !

— Je ne te crois pas. » Elle lui lança un regard noir. « Mais je ne suis pas une idiote. »

Seth se renfonça dans son siège et s'autorisa à se détendre. Il avait désormais une destination. Il verrait bien où cela le mènerait ; en attendant, pendant un bref instant, il était à l'abri de ses poursuivants.

Il regarda par la fenêtre. La pluie avait complètement cessé, et le soleil s'était remis à briller. Le macadam mouillé luisait sous ses rayons, tout comme les feuilles des arbres sur le bord de la route.

L'orage s'était éloigné, mais Seth n'était pas tranquille pour autant. Ses amis étaient toujours quelque part dans Malice.

Kady. Justin.

Où êtes-vous ?

NOUS VOILÀ, NOUS VOILÀ.
HUE, HUE, HUE !
IL FAUT QU'ON ENTRE LÀ-DEDANS ?
OUIOUIOUI. POUR MOI, FINI.
PAS SI BÊTE !
SCAB'S ROW
BIENVENUE À SCAB'S ROW.
ÇA FAIT DES SEMAINES QUE NOUS FOUILLONS CETTE VILLE.
JE CROYAIS CONNAÎTRE CHAQUE RECOIN.

MALICE
MAIS FAUT RECONNAÎTRE QUE C'EST ASSEZ **GRAND**.
Grendel

QU'EST-CE QUI LUI PREND ?
REGARDE !
DES RÉGULATEURS.
RRRRRR
SCABS ROW
JE N'AI JAMAIS AIMÉ LES FLICS.
SURTOUT QUAND CE SONT DES ZOMBIES LOBOTOMISÉS VENUS TOUT DROIT DE LA MAISON DES MORTS.
DU CALME !
TU ES SÛRE QUE CE GARÇON QU'ON VA VOIR PEUT NOUS CONDUIRE VERS RAVAGE ?
TU DEVRAIS PARLER PLUS FORT. JE NE CROIS PAS QU'ON T'AIT ENTENDU AU FOND DES OUBLIETTES.

JOLIE PETITE ! COUCOU MA JOLIE !
SNAP
CONTINUE À AVANCER, MEC !
C'EST LÀ.
QUEL SALE COIN !
ÇA ME RAPPELLE KILBURN.
PIN & SHACKLES

PIN & SHACKLES
VII
RUMB
NO CREDIT
LE GARS QUE VOUS CHERCHEZ EST LÀ-BAS.
MMM...
...ASSEZ SINISTRE CE TYPE...
QUOI ? C'EST SA CAPUCHE QUI TE DÉRANGE ?

EXCUSEZ-MOI.
NOUS SOMMES À LA RECHERCHE DE RAVAGE.
KADY?
TU ES REVENUE!
KADY!

La Cité

1

« Quelqu'un peut m'expliquer ce qui se passe ? demanda Justin, agacé.

— Aucune idée ! »

Kady était tout aussi ahurie que Justin de se retrouver ainsi dans les bras d'un parfait étranger à l'accent de Boston. Elle s'était attendue à une entrevue méfiante, au cours de laquelle on lui poserait d'innombrables questions. Après tout, ce garçon était membre de Ravage, l'organisation secrète dont Kady et Justin rêvaient de faire partie. Ravage consacrait son temps à lutter contre Tall Jake : ses sabotages et sa guérilla constituaient une épine douloureuse dans le flanc du tyran. Ce groupe représentait un rayon d'espoir pour tous les adolescents enlevés par Tall Jake qui s'étaient retrouvés perdus dans cet étrange monde sur lequel il régnait.

Pour être parfaitement honnête, elle s'était attendue à quelqu'un d'un peu plus… imposant.

Le garçon la lâcha et lui sourit avec franchise et un soupçon d'incertitude. Il devait être d'origine chinoise.

« Ne me dis pas que tu m'as déjà oublié ? Ça fait à peine un an ! Enfin, peut-être un peu plus, mais quand on aime, on ne compte pas ! s'exclama-t-il en lui assenant une tape dans le dos.

— Aïe ! »

Le sourire du garçon s'évanouit quand il réalisa qu'elle ne plaisantait pas.

« Scotty, voyons ! Scotty Chen !

— Heu... On se connaissait ?

— Mais enfin, qu'est-ce qui te prend ? demanda-t-il, désormais presque en colère. Scotty Chen ! Tu vois bien ? »

Justin leva les yeux au ciel.

« Kady, tu sais, votre petit numéro peut durer longtemps, tant que tu ne lui auras pas dit que tu as perdu la mémoire !

— Elle a *quoi* ? »

Kady jeta un coup d'œil circulaire autour d'elle. Ils étaient en train d'attirer l'attention des autres clients de l'auberge.

« Et si on s'asseyait et qu'on parlait moins fort, avant que les régulateurs ne viennent voir ce qui se passe ? »

Ils s'exécutèrent, et Tatyana se mit en faction devant leur table, tête dressée.

« Les régulateurs ne viennent jamais ici, affirma Scotty. C'est pour ça que j'ai choisi cet endroit.

— Tant mieux, dit Justin. N'empêche que ce serait mieux de ne pas se faire remarquer, si tu vois ce que je veux dire…

— Oui, bien sûr. Désolé, c'est l'excitation… Kady, tu ne vois vraiment pas qui je suis ?

— Vraiment pas, confirma-t-elle en haussant les épaules. Je suis désolée. »

C'était très désagréable d'être ainsi face à une ancienne connaissance sans qu'il en reste la moindre trace dans sa mémoire. Malgré ses efforts, son cerveau s'obstinait à lui répéter que ce visage lui était inconnu. Pourtant, elle était consciente qu'il y avait un trou de quatre mois dans sa vie, lorsqu'elle avait disparu, l'été précédent. Elle n'avait aucun souvenir de cette période, mais il était facile de deviner ce qui s'était passé. Elle était venue à Malice, et d'une manière ou d'une autre, elle en était ressortie. C'était donc actuellement son second séjour dans la bande dessinée. Elle ne savait toujours pas ce qu'elle y avait fait la première fois ; mais peut-être que ce garçon le savait, lui ?

« Nous étions… copains, peut-être ?

— Oui. De bons amis, même. Je n'arrive pas à croire que tu ne te rappelles rien, fit-il tristement.

— Ne le prends pas mal, mec, intervint Justin. Ça arrive à tout le monde. Tous ceux qui quittent Malice perdent la mémoire. On sort de là complètement amnésique. »

Scotty ouvrit de grands yeux.

« C'est vrai ? demanda-t-il à Kady.

— Oui. C'est pareil pour tout le monde. Pourquoi crois-tu que personne n'ait jamais essayé de fermer Malice, dans notre monde ? Parce que tous ceux qui s'en échappent ne se rappellent pas où ils sont allés. »

Elle songea à Seth, qui se trouvait quelque part dans leur monde en ce moment même. Sa suggestion post-hypnotique avait-elle été assez puissante pour lui faire retrouver la mémoire ? Ou l'avait-il complètement oubliée ?

Non. Elle se refusait à y croire. Seth avait promis de revenir et, quoi qu'il arrive, il tenait toujours ses promesses.

Scotty ruminait cette nouvelle information.

« Ça explique bien des choses. Je comprends maintenant pourquoi personne n'est jamais revenu ! » Il leur lança un regard désemparé. « Nous n'étions pas au courant.

— Bien sûr que non, fit Justin. Qui vous l'aurait dit ? C'est comme ça que Malice garde ses secrets. » Il eut un petit sourire en coin. « Il faut reconnaître que c'est futé !

— *Futé ?*

— Justin est assez fou pour aimer vivre ici, expliqua Kady avec patience.

— Ça vaut mieux que Kilburn. Et puis au moins, mon père n'est pas là. » Justin s'adossa à son siège et désigna du menton les étranges personnages qui remplissaient la taverne. « Et visez un peu la population locale ! Vous ne pouvez pas dire qu'ils ne sont pas intéressants ! »

Effectivement, Kady aurait difficilement pu le nier. *Intéressant* était un euphémisme. Depuis leur arrivée dans la Cité, la grande métropole de Malice, il ne s'était pas passé de jour sans qu'ils rencontrent des créatures différentes. Certaines possédaient une apparence plus ou moins humaine ; d'autres, nettement moins. Il y en avait avec des écailles, avec une queue, avec plusieurs yeux, ou avec des visages allongés comme ceux des chevaux. Il y en avait qui marchaient à quatre pattes et des ogres musclés pourvus de bras mécaniques. Il y en avait qui disparaissaient dans une grande explosion de feuilles quand on leur parlait, et d'autres qui changeaient de forme aussi rapidement qu'on peut zapper de chaîne en chaîne.

Le plus étrange, c'était que Kady s'y était vite habituée. Quelques semaines plus tôt, elle aurait juré que *Malice* n'existait pas et n'était qu'une bande dessinée stupide, accompagnée d'une rumeur idiote répandue par des ados désœuvrés. À présent, elle était là, attablée dans une taverne miteuse, au cœur d'un des quartiers les plus délabrés de la Cité. Elle respirait des odeurs de cigare et de viande grillée ; elle entendait le bavardage de toutes les créatures ahurissantes qui l'entouraient ; elle sentait la chaleur dégagée par les corps en sueur et les feux dans la cuisine ; elle portait des vêtements qui auraient fait rire tous les passants, chez elle, aux États-Unis, mais qui semblaient ici parfaitement normaux.

Elle vivait à l'intérieur d'une bande dessinée. Une bande dessinée tout aussi réelle que le monde d'où elle venait.

Justin posa les coudes sur la table.

« Avant d'aller plus loin, une petite question : est-ce que tu peux nous aider à rencontrer Ravage, oui ou non ?

— Bien sûr ! » Scotty se tourna vers Kady. « Tout le monde sera ravi de te revoir !

— Hein ? Tu veux dire que je faisais partie de Ravage, avant ?

— En faire partie ? Tu étais notre *chef* ! »

Kady se figea, ahurie. Justin la fixa avec des yeux ronds ; sa mâchoire inférieure touchait presque la table.

Scotty se leva, soudain pressé.

« Je vous expliquerai tout en cours de route. Allons à la planque. Vu les circonstances, je pense qu'on peut sauter les préliminaires de recrutement habituels. » Il contourna prudemment Tatyana. « Mignon, le tigre, au fait...

— Dis, demanda Kady, vous n'auriez pas accueilli récemment un garçon nommé Seth, par hasard ? Un garçon qui se serait enquis de nous ?

— Non, désolé. Il n'y a personne de ce nom à Ravage. »

Kady eut l'air momentanément déçue, puis se força à sourire.

« C'était juste une question. »

2

Cela faisait plus d'un mois qu'ils avaient quitté Seth dans la demeure de Skarla.

Kady n'avait pas vu le garçon s'enfoncer dans le passage qui menait dans leur monde. Elle était trop bouleversée pour le regarder disparaître. Après son départ, Justin était venu la chercher. Skarla, l'étrange femme végétale qui vivait au fond des horribles Oubliettes, les avait conduits le long d'une série de tunnels permettant d'éviter les pièges et les monstres qu'ils avaient dû affronter au cours de leur descente. Une fois à l'air libre, elle leur avait souhaité bonne chance, leur avait indiqué la direction de la Cité, et était rentrée chez elle.

Ils s'étaient retrouvés en pleine campagne, sous un ciel pâle et nuageux. Les collines et petits bois épars dégageaient une beauté triste et vide. Après les horreurs des Oubliettes, Kady avait trouvé ce paysage agréablement paisible.

Ils s'étaient mis en marche vers les tours de la ville qu'ils distinguaient au loin. Ils avaient croisé en route un village où on les avait accueillis, nourris, et où on leur avait recommandé de ne pas voyager la nuit. Ils avaient donc dormi dans une grange avant de repartir le lendemain matin. La gentillesse de ces villageois avait redonné du courage à Kady. Peut-être le monde de Malice n'était-il pas qu'horreur et désolation, en fin de compte.

Justin leur avait trouvé du travail dès leur arrivée dans la Cité. Il avait vécu toute sa vie à Londres et savait se débrouiller dans une grande ville. Il était entré dans un atelier spécialisé dans la réparation de machines et avait étourdi le patron avec sa tchatche. Justin possédait des compétences que les personnes nées à Malice ne pouvaient détenir : son père, mécanicien, s'occupait de voitures et de motos, et Justin avait appris un certain nombre de choses à son contact. Les autres hommes de l'atelier, n'ayant aucune expérience dans ce genre de technique, avaient été éblouis.

Le patron s'appelait Shaddly Bletch, et il avait immédiatement engagé Justin comme apprenti. Ils avaient scellé leur accord d'une poignée de main. Justin ayant accompli ce geste avec un peu trop d'enthousiasme, le bras de Bletch s'était détaché. Devant l'air horrifié du garçon, l'homme avait éclaté de rire et lui avait dit de ne pas s'inquiéter : il en aurait un nouveau d'ici un jour ou deux.

Shaddly Bletch était gentil, mais d'aspect assez rebutant. Il était toujours enveloppé de bandages, et des morceaux de son corps ne cessaient de tomber pour ensuite repousser. Il leur avait expliqué être victime de lèpre régénératrice ; une maladie apparemment très rare et non contagieuse. Kady avait été soulagée de l'apprendre.

Bletch avait également autorisé Kady à rester, à condition qu'elle gagne son pain et son gîte en travaillant comme bonne à tout faire. C'est ainsi qu'elle avait été employée, entre autres tâches, à faire des courses, porter des messages et préparer les repas. C'était la première fois que Kady travaillait, et elle avait découvert que ça ne lui déplaisait pas. Les hommes étaient sympathiques, et ses allées et venues lui donnaient l'occasion d'explorer la ville. Elle rendait par exemple visite tous les matins à Nibscuttle, le boulanger, et bavardait avec lui. Nibscuttle avait six jambes et deux têtes. Elle préférait celle de gauche : l'autre possédait un tempérament assez grognon.

Malgré tout, son monde lui manquait. Elle avait envie de revoir sa maison, sa famille, son chat Marlowe. Elle avait envie de passer des heures sur Facebook, de jouer à Counter Strike. Elle avait même presque envie de retourner à l'école. Écouter les filles colporter des cancans derrière elle en cours de chimie était plutôt amusant. En tout cas, c'était *normal*. Et il n'y avait pas grand-chose de normal à Malice.

Ayant de quoi se nourrir, un toit sur la tête et de l'argent dans les poches, Justin et Kady avaient consacré tout leur temps libre à chercher Ravage. C'était le seul moyen de retrouver Seth. Ils lui avaient dit qu'ils essaieraient de prendre contact avec le groupe, et s'il réussissait à revenir à Malice, Seth en ferait autant.

Ils avaient fréquenté les auberges à l'affût des bavardages et rumeurs. Ils avaient interrogé une foule de gens. Cela leur avait pris du temps, mais un jour, quelqu'un les avait enfin approchés. Quelqu'un qui avait entendu dire qu'ils cherchaient Ravage et qui pouvait organiser un rendez-vous avec l'un des membres.

C'était ainsi qu'ils avaient rencontré Scotty.

3

Kady était impatiente d'en apprendre davantage au sujet de Ravage, mais Scotty décréta qu'il était dangereux d'en parler dans la rue. « Trop d'yeux et d'oreilles qui traînent. » Juste à ce moment-là, Justin croisa une énorme créature avec huit yeux et deux larges paires d'oreilles semblables à celles d'une chauve-souris.

« Il n'a pas tort », railla-t-il, fier de sa plaisanterie.

La créature s'arrêta et lui lança un regard menaçant. Justin hâta le pas.

Ils se dirigèrent vers la gare de Cog Park. Grâce à Tatyana, ils pouvaient traverser sans inquiétude les quartiers les plus mal famés. Bien vite, les rues s'élargirent et devinrent plus propres ; les habitants étaient mieux habillés ; les immeubles ne branlaient plus ; les vitrines des magasins regorgeaient de gadgets ou de gâteaux colorés. Des carrosses circulaient dans les rues, et ils virent même une voiture mécanique cliquetante remonter la rue.

Toujours à la suite de Scotty, ils passèrent devant les Jardins de Feu et leurs superbes dragonplantes qui crachaient des flammes chaque matin, à l'aube. Au loin se trouvait le Labyrinthe, où vivaient les loups-garous. Derrière s'élevait la Colline de Brume, où l'on pouvait entendre les fantômes jouer de la musique les soirs de pleine lune.

La gare de Cog Park surplombait les toits, surélevée par quatre solides piliers. C'était une petite gare de banlieue où s'arrêtait le train qui traversait la Cité sur ses rails aériens. Des escaliers en colimaçon conduisaient à un unique quai abrité par un toit voûté en fer et en cuivre. Quelques personnes – si on pouvait les qualifier ainsi – attendaient sur le quai.

Scotty tendit un billet noir à chacun.

« Ces billets sont valables pour un seul trajet à l'intérieur de Malice.

— Ça fait un bail qu'on est ici, fit remarquer Justin. On sait comment ça marche. Un billet noir pour aller n'importe où dans Malice, un billet blanc pour aller où l'on veut – y compris à la maison.

— Où les as-tu trouvés ? demanda Kady.

— Je les ai achetés. Les billets noirs sont faciles à trouver, contrairement aux blancs.

— Je ne savais pas qu'on pouvait les acheter, tout simplement.

— Je croyais que ça faisait un bail que vous étiez ici ? » lança Scotty avec un regard triomphant à l'adresse de Justin.

Celui-ci marmonna quelque chose dans sa barbe.

Kady se pencha pour caresser le smilodon, qui ronronna comme un tracteur.

« Et Tatyana ?

— Ce n'est qu'une machine, elle n'a pas besoin de billet. »

Tatyana gronda férocement, et Scotty sursauta. Kady croisa les bras.

« Tatyana n'est pas une "machine" !

— D'accord, d'accord, je me suis mal exprimé. Excuse-moi ! Je veux dire qu'elle n'a pas besoin de billet parce qu'elle n'est pas... elle ne compte pas comme un être vivant... en tout cas pas aux yeux de ceux qui gèrent tout ça.

— C'est un bagage, quoi ! s'amusa Justin.

— Voilà, c'est ça !

— Vous ne pourriez pas faire preuve d'un peu plus de tact ? » Kady s'agenouilla devant Tatyana et la caressa pour la consoler. « Ne les écoute pas. Les garçons sont tous des crétins.

— De quoi te plains-tu ? Elle voyage gratuitement ! » fit Justin.

Le train entra en gare quelques minutes plus tard. C'était un cauchemar d'acier, de piques et de vapeur, avec des tourelles de chaque côté et une lame à l'avant, comme un chasse-neige. Kady frissonna. La dernière fois qu'elle était montée à bord de l'un des trains de Malice, c'était pour se rendre aux Oubliettes, et elle ne voulait plus jamais repenser à ce lieu.

« Tout le monde à bord ! » s'exclama Justin, que sa plaisanterie au sujet de Tatyana avait mis de bonne humeur.

Ils grimpèrent dans l'un des wagons ornés de hublots et de bancs en métal ouvragé. Deux autres passagers montèrent derrière eux et s'installèrent à l'autre bout du compartiment ; personne d'autre ne les suivit.

Les portes se refermèrent avec un sifflement et le train se mit en marche. Justin resta debout et regarda autour de lui tandis que les autres s'asseyaient.

« Où est cet affreux Contrôleur ? Sûrement pas loin*aaaah !* » glapit-il en découvrant juste derrière lui le Contrôleur qui semblait s'être matérialisé sur place.

Celui-ci le fixa de ses deux yeux vides, deux trous noirs au milieu du masque blanc qui lui tenait lieu de visage.

« VOS BILLETS, S'IL VOUS PLAÎT. »

Canal IRC

1

Il ne fallut que vingt minutes d'autoroute pour aller de Hathern à Leicester. Installé à l'arrière de la voiture, avec Lemar au volant et Alicia assise à ses côtés, Seth ressentait enfin une certaine sérénité. Pendant un mois, il avait été en proie à la confusion, l'apathie, l'ennui ; désormais, il savait enfin ce qu'il avait à faire. Il fallait qu'il retourne à Malice.

Ils sortirent de l'autoroute. Les bâtiments commencèrent à se dresser autour d'eux. Ils étaient sur Narborough Road, une route qui menait vers le centre de Leicester. Le ciel était nuageux et le vent frais, mais il n'y avait pas la moindre trace de l'orage qui s'était abattu sur Hathern : le sol n'était même pas mouillé.

Seth regarda par la vitre les maisons défiler. Il n'aimait pas les villes. Toutes ces habitations en briques fatiguées, cette peinture qui s'écaillait. Tous ces cadres de fenêtres pourrissant en silence, ces rideaux rongés par les mites. Ces paquets de chips vides trimballés dans le caniveau, ces regards suspicieux des passants, ces graffitis semblables aux restes d'une toile d'araignée colorée. En ville, il se sentait pris au piège.

Lemar s'arrêta à l'endroit que lui désigna Alicia, et les deux passagers descendirent.

« Tout ira bien ? » demanda Lemar à Alicia en jetant un regard menaçant à Seth. Il savait que c'était le garçon qui avait fait changer d'avis sa sœur, mais il ignorait pourquoi, et cela l'agaçait. « Tu es sûre de ne pas vouloir aller chez Sally ?

— Certaine. Dis à papa que je l'appellerai dans la soirée.

— Bon, d'accord. Alors à plus tard, OK ? Et tu as intérêt à prendre ma défense quand il demandera ce qui est arrivé à la bagnole !

— Je te le promets. »

Lemar lança un dernier coup d'œil d'avertissement à Seth et repartit. Alicia soupira et lui adressa un sourire d'excuse.

« Il est très... protecteur.

— J'ai remarqué.

— Allez, viens. »

Elle le précéda dans une petite rue, puis le long d'une allée étroite entre deux maisons. Ils franchirent une barrière en bois et pénétrèrent dans un petit jardin mal tenu. Alicia frappa à la porte de la maison, faite de deux grandes vitres de verre dépoli dans un cadre en plastique.

« C'est une de ces maisons où on entre par la porte de derrière, expliqua-t-elle. Je venais souvent jouer ici, avant. Nous étions amis à l'école primaire.

— Et maintenant ?

— Je le vois encore de temps en temps au lycée. Nous prenons nos cours d'arts plastiques en commun. C'est pour ça que je sais qu'il ne parle que de Malice.

— Je ne savais pas que tu avais pris option arts plastiques. Je te croyais plutôt portée sur les sciences. »

Elle le dévisagea rapidement pour voir s'il se moquait d'elle. En constatant qu'il ne s'agissait que d'une simple remarque, elle remonta ses lunettes sur son nez et répondit :

« Je fais un cursus scientifique. Si j'écoutais ma mère et mon père, je ne ferais que ça. Ils rêvent que je passe en médecine, ou un truc du genre. Moi, je veux devenir illustratrice. Mais ils se fichent de ce que je veux. »

Une lumière s'alluma derrière la porte, et elle lui fit signe de se taire. Une femme petite et négligée, les cheveux rassemblés en une queue-de-cheval hâtive, leur ouvrit.

« Tiens, Alicia ? Ça fait longtemps qu'on ne t'a pas vue !

— Bonsoir, Mrs Gormley. Philip est-il là ? »

Seth avait déjà remarqué qu'Alicia s'exprimait de manière très correcte, à tel point qu'on avait du mal à croire que Lemar était son frère.

« Il est toujours là, répondit Mrs Gormley en s'effaçant pour les laisser passer. À l'étage. Laissez-vous guider par les coups de feu. »

Alicia la remercia et entra. Seth la suivit. Dès qu'il eut passé le seuil de la porte, il s'arrêta brusquement.

« Que t'arrive-t-il ? l'interrogea Alicia.

— Rien. »

Il secoua la tête. Comment expliquer l'étrange angoisse qui s'était emparée de lui quand il avait mis le pied dans la maison ?

Il essaya de se convaincre que son imagination lui jouait des tours... mais il n'avait jamais eu beaucoup d'imagination. Et puis la sensation était trop forte, trop envahissante, comme si on lui avait posé une couverture glacée sur les épaules.

Je veux sortir !

Mais il ne pouvait pas. Alicia pensait que Philip serait capable de l'aider, et il avait besoin de toute l'assistance qu'on pouvait lui fournir. Si ce Philip connaissait bien Malice, il fallait qu'il le rencontre.

Ils traversèrent la cuisine et grimpèrent les marches d'un escalier exigu. Comme annoncé par Mrs Gormley, ils entendaient déjà des coups de feu ainsi que des cris et des explosions provenant d'une chambre au bout du couloir. La lumière bleutée d'un écran d'ordinateur filtrait sous la porte.

Alicia frappa. Le bruit cessa : le joueur avait dû appuyer sur PAUSE.

« Quoi, maman ? cria une voix irritée.

— Philip ? C'est Alicia.

— Qui ? »

Elle jeta un regard gêné à Seth.

« Alicia Lane. »

Seth entendit un craquement de chaise, un bruit de pas, un halètement. Puis un verrou fut tiré, et la porte s'ouvrit.

Philip Gormley tenait toute la largeur du passage. Il était très gros – Seth n'aurait pas pu le définir autrement avec la meilleure volonté du monde – et portait un T-shirt Ramones taille XXL. Des cheveux blonds et gras lui retombaient sur le front. Il les repoussa sur le côté, pris de court en voyant son espace ainsi envahi.

« Heu… bonjour ?

— Seth, je te présente Philip. Philip, voici Seth. »

Les deux garçons se saluèrent avec défiance.

« On va au même lycée, non ? demanda Philip.

— Oui, je suis dans la classe en dessous.

— Ah. »

Sans laisser la situation embarrassante s'éterniser, Alicia alla droit au but :

« Je me demandais si tu pouvais nous rendre un service. Tu sais, tu parles toujours de Malice en arts plastiques… »

Quelque chose traversa le grenier au-dessus de leurs têtes, et de minuscules pattes griffues se firent entendre au plafond. Seth leva les yeux, alarmé. La couverture glacée pesait de plus en plus sur lui, et le froid s'emparait peu à peu de ses os. Quelque chose n'allait pas dans cette maison.

« C'est juste une souris », déclara Philip en remarquant sa réaction. Il se tourna vers Alicia. « Oui, *Malice*, et alors ? Je n'ai aucun exemplaire, si c'est ça que tu cherches.

— Tu nous as raconté qu'il y avait un forum ou un truc du genre auquel tu participais parfois. Un endroit où les gens échangeaient leurs idées et les rumeurs au sujet de Malice.

— Ce n'est pas un forum, c'est un canal IRC. » Face au regard interrogateur de Seth, il expliqua : « *Internet Relay Chat*. Un peu comme MSN, sauf que des dizaines de gens peuvent se parler en même temps.

— Ah, d'accord, acquiesça Seth sans être vraiment certain d'avoir compris. Désolé, je ne m'y connais pas beaucoup en ordinateurs.

— Tu pourrais nous montrer ce forum, enfin, ce canal ? demanda Alicia.

— Pour quoi faire ? »

Seth intervint.

« Alicia m'a dit que tu t'intéressais à Malice. C'est vrai ? » Philip hocha la tête. « Eh bien, j'en reviens. »

Philip émit un grognement d'incrédulité.

« Ben voyons.

— Je te jure que c'est vrai.

— C'est ça.

— Et j'ai besoin d'y retourner.

— Mais bien sûr.

— Philip ! s'énerva Alicia. Je te demande juste de nous montrer ce canal IRC dont tu parles tout le temps ! »

Philip soupira et traîna les pieds jusqu'à son ordinateur avant de se laisser tomber sur une chaise de bureau usée.

« Entrez. Et fermez la porte à clef, ma mère entre toujours sans frapper. »

C'était une grande chambre, mais dans laquelle il n'y avait pas le moindre centimètre carré de libre. Des tasses sales étaient éparpillées ici et là, en compagnie d'assiettes couvertes de miettes. Des bandes dessinées traînaient par terre. Les draps du lit défait étaient froissés et roulés en boule. Les rideaux avaient été tirés pour bloquer les derniers rayons de cette fin d'après-midi, et la pièce n'était éclairée que par l'écran de l'ordinateur. Cela sentait le renfermé, le moisi, mais Philip ne semblait pas le remarquer.

« Il va falloir vous installer sur le lit », dit-il en faisant pivoter l'écran de manière à ce qu'ils puissent le voir.

Alicia referma la porte derrière elle, et ils firent de la place sur le lit pour pouvoir s'asseoir. Seth dut déplacer un emballage de barre de céréales.

Philip entreprit de lancer un programme, de dérouler des menus.

« Je vous préviens, ce n'est pas sûr qu'on le trouve. Le canal ferme régulièrement, rouvre ailleurs, change d'adresse. C'est bizarre, c'est le seul qui fait ça. »

Il cliqua encore ici et là, puis sourit.

« Vous avez de la chance. Le voilà. »

2

*** Vous êtes maintenant connecté à #Grendel

*** Le topic de #Grendel est : "Malice uniquement. Tapez **/umode-mH** pour discuter en privé. Les Ops, déopez-vous quand vous partez. Interdit aux AOLers, fichez le camp."

*** Set by angel_buster dim 12 oct 16:11:56

*** jester_003 (tongkay@121.120.7aM475=) vient de se déconnecter. (Ping timeout)

<angel_buster> pkoi pas ?

<Griff> il en a forcément planqué qqpart

<Griff> c'est une librairie de BD

<angel_buster> ça semble logique

*** jester_003 (tongkay@121.120.7aM475=) est entré sur le canal #Grendel

<jester_003> je vous jure, ma connexion plante tout le temps sur ce chan

<jester_003> C les gremlins

<angel_buster> mais ama ça marche pas comme ça

<angel_buster> c'est pas comme commander un exemplaire de hulk

<saffron> les gremlins
<ka_787> les gremlins
<Griff> Ya forcément qq1 qui en a 1
<saffron> ne nourrit pas ton ordi après minuit
<ka_787> le mouille pas non plus
<jester_003> C ça
*** jester_003 lève les yeux au ciel
*** tintype (benaQ@117.47.81.vT256=) est entré sur le canal #Grendel
<tintype> sluuuuuuuuuuuuuuuuuuuuuuuuu !
<saffron> la feeeeeeeeeeeeeeeeeeeeeeeeerme !!!!
<tintype> pa sympa :-(
<saffron> bisoux !

Seth et Alicia échangèrent un regard.

« Mais... tu comprends quelque chose ? » demanda Alicia.

Philip rit.

« J'imagine qu'on a un peu de mal à s'y retrouver au début. Il faut apprendre à regarder qui dit quoi. Il y a souvent au moins deux ou trois conversations parallèles. Et vous pouvez ignorer tout le charabia informatique. » Il donna un coup du plat de la main sur son bureau. « Enfin, voilà. Le célèbre canal IRC. Ça vous en bouche un coin, hein ? Non ? Je m'en doutais.

— Tu peux leur poser des questions ? demanda Seth.

— Bien sûr. Qu'est-ce que tu veux savoir ?

— Comment aller à Malice.

— Pff. Fastoche.

— Sans faire le rituel, je veux dire. »

Philip médita pendant un moment.

« J'ai entendu dire qu'on pouvait y aller avec un billet. On raconte que dans la BD, il y a des billets planqués ici et là, et quand quelqu'un en trouve un, il peut s'en servir pour rentrer chez lui. Logiquement, ça devrait marcher dans les deux sens. »

La rumeur disait vrai. C'était précisément ce que Kady avait fait, lorsqu'elle avait rejoint Seth à Malice. Mais où l'avait-elle pris ?

« Tu peux leur demander où je peux en trouver un ? »

Philip l'examina.

« Tu y crois vraiment, hein ?

— Pas toi ? Tu as pourtant l'air de bien t'y connaître.

— Ouais, d'accord, mais… C'est intéressant, voilà tout. Ça me branche, quoi. J'aimerais bien mettre la main sur un numéro pour voir un peu quelle tête ça a. Mais de là à gober que tu y es allé… »

Il écarta cette possibilité d'un geste de la main. Seth n'insista pas. Il était étonné de constater que les gens pouvaient croire à quelque chose sans pour autant y croire *vraiment*. Ils refusaient de franchir ce dernier pas. Quelqu'un ayant prétendu toute sa vie croire aux fées irait probablement voir un psy s'il en rencontrait une un jour. Et si Jésus revenait sur Terre et revendiquait d'être le fils de Dieu, il ne récolterait que des moqueries.

Philip s'était de nouveau penché sur son clavier.

« Au fait, mon nick, c'est Breaker.

— Ton nick ?

— Mon pseudo, le nom que j'utilise en ligne. Essaie de suivre, OK ? »

<breaker> salut les gars
<jester_003> slt Breaker
<saffron> koi29 ?
<breaker> ya un newbie avec moi qui dit qu'il revient de Malice
<saffron> vrmt ?
*** Griff se gratte le menton
<ka_787> il dit la vérité ?
<Griff> bien sur que non, idiote
<ka_787> OK, cool
*** jester_003 (tongkay@121.120.7aM475=) vient de se déconnecter (Ping timeout)
<breaker> il veut savoir comment y retourner
<breaker> sans dire la formule
*** jester_003 (tongkay@121.120.7aM475=) est entré sur le canal #Grendel
*** jester écrabouille son ordinateur
<mim> c'est qui, ce newbie
<mim> A/S/V ?
<tintype> tiens t'es réveillée mim ?
<tintype> je croyais qu'elle dormait
<mim> je ne dors jamais

<breaker> DES IDEES SVP ?
<saffron> moimoimoi
*** Griff demande le silence
<mim> asv newbie ?
<tintype> kk1 peut lui couper les doigs ?
<saffron> un garçon que je connais m'a raconté un truc
<saffron> il y a une usine abandonnée près de la ou il vit
<saffron> il s'y passe des choses bizarres
<saffron> un jour un type y est allé avec sa copine
<saffron> quand il est revenu il était terrorisé, le visage couvert de griffures
<saffron> la fille est jamais revenue
<saffron> les flics et tout
<saffron> il a dit qu'il y avait des gens horribles la-bas
<saffron> qu'ils ont attrapé sa copine
<saffron> on a rien trouvé dans l'usine, on l'a arrêté
<saffron> on a trouvé un billet dans sa poche
<saffron> un billet BLANC
<saffron> il a dit qu'il l'a trouvé la-bas
*** jester_003 (tongkay@121.120.7aM475=) vient de se déconnecter (Excess flood)
<ka_787> brrr
<Griff> Un copain d'un copain je parie ?
*** jester_003 (tongkay@121.120.7aM475=) est entré sur le canal #Grendel
<jester_003> aaaaargh
<saffron> jdcjdr

<saffron> mais vous ne trouvez pas qu'il y a de + en + de trucs comme ça en ce moment ?
<angel_buster> comme la vieille gare de triage de Lewisham, tu veux dire ?
<saffron> yep
<tintype> on dit que deux ado ont été tué la-bas
<mim> eh, newbie, ton nom ?
<tintype> soi-disan bouffés par des chiens
<tintype> mais a l'autopsie c'était pas des morsures de chiens
<tintype> ça ressemblait à des morsures d'êtres humains
*** ka_787 a peur
<mim> NEWBIE NEWBIE NEWBIE
<saffron> breaker, ton copain pourrait aller voir

Philip fit pivoter son siège pour faire face à Seth et Alicia.

« Ils parlent sans cesse de trucs de ce genre. Vous savez qu'on raconte que c'est à cause de Tall Jake s'il y a des ados qui disparaissent sans arrêt ? Certains sautent sur la moindre affaire inexpliquée pour accuser Malice.

— Ce sont probablement juste des légendes urbaines, dit Alicia. Comme celle de la fille qui reçoit des appels menaçants à chaque fois qu'elle est seule à la maison. La police cherche l'origine des coups de fil, et on découvre qu'ils proviennent…

— … *de sa propre maison !* cria Philip d'une voix faussement effrayée. Oui, ce genre de choses.

— Que veut dire "newbie" ? demanda Seth en relisant la conversation sur l'écran. Pourquoi est-ce que tout le monde m'appelle comme ça ?

— Ça veut dire "nouveau", expliqua Alicia.

— Qui est cette Mim ? Elle veut me parler, c'est ça ? »

Philip poussa un soupir.

« Mim est un pot de colle. Elle essaie sans cesse de se faire des amis, de convaincre les gens de la rencontrer en vrai pour parler de Malice. Elle est vraiment casse-pieds. On ne l'aime pas beaucoup.

— Peux-tu demander où est cette usine ? »

<breaker> saff elle est ou l'usine ?

<Griff> Eh, c'est de la BLAGUE ! Personne n'a capté ? Y a que la BD qui existe vmt. Le reste c'est du bateau !

<saffron> la ferme griff, retourne sur FunChat

<saffron> Mackenzie Street a Birmingham

<Griff> vous êtes tllmt naifs

*** Griff vient d'être kické par angel_buster. (À bas les incrédules !)

<angel_buster> j'en avais marre de lui

*** ka_787 applaudit

<mim> newbie je parie que je devine ton nom

<saffron> mais vas-y la nuit

<saffron> ou pas

<saffron> c'est la qu'il a vu ces gens bizarres

<ka_787> owi on devine son nom

<ka_787> breaker tu nous dis si on trouve
<ka_787> je parie que cest... Paul !
<mim> je parie que c'est Seth Harper

Seth ressentit un choc désagréable en voyant son nom sur l'écran. Une souris traversa le grenier. Alicia le regardait avec des grands yeux ; Philip se retourna.

« Tu t'appelles vraiment comme ça ? »

Seth hocha la tête.

« Elle peut nous voir, ou quoi ? demanda Alicia. Ta webcam est allumée ?

— Je n'ai pas de webcam. »

Alicia s'approcha de l'écran. Le texte se reflétait dans les verres de ses lunettes

« Alors comment le sait-elle ? »

Philip commença à taper quelque chose. Au dernier moment, Seth bondit pour l'interrompre. Une horrible certitude lui était venue. Confirmer son identité à cette Mim était probablement une très mauvaise idée.

« Arrête ! »

Mais Philip avait déjà appuyé sur la touche ENTRÉE.

<breaker> tu es medium ou quoi ?
<ka_787> oh pt1
<ka_787> mim comment tu savais ça ?
<mim> bonjour Seth
<mim> j'ai un message pour toi
<ka_787> attend, cmt tu savais qui c'était ?

*** ka_787 (moomin@219.64.126.TR69=) vient de se déconnecter (Excess Flood)
*** saffron (saffypoo@121.97.202.Fr384=) vient de se déconnecter (Excess Flood)
*** jester_003 (tongkay@121.120.7aM475=) vient de se déconnecter (Excess flood)
*** angel_buster (angelo008@125.163.11.DM554=) vient de se déconnecter (Excess Flood)
*** tintype (benaQ@117.47.81.vT256=) vient de se déconnecter (Excess Flood)
<mim> tu ne peux te cacher nulle part, Seth
<mim> tu as quelque chose qui nous appartient
<mim> nous tuerons tous ceux qui essaient de t'aider
<mim> nous te trouverons
<mim> et ensuite nous
<mim> T'ARRACHERONS
<mim> LES
<mim> YEUX
*** déconnecté

Seth resta paralysé devant l'écran. Il n'arrivait plus à respirer. Dans le grenier, la souris avait été rejointe pas plusieurs compagnes (mais ce bruit ne ressemblait-il pas plutôt à des rats ?). Il avait si froid que ses jambes tremblaient.

« Il faut que je parte.

— Attends ! Elle te connaît, ou quoi ? » Philip était abasourdi. « C'est la première fois qu'elle se comporte…

— Il faut que je parte ! » répéta Seth en se levant. Il avait l'impression que les murs et le plafond se refermaient sur lui.

Alicia se leva à son tour. Elle avait l'air préoccupée.

« Qu'est-ce qui te prend ? demanda Philip. C'est juste une cinglée !

— Si j'étais toi, je n'irais plus sur ce canal. Et j'éviterais tout contact avec cette fille.

— Bah. Comme si j'avais peur de Mim !

— Tu devrais.

— Ben tiens. »

Seth ouvrit la porte. Alicia salua hâtivement Philip et le suivit. Dans le couloir, Seth se retourna encore une fois vers Philip.

« Pourquoi n'y crois-tu pas ?

— Parce que j'ai fait le rituel, prononcé la formule, et que rien n'est arrivé. » Philip avait un ton amer, comme s'il avait été trahi. « Il m'a fallu des semaines avant de trouver le courage de le faire, et en fin de compte, ce n'était qu'une légende stupide. »

Ils entendirent une fois de plus des petites pattes au plafond. Seth leva la tête, le cœur serré.

« C'est à ce moment-là que tu as entendu pour la première fois des rats dans le grenier ?

— Des souris », corrigea Philip. Il fronça les sourcils. « Je ne sais pas. Vers cette époque-là, oui. Pourquoi ? »

Seth secoua la tête.

« Il faut que je parte. »

Il se dirigea rapidement vers la sortie. Il était inutile d'essayer de convaincre Philip. Ça ne changerait rien. Seth avait enfin compris ce qui n'allait pas dans cette maison. Philip avait appelé Tall Jake. Ce dernier n'était pas encore venu, mais il avait été appelé. Peut-être ne viendrait-il jamais, ou peut-être attendrait-il dix ans. Mais une fois la formule prononcée, on appartenait à Tall Jake jusqu'à ce qu'il choisisse d'emmener sa victime. Et ce garçon ne durerait pas une heure dans Malice.

Philip ne le savait pas encore, mais il était condamné.

Dès que Seth se retrouva à l'air libre, il se sentit plus léger. Il ne s'arrêta pas avant d'avoir remonté une partie de la rue. Il s'assit alors sur un muret clôturant un jardin et respira à fond.

« Que se passe-t-il ? demanda Alicia. Seth, qu'est-ce qui ne va pas ?

— Tu n'as pas senti ? Tu n'as pas perçu le… le *mal* dans cette maison ? »

Alicia semblait désemparée.

« Je n'ai rien senti du tout.

— Il a appelé Tall Jake. Je pouvais le sentir, dans toutes les pièces. Une nuit, quand il sera seul, il va disparaître. Et il n'y a rien que l'on puisse faire. »

Après avoir été effrayé, Seth commençait à sentir la colère monter. C'était tellement horrible.

« Tu veux dire qu'une fois qu'on l'a convoqué, il n'y a pas moyen de revenir en arrière ? demanda Alicia avec effroi.

— Non. C'est pour ça qu'il faut l'arrêter. »

Alicia s'assit près de lui sur le muret, la tête baissée. Ses longs cheveux crépus retombaient devant son visage. Il faisait déjà sombre, et les lampadaires coloraient les murs de leur lumière jaune.

Un couple âgé passa devant eux. La femme leur lança un regard noir, soupçonnant qu'ils ne faisaient rien de bon – les adolescents ne faisaient jamais rien de bon. Seth se rappela l'instant où il avait reconnu Miss Benjamin, lorsque l'éclair avait révélé le démon sous le masque. Peut-être y en avait-il d'autres comme elle, d'autres personnes occupées à le surveiller en ce moment même. Si c'était le cas, comment le savoir avant qu'il ne soit trop tard ?

« Jure-moi que tu n'as pas tout inventé, dit Alicia à voix basse.

— Pardon ?

— Jure-moi que tu ne mens pas. Que tu es vraiment allé à Malice. Que Tall Jake existe réellement. »

Son ton suppliant étonna Seth.

« Je te le jure. Je sais que ça semble aberrant, mais c'est vrai. Malice existe. »

Elle respira avec effort, se leva, et réunit ses cheveux noirs derrière sa nuque en les attachant avec un élastique pour qu'ils ne la gênent pas.

« Nous avons encore le temps d'aller à Birmingham et d'en revenir avant ce soir. »

Il fallut quelques secondes à Seth pour comprendre ce qu'elle venait de lui proposer.

« Tu veux aller voir cette usine ?

— Il faut bien qu'on le fasse, non ? »

Il secoua la tête.

« Il faut que *je* le fasse. Pas toi. Tu m'as déjà bien assez rendu service. Ils ont dit qu'ils tueraient tous ceux qui me viendraient en aide. Je ne veux pas te faire courir d'autres dangers. »

Elle fit quelques pas.

« J'ai appelé Tall Jake. »

Seth ferma les yeux, désespéré.

« Juste pour un pari. Pour m'amuser. Mais je suppose que ça n'a aucune importance.

— Non. »

Alicia regarda dans la rue. Elle avait peur, malgré ses efforts pour garder la tête froide. Seth savait que son courage était fragile. Elle n'avait aucune envie d'être mêlée à tout ça. Elle voulait s'en aller, rentrer chez elle, oublier toute cette histoire.

Mais elle ne pouvait pas. Elle avait vu le monstre qui le poursuivait. Elle avait lu les menaces sur l'écran. Elle le croyait enfin, et Seth devinait ce que cela signifiait. À partir de maintenant, elle passerait chaque nuit à redouter que Tall Jake ne vienne l'emmener, pendant le reste de sa vie.

Soit ça, soit elle essayait d'agir.

« Tu es certaine de vouloir y aller ? demanda Seth.

— Bien sûr que non ! Alors dépêche-toi avant que je ne change d'avis. Birmingham n'est qu'à une heure de train. »

Seth se leva à son tour et remit son sac à dos. Le Fragment lui semblait de plus en plus lourd.

« Allons-y. »

La Bathysphère

1

Le train dans lequel avaient pris place Kady, Justin, Scotty et Tatyana sortit de la Cité. Kady regarda par les hublots la ville disparaître, peu à peu remplacée par un paysage sauvage de collines et de vallées pierreuses. Le convoi circulait toujours sur des rails aériens. La faible lumière du soleil de Malice teintait le panorama de couleurs sombres, mais la vue n'en était pas moins exceptionnelle. Kady l'admira quelque temps avant de s'endormir, bercée par le balancement du wagon.

Quelque temps plus tard, le train s'arrêta, et Scotty donna le signal de la descente. Ils arrivèrent dans une gare surélevée semblable à celle d'où ils étaient partis. Le panneau métallique fixé sur l'une des colonnes indiquait :

Plusieurs passagers descendirent en même temps qu'eux. Ce n'est que trop tard qu'ils découvrirent les deux régulateurs plantés devant la sortie.

Justin jura à voix basse. Kady se figea. Devaient-ils remonter précipitamment avant que les portes ne se referment ? Justin l'agrippa par le coude et la poussa en avant.

« Marche, conseilla-t-il. Si on essaie de leur échapper, ils nous courront après. »

Ils commencèrent donc à traverser le quai en direction de l'escalier. Les régulateurs se tenaient de part et d'autre du passage. Très maigres, vêtus d'uniformes noirs râpés, le visage à moitié couvert par des visières sales, ils étaient armés de fusils fonctionnant au gaz, qui projetaient des pointes de métal de dix centimètres de long en guise de balles.

« Y a-t-il un problème ? demanda Scotty. Vous êtes recherchés ?

— Sais pas, répondit Justin. À tout hasard, on s'arrange toujours pour les éviter. »

Mais cette fois-ci, c'était impossible. Les portes du train s'étaient refermées, et l'engin repartit dans un grand nuage de vapeur.

Les quatre compagnons s'approchaient lentement de l'escalier. Ils étaient désormais suffisamment proches pour voir la peau pâle et tirée des régulateurs. On pouvait distinguer leur bouche et leur menton sous la visière de leur casque. Ils semblaient asséchés, vidés de leur sang : leurs lèvres étaient minces et incolores, leurs joues creuses.

Pourvu que ce ne soit pas nous qu'ils attendent ! pria Kady.

Elle gardait les yeux fixés sur la sortie, s'efforçant de ne pas avoir l'air nerveuse ou inquiète. Mais son estomac était noué. Même de loin, elle sentait leur odeur de terre, de moisissure, évoquant celle d'une tombe, recouverte par des effluves acides de vinaigre.

L'un des régulateurs poussa un sifflement de serpent et avança à grands pas dans leur direction. Son compagnon le suivit.

Kady sentit son sang se figer dans ses veines. C'était fini. Juste au moment où ils avaient enfin trouvé Ravage, ils s'étaient fait prendre. Elle ferma les yeux.

Quand elle les rouvrit, les régulateurs les avaient dépassés. Devant eux s'ouvraient la sortie et son escalier en colimaçon, libre d'accès.

Elle cligna des yeux, surprise, et regarda par-dessus son épaule. Les régulateurs se dirigeaient vers un petit homme âgé, à la peau rouge et ridée, portant des lunettes et une blouse.

« Ne t'arrête pas, murmura Scotty. Et ne regarde pas. »

Kady ne pouvait pas s'en empêcher. Le vieil homme recula de quelques pas en voyant les régulateurs s'approcher de lui, mais ils le rattrapèrent et le projetèrent violemment à terre.

« Je n'ai rien fait ! protesta-t-il en essayant de s'éloigner à quatre pattes. De quoi s'agit-il ? Je n'ai rien fait ! »

Les régulateurs ne l'écoutaient pas. Ils levèrent leurs armes. L'homme poussa un cri de terreur.

« Attendez ! C'est au sujet de mon livre, c'est ça ? Je vais me rétracter ! Je dirai à tout le monde que je me suis trompé sur Tall Jake ! »

Kady détourna le regard. Derrière elle, des détonations sèches coupèrent court aux supplications de l'homme. Elle eut la nausée. *Ç'aurait pu être moi.*

L'escalier métallique s'enroulait autour de l'un des piliers qui supportaient la gare de Talon Fells. Tatyana descendit la première, de sa démarche souple de félin. Personne ne fit de commentaire au sujet de ce qui venait de se passer. Ils étaient tous sous le choc, même si ce n'était pas la première fois qu'ils voyaient des régulateurs abattre ainsi quelqu'un, sans préavis. Ça arrivait souvent dans la Cité. N'importe quel crime était puni par une sentence de mort, qu'il s'agisse de voler du pain pour nourrir ses enfants ou de mendier dans les beaux quartiers. Kady avait rapidement appris à ne pas s'en mêler. Son intervention se serait uniquement soldée par sa propre exécution. À chaque fois, elle s'était mordu les lèvres en se promettant de détruire un jour Tall Jake et de mettre fin à tout ça ; mais cette idée ne la réconfortait guère.

En bas des marches, une route en mauvais état menait vers un village qu'on apercevait au loin.

« Autrefois, ce village était habité, dit Scotty. Un jour, l'un des villageois s'est rebellé contre Tall Jake, et ils ont tous été emmenés à la Maison des Morts. Tout le monde, y compris les femmes et les enfants. »

Scotty partit dans la direction opposée, vers une colline caillouteuse. Le soleil déclinait, et il commençait à faire froid. Les rafales couchaient l'herbe et secouaient les étranges buissons de Malice. Les plantes qui poussaient en ce lieu étaient fortes et résistantes, souvent couvertes d'épines ; avec leurs pétales colorés à demi cachés par des piquants, certaines ressemblaient un peu à des chardons.

Scotty mit sa capuche pour se protéger du vent.

« Parfois, j'ai pitié d'eux.

— De qui ? Des régulateurs ?

— Oui.

— Ils te font *pitié* ?

— Ce n'est pas leur faute, expliqua Scotty. C'est ce que fait Tall Jake à ceux qui finissent dans la Maison des Morts. Personne ne devient volontairement régulateur, tu sais. Ce sont des prisonniers. Les viandeurs leur ôtent toute empathie et toute volonté, et ils deviennent des esclaves. » Il cracha par terre avec colère. « Si c'était moi qui décidais, on s'en prendrait à la Maison des Morts au lieu de… »

Il s'arrêta brusquement. Justin leva un sourcil. Scotty avait l'air coupable, conscient d'en avoir trop dit.

« La Maison des Morts est le siège du pouvoir de Tall Jake, argumenta Scotty. C'est là qu'il bâtit son armée. Ce serait logique de s'y attaquer.

— Je ne savais pas, dit Kady.

— Avant qu'il ne s'empare du pouvoir, chacun des Six avait son propre domaine, et ils régnaient tous ensemble sur Malice. » Scotty semblait fier d'étaler ses connaissances. « Tall Jake siégeait dans la Maison des Morts. Doigt de Corbeau vivait dans les Rochers. Le Stropiat avait les Treilles Noires. L'Omission logeait dans les Oubliettes, la Reine des Chats dans l'Acropole, et le Fragment dirigeait les Lacs de Feu. Jusqu'au jour où Tall Jake a pris le pouvoir. On sait que Doigt de Corbeau est mort ; les autres sont cachés ou exilés.

— Skarla nous a parlé des Six, dans les Oubliettes. » Kady se remémora les paroles de l'étrange femme-plante qui vivait au fond de cet endroit terrible. « Elle nous a dit que si on retrouvait le Fragment, on réussirait peut-être à convaincre les autres de se joindre à nous contre Tall Jake.

— Vous êtes allés dans les Oubliettes ? demanda Scotty, impressionné. Et vous avez survécu ?

— Tout juste, répondit Justin. Nous avons fait la connaissance du Monstremort.

— J'en ai entendu parler. On dit que Tall Jake l'a envoyé détruire le temple de l'Omission et tuer ses adeptes, mais qu'ensuite il a perdu le contrôle de sa créature.

— En tout cas, il a bien fait son boulot, dit Justin. Mais un copain à moi l'a tué. Enfin, *re*-tué, je suppose.

— Il a tué le Monstremort ? s'écria Scotty. Je veux le connaître !

— Tu le connaîtras un jour », dit Kady, avec plus de conviction qu'elle n'en éprouvait réellement. « Tu le connaîtras, tu verras. »

2

De l'autre côté de la colline se trouvait une forêt de vieux arbres noueux dans laquelle Scotty pénétra.

Ce lieu donnait la chair de poule. Au bout de quelques mètres à peine, les arbres se refermèrent derrière eux, comme pour les encercler. Un silence humide régnait, uniquement troublé par de lointains piaillements et croassements. Le bruit des rouages de Tatyana semblait plus fort que d'habitude. Du coin de l'œil, Kady perçut des mouvements dans les fourrés, trop rapides pour qu'elle puisse voir de quoi il s'agissait.

Les arbres ne ressemblaient pas à des chênes ou à des ormes classiques. Certains évoquaient plutôt de gigantesques buissons épineux, avec divers troncs fins entrelacés et des piquants de plusieurs centimètres de long. D'autres, d'énormes plantes broussailleuses, agitaient leurs feuilles de manière menaçante quand les intrus s'approchaient de trop près. Sans se laisser démonter, Scotty se frayait un chemin entre les végétaux.

« Et si on parlait de moi, et de ce que j'ai fait à Malice la dernière fois ? suggéra Kady pour briser le silence. Il n'y a pas grand risque qu'on nous entende, ici ! »

Scotty hocha la tête.

« Tu as raison, il faut que je te mette au courant. »

Il réfléchit un moment et commença :

« Au début, Ravage, ce n'était pas grand-chose. Un groupe de gamins qui avaient réussi à sortir vivants des pièges de Tall Jake et qui s'étaient rassemblés dans la Cité. La plupart d'entre eux n'étaient que des vandales, des types qui aimaient juste embêter le monde.

— Ils me plaisent déjà ! s'exclama Justin, à l'arrière du groupe.

— Et pourquoi t'es-tu joint à eux ? demanda Kady. Ça n'a pas l'air d'être ton genre.

— Non, c'est vrai. Mais j'étais assez intelligent pour comprendre que je ne durerais pas longtemps à Malice tout seul, et... je ne sais pas, ils m'aimaient bien, je crois. Je suis donc resté avec eux. » Il sourit. « Et puis un jour, tu es arrivée, et tu as immédiatement commencé à donner des ordres à tout le monde.

— Ça lui ressemble, acquiesça Justin.

— Eh ! » protesta Kady. Elle médita quelques secondes et admit : « Bon, d'accord, ça me ressemble un peu.

— Les autres t'ont écoutée, va savoir pourquoi, continua Scotty. Tu avais des idées, des projets. Tu nous as fait comprendre que détruire des trucs juste pour le plaisir ne servait à rien. Tu nous as obligés à nous organiser.

— J'ai fait ça, moi ?

— Nous avons commencé à secourir d'autres gens. Nous nous sommes mis en contact avec d'autres bandes opposées à Tall Jake. Il y en a partout dans Malice, cachées ici et là. Il a causé pas mal de dégâts quand il a pris le pouvoir, et s'est fait plein d'ennemis. Au bout d'un moment, nous étions une véritable organisation, qui entretenait de bonnes relations avec d'autres groupes de rebelles.

— J'ai vraiment fait tout ça ? demanda Kady. Ça ressemble plutôt à ma mère. »

Justin poussa un soupir agacé.

« Kady, à Londres tu as débusqué *Black Dice Comics* et couru après Icarus Scratch. Puis tu as réussi à revenir à Malice et tu nous as sauvés des Oubliettes. Je crois tu n'aurais pas trop de mal à diriger un groupe d'ados. »

Kady lui adressa un grand sourire.

« Dis donc, ça ressemblait dangereusement à un compliment, ça !

— Ouais, eh bien, si tu t'attends à quelque chose qui y ressemble plus, tu te mets le doigt dans l'œil ! »

Kady marchait soudain d'un pas plus dynamique. Elle n'avait jamais rencontré de véritable défi, chez elle, alors comment prouver sa valeur dans ces conditions ? Seth s'en plaignait assez souvent : « Nous ne sommes jamais mis à l'épreuve ! Tout est trop facile !

Nos grands-parents ont connu la guerre ; nous, nous y jouons sur nos écrans ! »

Kady, elle, n'avait rien contre une vie tranquille. Mais c'était agréable de savoir que, quand il avait fallu, elle avait été capable d'agir, même si elle ne s'en souvenait pas.

« Très bien, nous avons donc établi à quel point je suis formidable. Et ensuite, que s'est-il passé ? »

Scotty échangea un regard avec Justin, qui leva les yeux au ciel :

« Oui oui, c'est toujours la fille douce et modeste que tu as connue ! »

Tatyana poussa un grondement et secoua la tête avec désapprobation. Kady leur sourit, imperturbable.

« Allez, Scotty, continue ! Moi, moi, moi ! »

Scotty donna une chiquenaude à un insecte qui grimpait sur son bras.

« Nos contacts nous ont informés qu'il existait une arme contre Tall Jake cachée dans un vieux temple et gardée par quelque chose... Tu es partie à sa recherche, et tu n'es jamais revenue. »

Kady plissa le front. Elle repensa aux cauchemars qu'elle avait eus à Hathern après la disparition de Luke. Elle avait rêvé qu'elle courait dans un temple, poursuivie par un être encapuchonné avec des globes de verre bleus à la place des yeux et un lance-flammes à la main. Elle se rappelait encore l'odeur de ses cheveux calcinés.

« Il y avait bien quelque chose qui le gardait,

confirma-t-elle. J'ai trouvé le Fragment, et ensuite… d'une manière ou d'une autre, je suis sortie de Malice. Il devait y avoir un passage, comme celui qu'a emprunté Seth, chez Skarla. J'ai dû y plonger pour échapper au gardien…

— … et tu es rentrée à la maison, compléta Scotty.

— J'avais l'intention de revenir. J'avais un billet sur moi, après tout. Mais je n'avais pas compté sur une amnésie.

— Voilà comment le Fragment s'est retrouvé sur ton étagère, s'exclama Justin. J'ai enfin compris ! »

Scotty ouvrit de grands yeux.

« Tu l'as en ta possession, alors ?

— Pas sur moi. Seth est allé le chercher. Il va nous le ramener. Il faudra le guetter ; nous lui avons dit de se mettre en contact avec Ravage. »

L'excitation de Scotty s'évanouit brusquement.

« Je ferai ce que je peux. Mais Jan n'a pas tellement envie de recruter d'autres membres. Il est un peu parano.

— Jan ?

— Notre nouveau chef. Un garçon suédois. Après ton départ, les choses ont changé. Nous ne sommes plus organisés comme avant. Ravage ressemble plutôt à un gang, maintenant. Pas mal de gens sont partis. Les autres… se débrouillent. » Il lui adressa un regard d'excuse. « Je ne pense pas qu'il sera très content de te revoir, Kady. »

3

Les ombres s'étaient beaucoup allongées et le soleil avait presque disparu quand ils atteignirent le lac. Les arbres le cernaient de près ; on apercevait des montagnes derrière, au loin. L'eau était sombre et plate, sans une seule ride troublant sa surface.

Sur la rive, Scotty trouva une barque dissimulée sous un fourré. Justin la regarda avec défiance.

« Laisse-moi deviner, dit Kady : tu ne sais pas nager.

— Je pensais à la bestiole. Si la barque se renverse, elle coulera droit au fond. »

Scotty examina Tatyana, qui s'était assise sur son derrière en attendant patiemment qu'ils résolvent le problème.

« De toute façon, je ne vois pas comment elle pourrait venir avec nous, même en supposant que Jan soit d'accord. Elle est trop grosse pour pouvoir passer par l'échelle.

— L'échelle ? s'étonna Justin. Mais où on va, exactement ?

— Là-bas. »

Scotty montrait du doigt une protubérance lisse à peine visible au centre du lac ; une sorte d'île métallique brillant sous la lumière du crépuscule.

« C'est ça, votre planque ? Un peu nue, non ?

— Ce n'est que l'entrée, idiot ! Nous habitons sous l'eau. »

Kady s'était agenouillée devant Tatyana et lui caressait la tête.

« Ça ne te dérange pas de rester ici toute seule pendant un certain temps ? Nous reviendrons dès que possible. »

Tatyana lui donna un petit coup de la tête dans l'épaule en ronronnant.

« Bah, t'en fais pas, elle va dormir, dit Justin. Tout ira bien.

— Tu crois ? fit Kady sans grande conviction. Bon, d'accord. Allons-y. »

Ils s'installèrent dans la barque. Scotty s'empara des rames et commença à manœuvrer en direction de l'île. Tatyana s'allongea sur la rive, poussa un énorme bâillement et ferma les yeux.

« Je te l'avais bien dit ! » triompha Justin.

Au fur et à mesure de leur progression, Kady constata que sur l'un des côtés de l'île se trouvait un endroit réservé à l'accostage. Une dizaine de barques flottaient sur l'eau, accrochées à des barres métalliques.

Ils amarrèrent leur propre embarcation et mirent pied à terre. L'île était grande, mais totalement lisse, à l'exception d'une sorte de trappe au centre. Plusieurs cadrans étaient insérés dans l'abattant : une serrure à combinaison. Scotty tapa des codes jusqu'à ce que la porte s'ouvre avec un sifflement.

À l'intérieur les attendait une échelle qui s'enfonçait sous terre. Le passage était étroit, et Kady comprit pourquoi Scotty doutait que Tatyana puisse s'y glisser. Elle essaya de distinguer le smilodon sur la rive, mais il faisait désormais trop sombre.

« Allez, on y va ! fit Scotty. Les dames d'abord. Bienvenue dans la Bathysphère ! »

Kady descendit et se retrouva dans une petite pièce aux murs en métal boulonné. Cela ressemblait à l'intérieur d'un sous-marin. Un bruit de soufflerie provenait d'un lieu lointain en dessous d'elle. La lumière était fournie par des petites lampes ovales. Une porte pressurisée, actionnée par un volant, était entrebâillée. Derrière, un bruit de pas s'approchait.

Justin arriva, suivi de Scotty. Ce dernier était occupé à refermer la trappe quand la porte s'ouvrit.

Le nouveau venu était blond, beau et grand, vêtu d'un gros blouson et de bottes. Il était accompagné de trois autres garçons dont l'un devait avoisiner les dix-huit ans. Tous étaient très costauds, et leur attitude n'était pas particulièrement amicale.

« Jan, tu te souviens de Kady ? » demanda nerveusement Scotty.

Le garçon blond examina Kady avec surprise.

« Bonjour ! » le salua-t-elle.

Jan se tourna vers ses compagnons.

« Saisissez-les ! ordonna-t-il sèchement. Jetez-les dans la prison !

— Eh ! protesta Kady en se voyant immédiatement cernée. Laissez-moi tranquille ! »

Elle fut traînée hors de la salle. En partant, elle eut le temps de voir que Justin ne se laissait pas faire. Il avait décoché un grand coup de poing sur la mâchoire de l'un de ses agresseurs, et s'était retrouvé projeté sur le sol. Elle ne put voir ce qui arrivait ensuite car elle fut tirée sans ménagement dans le couloir, mais elle les entendit le frapper avec sauvagerie, et des larmes de rage lui montèrent aux yeux.

Birmingham

1

Il faisait presque nuit quand Seth et Alicia arrivèrent à Birmingham, même si six heures n'avaient pas encore sonné. Les jours raccourcissaient, et raccourciraient encore plus avant de recommencer à lutter contre l'obscurité.

Seth avait acheté son billet avec les économies qu'il avait emportées de chez lui. Alicia avait utilisé son argent de poche. Le wagon dans lequel ils montèrent n'était qu'à moitié plein. Ils s'assirent côte à côte et regardèrent la gare disparaître peu à peu.

Ils restèrent longtemps silencieux. Aucun des deux ne savait que dire. Jusqu'à cet après-midi, ils avaient été des inconnus l'un pour l'autre ; à présent, ils voyageaient ensemble vers une usine abandonnée dans une ville qu'ils ne connaissaient pas, dans le noir. Cette idée aurait été effrayante en n'importe quelle circonstance ; savoir qu'ils allaient probablement y trouver quelque chose de terrible ne faisait qu'empirer les choses.

Voilà ce qui arrivait quand on commençait à s'intéresser à Malice. Les gens étaient impliqués là-dedans malgré eux. Luke n'avait pas voulu y entraîner Seth, mais c'était arrivé. Seth n'avait pas voulu y entraîner Kady, mais c'était arrivé. Et maintenant, simplement parce que son frère avait circulé sur une route de campagne au mauvais moment, Alicia était entraînée dans cette histoire à son tour.

Et puis il y avait leurs familles respectives. Seth songea à ses parents, qui avaient probablement déjà appelé la police, même s'il n'avait disparu que depuis quelques heures. Il fut pris de remords en repensant aux larmes de sa mère. Même son père, qui manifestait à peu près autant d'émotions qu'un fromage, serait inquiet à sa manière. Il s'en voulait de leur causer du chagrin.

Et les parents de Kady, désespérés par son départ ? Et la mère de Luke ? Tous avaient terriblement souffert après la disparition de leurs enfants.

Il fallait qu'il y mette un terme. Il fallait qu'il arrête Tall Jake.

Seth aurait préféré ne pas avoir à se sentir responsable d'Alicia. Il ne voulait pas la mettre en danger. Néanmoins, il était soulagé de ne pas être seul.

« Je n'arrive pas à y croire », lâcha-t-elle enfin.

Seth ne sut pas quoi répondre. Il avait eu du mal à y croire lui-même.

« C'est fou. Tout est fou, dans cette histoire. » Elle secoua tristement la tête. « J'ai menti à mes parents. Je ne mens *jamais* à mes parents. S'ils savaient que j'étais en train d'aller à Birmingham avec un garçon que je connais à peine au lieu d'étudier chez une amie, ils me tueraient. »

Seth se mit à rire.

« Après tout ce qui est arrivé ce soir, c'est ça qui t'inquiète ? J'ai failli être tué pour de bon ! Et je te parle d'une vraie mort, pas d'un sermon.

— Je n'aime pas mentir. »

Seth redevint sérieux.

« Moi non plus. Mais parfois, c'est indispensable. Tes parents ne comprendraient pas. Ils essaieraient de te protéger en t'interdisant de sortir, ou te conduiraient chez un psy, mais ils ne te croiraient pas. Voilà pourquoi il faut garder le secret. Ils ne feraient que nous mettre des bâtons dans les roues. »

Alicia regarda le paysage plongé dans la pénombre derrière la fenêtre.

« J'ai toujours fait ce qu'on me disait. C'est Lemar, l'enfant difficile ; moi, je suis la petite fille sage. Celle qui rapporte des bonnes notes. Celle qui va devenir ingénieure ou quelque chose du genre. » Elle ôta ses lunettes et les essuya avec son pull. « Ils ne seraient pas fâchés. Ils seraient déçus. C'est pire. »

Seth se laissa aller contre l'appui-tête et regarda le plafond.

« Tu en as, de la chance. Moi, e déçois mes parents tout le temps. » Elle lui lança un regard noir, et il se rendit compte qu'il avait l'air de se moquer d'elle. « Écoute, tu m'as bien dit que tu voulais devenir artiste, pas vrai ?

— Illustratrice.

— C'est ça. Et tu es bonne en dessin ? »

Elle haussa les épaules.

« Je suis la première en arts plastiques.

— Alors sois illustratrice. C'est bien gentil de la part de tes parents de te dire ce qu'ils veulent que tu fasses, mais c'est toi qui dois vivre ta vie. Pas eux. Il n'y a pas que les bonnes notes dans l'existence, tu sais.

— Je sais, dit-elle sombrement. J'ai découvert ça ce soir. »

2

Seth et Alicia achetèrent un plan de Birmingham à l'office du tourisme, des lampes de poche dans une quincaillerie, et partirent à la recherche de Mackenzie Street.

Quand ils sortirent du centre-ville, les rues devinrent de plus en plus désertiques, de plus en plus sinistres. Mackenzie Street était une longue route circulant entre deux hautes clôtures. D'un côté se trouvait un site en construction, avec des grues et des camions-bennes immobiles sous la lumière des lampadaires. De l'autre côté, une usine en ruine entourée de broussailles.

« Nous y voici, dit Seth. Tu veux m'attendre ici ou entrer avec moi ? »

Alicia n'avait envie de faire ni l'un ni l'autre. Il n'y avait aucune maison dans les environs, et le silence de la rue était particulièrement pesant.

« Je viens avec toi. »

La clôture fut facilement escaladée. Seth passa le premier et aida Alicia à redescendre de l'autre côté. Ils se dirigèrent vers l'usine.

Elle était abandonnée depuis longtemps. La plupart des fenêtres étaient cassées, le toit percé de trous, les murs à moitié en ruine. Aucun promoteur immobilier ne s'était intéressé au terrain ; par conséquent, le bâtiment n'avait pas été démoli. Cela arrivait souvent dans ce genre d'endroit, où les constructions délabrées se dressaient telles des dents cariées que personne ne se souciait de faire arracher. Autre raison pour laquelle Seth n'aimait pas les grandes villes.

Les mauvaises herbes autour de l'usine étaient jonchées de débris. Des gravats, des canettes de bière, des mégots. Un morceau de ruban plastique rouge et blanc se balançait, secoué par le vent.

Au fur et à mesure qu'il avançait, Seth retrouvait cette impression de porter une couverture glacée sur les épaules. Au début, il espéra que son imagination lui jouait des tours, mais il lui fut bientôt impossible de l'ignorer. C'était la même sensation que chez Philip

Gormley, en bien plus fort ; comme s'ils allaient à la rencontre du Mal.

« Il y a quelque chose là-dedans », annonça-t-il.

Alicia s'arrêta net.

« Quoi ?

— Tu ne le sens pas ?

— J'ai peur, voilà tout. Je ne sens rien.

— Moi, si. C'est une longue histoire, mais quand j'étais à Malice, j'ai été… enfin, j'ai utilisé un arc qui appartenait à… une sorte de déesse, je crois, ou quelque chose du genre. L'Omission. Et ça m'a… transformé, d'une certaine manière. Je ne sais pas comment exactement. En tout cas, j'ai senti qu'il y avait quelque chose qui clochait chez Philip bien avant qu'il ne m'avoue qu'il avait appelé Tall Jake. Et là, je sens qu'il y a quelque chose qui cloche dans cette usine. »

Alicia le dévisagea.

« Tu veux entrer quand même ?

— Oui. Et toi ? »

Elle prit une profonde inspiration.

« Oui. »

Les endroits abandonnés ne restent jamais longtemps inviolés. Des voyous ou des vagabonds finissent toujours par y pénétrer. Seth ne fut donc pas surpris de trouver une porte entrebâillée.

Il jeta un coup d'œil à l'intérieur. Les murs étaient décrépis, et plâtre et cailloux couvraient le sol. Par les fenêtres pénétrait la faible lumière jaune des lampadaires de la rue.

Il entra. Alicia le suivit, si près qu'elle était presque collée à lui.

De nombreuses portes menaient à des pièces vides. D'anciens bureaux, avec des tables fixées au mur et des armoires à dossiers renversées ; ou des salles plus grandes, avec de hautes vitres brisées et des trous dans le sol, là où se trouvaient autrefois les machines.

« On cherche un billet, c'est ça ? demanda Alicia.

— C'est ça. La seule manière de vaincre Malice, c'est de s'enfuir ; or, personne ne voudrait jouer aux petits jeux de Tall Jake si on n'avait aucune chance de gagner. On trouve donc des billets cachés ici et là, dans des endroits dangereux. Certains sont noirs et permettent de se rendre dans un autre domaine de Malice – de recommencer à zéro, en quelque sorte. D'autres sont blancs et autorisent à rentrer chez soi.

— Il nous faut donc un billet blanc ?

— C'est ça. Les billets blancs fonctionnent dans les deux sens. Mon amie Kady en a utilisé un pour retourner dans Malice. »

Seth ajusta une fois de plus le sac sur ses épaules. Le Fragment lui semblait de plus en plus lourd. Il n'était pas certain que ce fût une bonne idée de l'emporter dans un tel endroit, mais il n'osait pas le déposer quelque part. Comment être certain qu'il serait en sécurité ?

« Ce serait plus rapide si on se séparait, suggéra Seth.

— Non merci ! refusa précipitamment Alicia. Je ne suis pas pressée ! Tu n'as jamais vu de film d'horreur ? Je me moque si ça prend deux fois plus de temps : je refuse de me promener seule dans un endroit pareil ! »

Elle remarqua alors le sourire de Seth et comprit qu'il plaisantait.

« Ah ah. Très drôle, fit-elle, boudeuse.

— Désolé. »

Il n'était pas le moins du monde désolé. Il avait ressenti le besoin d'alléger un peu l'atmosphère pour lutter contre son désir de repartir en courant. L'horrible ambiance de ce lieu l'écrasait. Sans compter que Mim, sur le canal IRC, avait pu voir qu'on conseillait à Seth de se rendre ici. Elle était peut-être sur le point d'arriver. Peut-être même les guettait-elle déjà, tapie dans un coin.

Peut-être, se répéta-t-il.

Ils explorèrent plusieurs pièces, mais n'y trouvèrent que des déchets. Rien ne bougeait. Le seul bruit était celui de leurs chaussures sur le sol. Ils retournèrent dans le couloir. Un peu plus loin, Seth découvrit une porte coupe-feu. Il appuya sur la barre et l'ouvrit.

De l'autre côté se trouvait un escalier qui descendait dans le noir complet. Une mauvaise odeur flottait dans l'air, comme celle de la viande avariée. Alicia se couvrit le visage des mains.

« Oh, mon Dieu… C'est quoi, ça ? »

Seth alluma sa lampe de poche, mais ne vit qu'un sol en béton au bas de l'escalier. Il descendit une marche. Alicia l'agrippa par le bras.

« Tu n'as pas l'intention d'y aller, quand même ? » murmura-t-elle.

Pour toute réponse, Seth la regarda, et elle lut la détermination dans ses yeux.

« Mais tu n'as vraiment jamais vu de film d'horreur, ou quoi ? gémit-elle. Il ne faut *jamais* descendre à la cave !

— Je ne regarde pas beaucoup la télé. »

Sur ce, Seth se remit en marche. Alicia alluma sa propre lampe et le suivit en maugréant.

Un couloir souterrain s'étendait devant eux. De nombreux tuyaux couraient au plafond. Aucune lumière ne provenait de l'extérieur ; au-delà des faisceaux de leurs lampes, l'obscurité était totale.

Arrivé en bas, Seth hésita quelques secondes. Les ténèbres lui remémoraient douloureusement les journées passées dans les Oubliettes. Il frissonna.

Alicia se retourna vers le haut de l'escalier et la porte coupe-feu.

« Revenons en arrière, proposa-t-elle. Il doit y avoir un autre moyen de trouver ce billet.

— Je n'ai pas le temps de chercher une autre solution. » Seth ravala son angoisse. « Mes amis sont en danger. Il faut que j'aille les rejoindre »

Ils avancèrent jusqu'à un croisement. Deux couloirs semblables partaient dans deux directions opposées. Seth en choisit un au hasard. Ils passèrent devant une porte, et Seth éclaira ce qui se trouvait de l'autre côté : un énorme chauffe-eau en partie démonté. Ils continuèrent leur chemin.

Ils arrivèrent bientôt à une autre bifurcation, puis encore une autre. À chaque fois, des couloirs vides, tous identiques. Seth entendait Alicia réciter à mi-voix la route qu'ils devaient prendre pour retourner sur leurs pas. *Gauche, droite, droite*. Il trouva ça étrangement rassurant. Il n'osait pas songer à ce qui arriverait si quelqu'un les enfermait dans le sous-sol. Ils n'auraient aucun espoir de survivre. Ils seraient condamnés à errer dans le noir jusqu'à ce que leurs lumières s'éteignent. Seth ne pouvait pas supporter cette idée. Pas après les Oubliettes. Cela lui avait suffi pour toute une vie.

Je sais qu'il y a quelque chose ici, quelque part. Où es-tu ? Montre-toi !

L'odeur de viande avariée se faisait plus forte. Seth entendait des rats fureter dans les coins ; sa lampe en illumina un, occupé à grignoter un scarabée, qui s'assit et les observa en fronçant le nez. Alicia poussa un petit cri de surprise, et l'animal détala. Le bruit résonna dans le silence.

« Désolée », chuchota-t-elle.

Mais il n'y eut pas d'autre son, aucun signe que quelqu'un – ou quelque chose – les ait entendus. Seth se rendit compte qu'il avait retenu son souffle et expira lentement.

Ils empruntèrent d'autres couloirs ; dépassèrent d'autres portes donnant sur des cagibis ou des placards à fusibles. *Droite, gauche, droite, gauche, gauche, droite, gauche, droite, droite.*

C'est alors qu'ils aperçurent une lumière au loin.

Ce n'était qu'une faible lueur derrière un tournant, tout au bout du couloir. Seth éteignit sa lampe. Alicia en fit autant.

« Qu'est-ce que c'est ? »

Seth ne répondit pas. Il avança sur la pointe des pieds. Il y avait juste assez de lumière pour voir où il allait. Il percevait un bruit mécanique, comme celui de machines en marche. L'air était nauséabond. Une angoisse sourde s'empara de lui.

Le tournant. Je ne sais pas ce que c'est, mais c'est après ce tournant.

Alicia l'attrapa par le coude.

« Les murs. Regarde les murs ! »

Il comprit immédiatement sur quoi elle attirait son attention. Le couloir n'était plus en béton, et les tuyaux rouillés avaient disparu. Murs, sol et plafond étaient constitués d'un métal sale et terne semblable à du cuivre.

« Tu as remarqué à quel moment ça a changé ? » l'interrogea-t-il.

Elle secoua la tête.

Un crissement tout proche les fit sursauter tous les deux. C'était un bruit de métaux frottés l'un contre l'autre, comme les gonds d'une énorme porte.

Les yeux d'Alicia s'agrandirent de terreur.

« Il y a quelque chose là-bas. »

ATTENDS!
QUELQUE CHOSE A CHANGÉ.
CHANGÉ? COMMENT ÇA?
JE NE SAIS PAS, MAIS...
... JE CROIS QU'ON NOUS REGARDE.
SETH, J'AI DÉJÀ BIEN ASSEZ PEUR COMME ÇA.
ON PEUT Y ALLER VITE FAIT, S'IL TE PLAÎT?

BZZZZZ
CE SONT DES BIDONS DE CONSERVATION.
QU'Y A-T-IL DEDANS?
RIEN, RIEN.

SETH!
VIENS VOIR!
REGARDE!
JE NE CROIS PAS QU'IL NOUS AIT VUS.
VIENS.
54862

MAIS OÙ SOMMES-NOUS ?
JE NE SAIS PAS COMMENT, MAIS JE CROIS QU'ON EST ARRIVÉS À MALICE.
JE CROIS MÊME QUE NOUS SOMMES DANS LA BD EN CE MOMENT MÊME.
MAINTENANT ?
COMMENT LE SAIS-TU ?
JE LE SENS, ON NOUS LIT.
ahprypaeruiajdfqmoeiura
PAS LA PEINE D'ESSAYER DE COMMUNIQUER AVEC NOTRE MONDE, CE SERA CENSURÉ.
DONC, EN SUPPOSANT QUE NOUS SOMMES À MALICE...
OÙ SOMMES-NOUS EXACTEMENT ?

MALICE
AH,
DANS LA MAISON DES MORTS.
Grendel

IL FAUT QU'ON SORTE DE LÀ.
CHERCHONS UN BILLET AVANT D'ÊTRE VUS.
SETH?
TMP
TMP
TMP TMP
TROP TARD.
JANITOR MARV
AAAARGH!!!
COURS!

AAAAH!
GNAAA! GNAAA!
RETIRE-LE!
ALLEZ, VAS-Y!
AAAARGH!!!
TMP TMP TMP
KRASSSHHH
COUUURS!

3

Gauche, droite, gauche, droite, gauche, gauche, droite, gauche droite, droite.

Le cœur de Seth battait à tout rompre dans sa poitrine. Les faisceaux de leurs lampes tournoyaient dans le noir.

« Droite ! » cria Alicia quand ils approchèrent d'un nouveau croisement. Derrière eux, un rugissement, des bruits de bottes. Seth tourna à droite. Il voyait à peine où il allait : difficile de tenir la lampe levée tout en courant.

« Gauche ! » hurla Alicia.

Elle était envahie par la panique, au bord de la crise d'hystérie. Si elle avait encore eu quelques doutes au sujet de Malice, ils s'étaient envolés.

Les murs n'étaient plus en métal, mais en béton. Ils avaient à nouveau changé sans que Seth s'en aperçoive. La sensation désagréable d'être observé s'était également évanouie.

Ils étaient sortis de Malice. Mais ils n'étaient pas encore en sécurité. L'ogre les suivait de près.

« Droite ! »

C'était un véritable labyrinthe. Il remercia silencieusement Alicia d'avoir mémorisé la route, tout en regrettant qu'elle ne coure pas plus vite. Il était obligé de ralentir pour rester à sa hauteur. Sachant ce qui les poursuivait, il aurait voulu foncer de toutes ses jambes, mais il ne pouvait pas la laisser seule. D'ailleurs, sans elle, il se serait perdu.

Il pointa la lampe dans son dos pour vérifier qu'elle le suivait. L'espace d'une seconde, il distingua son visage terrifié ainsi que l'énorme silhouette mugissante qui courait pesamment au loin.

« De quel côté ? » demanda-t-il en s'approchant d'une autre intersection.

Gauche, droite, gauche, droite, gauche, gauche, droite, gauche droite, droite.

« Droite ! Non, gauche !

— Tu es sûre ?

— Gauche ! »

Ils tournèrent à gauche, puis de nouveau à gauche. Chaque couloir ressemblait au précédent. Après deux autres tournants, Seth se rendit compte que le lourd bruit de pas était moins perceptible. La distance qui les séparait de l'ogre augmentait.

« Il s'est trompé de côté. Nous l'avons semé. »

Il regarda Alicia qui eut un sourire tiré. C'était grâce à elle. Contrairement à l'ogre, elle connaissait la route pour sortir de là.

Gauche, droite, gauche, droite, gauche, gauche, droite, gauche, droite, droite.

Enfin, l'escalier apparut devant eux. Seth fut immensément soulagé de constater que la porte coupe-feu était toujours ouverte. Ils grimpèrent les marches à toute allure et claquèrent la porte derrière eux.

Seth s'adossa au métal pour reprendre son souffle. Alicia posa les mains sur ses cuisses, hors d'haleine.

L'écho d'un grondement lointain arriva jusqu'à eux. Ils échangèrent un regard et bondirent à nouveau. Ils traversèrent l'usine, le terrain vague, escaladèrent la clôture et continuèrent leur course. Ils ne s'arrêtèrent qu'à plusieurs centaines de mètres de là.

RAVAGE

Prisonniers

1

Kady fut poussée dans la cellule si violemment qu'elle trébucha et tomba sur le sol métallique. Quand elle se releva, l'un des lieutenants de Jan se tenait sur le seuil, les bras croisés.

La prison était une petite pièce divisée en deux par des barreaux. Kady se tenait d'un côté, le voyou de l'autre. On entendait un bruit régulier de soufflerie derrière les murs, comme si la Bathysphère respirait.

« Qu'est-ce qui vous prend ? Qu'avons-nous fait ? » Après avoir cherché Ravage si longtemps, Kady était terriblement déçue par cet accueil. « Nous sommes venus nous joindre à vous !

— La ferme ! » répondit celui que les autres avaient nommé Parker. C'était un Anglais, petit mais fort, aux traits épais. La faible lumière des lampes ovales couvrait son visage d'ombres.

Il y eut un remue-ménage devant l'entrée, et Justin fut traîné à l'intérieur par deux autres garçons. Du sang coulait sur son visage et l'un de ses yeux était enflé, tout comme sa lèvre supérieure. Ils le lâchèrent, et Justin s'effondra par terre. Kady s'agenouilla près de lui, inquiète.

« Justin, ça va ? Justin ! »

Il roula sur le dos, lentement et douloureusement, puis se redressa sur un coude et cracha du sang par-dessus son épaule.

« C'est ce que vous pouvez faire de mieux ? lança-t-il à ses tortionnaires. Ma mère cogne plus fort que vous ! »

L'un des garçons voulut se jeter sur lui, mais son compagnon le retint.

« Laisse. Il n'en vaut pas la peine. »

Ils sortirent. Parker ferma la grille derrière eux, tourna la clef dans la serrure et la serra dans son poing.

Kady aida Justin à s'asseoir. Il avait été consciencieusement tabassé. Elle regretta amèrement l'absence de Tatyana : le smilodon aurait donné une bonne leçon à ces brutes.

Jan entra et se tint de l'autre côté des barreaux, les yeux fixés sur eux. Son calme décupla la rage de Kady. Elle se précipita vers la grille.

« Tu es fou, ou quoi ? C'est comme ça que vous traitez vos nouvelles recrues ?

— C'est comme ça que nous traitons les étrangers », corrigea-t-il en désignant Justin. Puis il posa sur elle ses yeux d'un bleu glacial. « Et les traîtres.

— Les traîtres ? répéta Kady, ahurie.

— Quand es-tu partie chercher le Fragment, dis-moi ? Il y a un an ? Plus ? Il t'a fallu un certain temps pour retrouver ton chemin, non ?

— Je suis retournée chez moi. Dans le vrai monde.

— Ceci est un vrai monde, Kady. » Jan parlait sur un ton raisonnable exaspérant, dans un anglais parfait, avec à peine quelques inflexions suédoises. « En tout cas pour nous. Et visiblement, tu n'as toujours pas le Fragment.

— On va bientôt me l'apporter.

— Ben voyons. » Il était visible qu'il ne la croyait pas une seconde. « Où es-tu réellement allée ?

— Je viens de te dire…

— Oui, oui, je sais ce que tu viens de me dire. Et te voici de retour, un an plus tard, comme si c'était normal. Je suppose que tu t'attendais à retrouver ta place de chef ? Tu t'imaginais que j'aurais gardé ton siège bien au chaud ?

— Je ne m'imaginais rien du tout ! s'énerva Kady. Et certainement pas que j'allais être attaquée par une bande de brutes !

— Même s'ils frappent comme des tapettes », intervint Justin avec un sourire teinté de rouge.

Jan l'ignora.

« Tu peux prouver ce que tu racontes ? »

Kady réfléchit. Tout ce qu'elle avait ramené de chez elle – son porte-monnaie, son matériel d'escalade – était rangé dans son sac à dos, à l'atelier de Shaddly

Bletch. Tous ces objets lui semblaient désormais si inutiles qu'elle n'y songeait plus tellement.

Elle eut soudain une idée. Elle ôta son bonnet et le retourna pour lui montrer l'étiquette comportant les instructions de lavage.

« Regarde ! Où veux-tu que j'aie trouvé ça ? Au *H&M* de Malice ?

— Ça ne m'étonnerait pas qu'ils aient ouvert un magasin ici aussi, plaisanta Justin.

— N'importe qui aurait pu te le donner, objecta Jan. Nous ne savons pas où tu as passé cette année. Et si tu étais tombée entre les mains de Tall Jake ? Et si tu étais devenue son agent, et qu'il t'ait envoyée nous espionner ?

— Ne sois pas ridicule ! Où est Scotty ? Il peut se porter garant pour moi !

— Ce n'est pas Scotty le chef. C'est moi ! »

Kady ravala la réponse furieuse qui lui montait aux lèvres. S'énerver ne servait à rien.

Sa mère s'était beaucoup intéressée à la psychologie : c'était indispensable pour une hypnotiseuse. Kady avait ainsi appris beaucoup de choses en feuilletant les magazines qui traînaient à la maison. Elle avait par exemple retenu qu'il était parfois nécessaire de retrouver son sang-froid pour s'interroger sur les raisons du comportement de quelqu'un. Elle prit donc une profonde inspiration et réfléchit quelques secondes.

Jan la voyait comment un danger. Il avait peur que

sa position de chef ne soit menacée par son retour. Tous ceux qui étaient en désaccord avec ses décisions, par exemple Scotty, considéreraient Kady comme une possibilité de retour à des temps meilleurs. Sous sa façade impassible, Jan était inquiet, paranoïaque.

« Je sais », dit-elle. Elle avait retrouvé son calme. « C'est toi le chef. Pas moi. Tout ça, c'est du passé. Je n'ai aucune envie de reprendre les rênes, Jan. Je veux juste faire partie de Ravage. Je veux me battre contre Tall Jake. »

Jan plissa les yeux, soupçonneux.

« Ravage a changé. On fait les choses à ma manière, maintenant. »

Kady leva ses paumes.

« Bien sûr. Pas de soucis. On fait les choses à ta manière. Je n'ai pas envie de poser des problèmes. Je veux juste faire partie de la bande. »

Le regard de Jan se posa sur Justin.

« Et lui ? »

Justin haussa les épaules et essuya sa lèvre enflée d'un revers de la main.

« Moi, j'ai juste envie de m'amuser. Du moment qu'on emmerde Tall Jake, je me fous de savoir qui commande.

— Donne-nous une chance, insista Kady. C'est tout ce que je te demande. »

Jan médita sur ses paroles. Il était probablement conscient qu'il ne pouvait pas les garder éternellement enfermés, et il ne pouvait pas non plus les renvoyer :

ils en savaient trop. Par ailleurs, Kady ne croyait pas qu'il en viendrait à envisager de les supprimer. Elle s'efforçait donc de le convaincre que le seul choix possible – les laisser intégrer la bande – ne présentait pas de danger. De toute façon, c'était vrai : elle n'avait aucune envie de diriger Ravage. Prendre la tête d'un gang de rebelles ne faisait pas partie de ses ambitions.

Peut-être Jan aurait-il décidé de les libérer ; peut-être pas. Ils ne le surent jamais car, à ce moment-là, la porte s'ouvrit violemment et un garçon pénétra dans la pièce.

Sa taille était impressionnante. Il devait avoir seize ou dix-sept ans, mais il dépassait les deux mètres de haut et était bâti comme une forteresse. Il était noir, avec les cheveux tressés sur le crâne, et semblait furieux.

« Qu'est-ce que vous faites ? » aboya-t-il à l'attention de Parker.

Justin reconnut son accent cockney et s'exclama joyeusement :

« Ah ! Un Londonien ! Tire-nous de là, mec ! »

L'autre se tourna vers Jan, furieux.

« Vous pouvez m'expliquer pourquoi Kady est là-dedans ? »

Jan et ses lieutenants reculèrent, visiblement mal à l'aise.

« Nous ne savons pas d'où elle vient, et…

— C'est Kady ! hurla l'autre. C'est elle qui a *fait* Ravage ! Sans elle, on ne serait pas là !

— Écoute, Dylan, tu ne peux pas… »

Mais Dylan ne l'écoutait pas. Il arracha la clef des mains de Parker, ouvrit la grille et fit signe aux prisonniers de sortir.

« Allez, venez ! »

Parker agrippa Dylan par l'épaule.

« Eh ! Depuis quand est-ce toi qui commandes ? »

Dylan pivota sur lui-même, souleva Parker par son pull et le cloua au mur, brandissant un énorme poing sous son nez.

« Je ne te conseille pas de me toucher, mec. » Il se tourna vers les autres. « Un autre volontaire ? » Il n'y en avait pas. « Il me semblait bien. »

Dylan lâcha Parker, et Kady et Justin sortirent de la cellule. Justin ne put s'empêcher de saluer joyeusement ses bourreaux en passant devant eux.

« À bientôt, les gars ! »

Il pouvait encore les entendre marmonner des injures quand il referma la porte derrière lui.

2

L'infirmerie n'était pas beaucoup plus grande que la prison, mais elle comportait un élément intéressant : une fenêtre en losange couvrait une bonne partie d'un mur. À l'extérieur, quelques lumières brillaient au milieu des ténèbres.

Il y avait là des globes blancs qui dansaient au loin tels des lampions ; des rayons rouges qui traversaient l'obscurité comme un météore ; des lueurs clignotantes qui flottaient devant la fenêtre ; des traces jaunes et vertes qui s'évanouissaient lentement.

« Ce sont les poissons du lac », expliqua Scotty. Il était occupé à désinfecter les blessures du visage de Justin à l'aide d'un coton imbibé. « C'était un observatoire marin, ici, avant. Personne ne sait ce qui est arrivé aux scientifiques. Quand nous l'avons trouvé, il était vide. »

Assis sur le bord d'une table chirurgicale, Justin, appliquant d'une main une poche de glace sur son front, s'efforçait de ne pas tressaillir à chaque fois que Scotty touchait son visage. Kady se tenait debout près d'eux ; silencieux et maussade, Dylan restait en faction devant la porte.

« On dirait que ce n'est pas la première fois que tu fais ça, observa Kady.

— On peut dire que je suis le médecin de bord, en quelque sorte. Je suis l'aîné de six garçons. Beaucoup de bagarres, beaucoup de bobos. J'ai passé mon enfance à soigner mes petits frères. » Une ombre de tristesse traversa son visage. « Ces morveux me manquent.

— Pourquoi ne rentres-tu pas chez toi ? demanda Justin.

— Il me faudrait un billet. C'est facile de trouver un billet noir, mais un blanc ? Il ne faut pas compter sur moi pour en chercher un. On ne les trouve que dans les coins où on se fait tuer. Le Labyrinthe ? Les Rochers ? Non merci ! Donc, à moins que quelqu'un m'en donne un...

— Mais comment es-tu arrivé ici ? demanda Kady. Je ne savais pas que la BD était distribuée aux États-Unis – ni en Suède, d'ailleurs.

— Elle ne l'est pas. En tout cas, je n'ai jamais vu de numéro. Personne de ma connaissance n'en a jamais vu, même si quelques-uns s'en vantaient. Mais il y a Internet. Une personne en parle à une autre, qui le répète... Des rumeurs. J'avais un copain sur MySpace qui m'a dirigé vers un forum ; c'est là que j'ai appris l'existence de Malice. » Il recula, examina Justin, puis annonça : « Tu survivras.

— Merci, toubib, répondit Justin en descendant de la table. C'était ric-rac, hein ? »

Scotty alla ranger son matériel dans une armoire à pharmacie tout en poursuivant son histoire :

« Bref, un jour j'ai fait le rituel. La plume de corbeau, la brindille, les poils de chat, tout ça... Juste pour voir. » Il fit un large geste de la main pour montrer ce qui l'entourait. « Et j'ai découvert que c'était vrai. Une sacrée surprise. »

Kady se tourna vers Dylan.

« Je te dois mille mercis.

— De rien. Scotty dit que tu as tout oublié.

— C'est Dylan qui a convaincu tout le monde de t'écouter, quand tu es venue la première fois, précisa Scotty. Il t'a soutenue depuis le début. Jan et ses copains font peur aux autres, mais ils ont eux-mêmes peur de Dylan. »

Kady essayait de trouver un moyen d'exprimer sa reconnaissance, mais il lui était difficile d'être sincère alors qu'elle ne se rappelait rien.

« Pourquoi n'as-tu pas pris le commandement après mon départ ? demanda-t-elle enfin.

— Dire aux gens ce qu'il faut faire, ce n'est pas mon truc.

— Non, ça c'est son truc à elle, fit Justin.

— Ce n'est pas vrai ! protesta Kady. Enfin, pas complètement... »

À cet instant, un visage apparu dans l'entrebâillement de la porte. C'était Parker. Après un regard circulaire, il s'adressa à Kady et Justin :

« Jan veut vous parler à tous les deux. Seuls. »

Justin désigna les traces de coups sur son visage.

« Il m'a déjà parlé. »

Parker haussa les épaules.

« Je vous transmets le message, c'est tout. Vous vouliez qu'on vous donne une chance ? Alors allez le voir. »

Il repartit.

« Peut-être qu'il veut vous mettre dans la confidence au sujet de son prochain raid », conjectura Scotty.

Justin leva un sourcil à l'attention de Kady.

« Ton petit discours l'a amadoué, on dirait.

— On dirait, oui. » Elle montra la porte. « On y va ?

— Les dames d'abord. »

Aller sans retour

1

« Je vais aller à Londres. »

Alicia leva les yeux de son café. Seth comptait son argent sur la table du *Starbucks* où ils s'étaient installés. Des horaires de car étaient éparpillés devant lui. Par la fenêtre, elle voyait les quais de la gare de Birmingham, noirs de monde.

« Maintenant ?

— Il y a un car qui part dans quelques minutes. Je serai à Londres avant minuit.

— Et ensuite ?

— Le métro sera peut-être encore ouvert. Je ne sais pas. Mais je suis presque sûr que certains bus circulent toute la nuit. Je me débrouillerai.

— Non, je voulais dire… pourquoi veux-tu aller à Londres ? Qu'y a-t-il là-bas ? »

Seth rempocha son argent après avoir vérifié qu'il avait de quoi s'acheter un billet, même si cela devait venir à bout de ses économies.

« Trois choses, énonça-t-il en comptant sur ses doigts. D'abord, *Black Dice Comics*. C'est la librairie où travaille Scratch, et où j'ai trouvé un exemplaire de *Malice*. Peut-être que j'y découvrirai quelque chose. Deuxièmement, une maison à Kensington où Kady est allée. Elle m'a donné l'adresse. C'est là que loge Scratch. Il y avait un autre exemplaire de *Malice*, là-bas. Dans l'un ou l'autre de ces endroits, je trouverai peut-être un billet, un indice, quelque chose. »

Il était également possible qu'il se retrouve nez à nez avec Icarus Scratch, le sinistre libraire collaborant avec Tall Jake. Scratch était un homme dangereux, et Seth aurait préféré ne pas le croiser, mais il devait prendre ce risque s'il voulait retourner à Malice.

« Et la troisième chose ? le relança Alicia.

— La vieille gare de triage de Lewisham dont il a été question sur le canal IRC, tu te rappelles ?

— Lewisham est à Londres ?

— Oui, au sud. Kady habitait à Greenwich avant de venir à Hathern ; ce n'est pas loin de là. »

Il saisit le stylo qu'il lui avait emprunté et nota une suite de lettres et de chiffres au verso de l'un des horaires de car, puis lui tendit le papier.

« J'ai aussi ce numéro de plaque d'immatriculation. Celui de la voiture de Scratch. Je l'ai appris par cœur avant de quitter Kady. Je ne sais pas à quoi ça peut me servir, cela dit : j'ignore comment on peut retrouver une voiture grâce à sa plaque, et je doute que la police le fasse pour moi... »

Alicia leva les mains.

« Seth. Arrête.

— Quoi ?

— Tu as bien réfléchi à tout ça ? Tu veux vraiment aller à Londres ? Comme ça ? »

Il ne voyait pas où elle voulait en venir. Elle poursuivit :

« Seth, nous sommes... enfin... soyons clairs, nous sommes des enfants ! Je sais que personne n'a envie d'admettre ça, mais... il faut être réaliste ! » Elle tapota sur la table, nerveuse. « C'est tout l'argent que tu as, pas vrai ? Comment vas-tu manger ? Où vas-tu dormir cette nuit ? »

Seth ne comprenait pas son argument. Il ne voyait pas pourquoi son jeune âge aurait dû l'empêcher de faire quoi que ce soit. Et planifier ses actions à l'avance n'avait jamais été son fort.

« Je dormirai dans le car. Ou alors je trouverai un parc, quelque chose...

— Tu sais à quel point c'est dangereux de dormir dans un parc à Londres ? s'écria-t-elle.

— Non. Tu le sais, toi ? Il y a deux minutes, tu ne savais même pas où était Lewisham ! »

Elle ne trouva rien à répondre à ça, mais reprit :

« Viens chez moi. Je te ferai entrer discrètement. Tu dormiras là cette nuit, et demain matin... »

Mais Seth secouait la tête.

« Non. Je ne veux pas que ta famille soit mêlée à tout ça. Il pourrait vous arriver quelque chose.

— Seth, insista désespérément Alicia, tu ne peux pas tout prendre sur tes épaules.

— Si, je peux. Parce qu'il le faut. » Il s'inclina vers elle, le visage grave. « Tu ne comprends pas qu'il m'est impossible de revenir en arrière ? Tous ceux qui essaieraient de m'aider seraient en danger. La seule chose que je puisse faire, c'est aller de l'avant. » Il ramassa son sac et le posa sur ses genoux. « J'ai une responsabilité, maintenant. Ce qui se trouve dans ce sac pourrait sauver des vies. Plus je tarde, plus il y aura de gens enlevés par Tall Jake. La prochaine fois, ce sera peut-être ton ami Philip. Ou toi. »

Derrière ses lunettes, les yeux d'Alicia se remplirent de larmes. Seth s'en voulut de lui avoir rappelé qu'elle s'était condamnée en appelant Tall Jake, qu'elle allait peut-être se retrouver de retour à la Maison des Morts une nuit, enlevée dans son sommeil.

« Tu sais, poursuivit-il, j'ai passé toute ma vie à souhaiter avoir l'occasion de réaliser quelque chose de vraiment important. Comme Lewis et Clark, ou comme Neil Armstrong, ou Christophe Colomb… Je ne parle pas de gagner à un stupide jeu télévisé ou de vendre des millions de disques. Je parle de quelque chose de réel, de concret. » Il la regarda bien en face pour lui montrer sa détermination. « Et cette fois-ci, ça y est. C'est ma chance. Alors ne me dis pas que je n'ai pas l'âge. Si j'étais un adulte, je ne croirais probablement même pas à Malice. Il y a des choses qu'on ne peut faire que quand on est jeune. »

Alicia baissa le regard, ôta ses lunettes et s'essuya les yeux.

« Moi, je n'en suis pas capable, murmura-t-elle. Je suis désolée.

— Tu n'es pas capable de quoi ?

— De porter le monde sur mes épaules, de me charger de tout. J'ai trop peur.

— Je ne te demandais pas…

— Tu te rends compte de ce qu'on a vu ? cria-t-elle. Ce n'est même pas *possible* ! »

Sa voix tremblait, et Seth se rendit compte à quel point elle était près de craquer. Elle en avait eu assez pour une seule journée ; peut-être pour toute une vie.

« Ne t'en fais pas. Je te comprends. »

Ses yeux brillèrent de nouveau, et elle ajouta d'une toute petite voix :

« Je dois aller à l'école, demain. »

Il posa doucement sa main sur la sienne.

« Pas de problème, la rassura-t-il. Je m'occupe du reste.

— Je ne suis pas comme toi », conclut-elle, et les larmes coulèrent sur ses joues.

2

Seth conduisit Alicia au train, et ils se saluèrent. Il prit son numéro de portable et lui promit de lui donner des nouvelles. Il était inutile qu'il lui donne son propre numéro : il avait laissé son téléphone à la maison en s'enfuyant et ne rentrerait pas chez lui avant que tout ne soit terminé.

Quand le train partit en direction de Leicester, il se rendit à la gare routière et monta dans le dernier car pour Londres.

Le car sortit lentement de Birmingham et prit la direction de l'autoroute. Seth essaya d'en profiter pour dormir un peu. Mais le sommeil ne venait pas. Trop de pensées tourbillonnaient dans son esprit.

Comment étaient-ils passés de cette usine à la Maison des Morts ? Ni l'un ni l'autre n'avait de billet. Tall Jake n'avait pas fait son apparition. Cela avait-il quelque chose à voir avec cet étrange pouvoir que lui avait conféré l'Omission durant sa visite à Malice ? Non, puisque d'autres personnes en avaient fait autant, en particulier ce couple dont il avait été question sur le canal IRC. La fille avait disparu, et le garçon prétendait qu'elle avait été emmenée par des créatures monstrueuses. Lui s'en était sorti avec des griffures sur le visage.

Y avait-il des fuites entre Malice et le monde réel ? Des brèches dans les endroits déserts et abandonnés, comme cette usine ou cette gare de triage à Lewisham ? Seth se refusait à envisager les conséquences de cette idée.

Il regrettait de ne plus être avec Alicia, mais éprouvait en même temps un certain soulagement. Sa compagnie l'avait rendu nerveux. Se mettre en danger lui-même était une chose, mais mettre quelqu'un d'autre en danger était tout différent. Il espérait qu'elle serait en sécurité, du moins pendant quelque temps. Cependant, si personne n'arrêtait Tall Jake, elle ne le serait pas éternellement.

Alicia lui avait conseillé de ne pas se précipiter ainsi, mais comment aurait-il pu faire autrement ? Il avait déjà gaspillé bien trop de temps. Combien d'adolescents avaient disparu après son retour de Malice, au cours de ce mois qu'il avait passé à errer sans but dans Hathern, désœuvré, attendant le retour de ses amis ?

Et que faisait Kady, à présent ? N'était-il pas déjà trop tard ? Si elle avait été blessée en son absence, ou pire, il s'en voudrait éternellement.

Elle le surnommait « Preux Chevalier ». Elle se moquait de sa morale vieux jeu, de ses valeurs. Ses plaisanteries lui manquaient.

Et maintenant, Preux Chevalier ?

Indéniablement, son expérience dans la Maison des Morts l'avait secoué. Suffisamment pour qu'il n'ose pas aller droit à la gare de triage. Peut-être aurait-il été capable de retrouver de mémoire la librairie *Black Dice Comics*, mais pas de nuit. Ne restait donc que la maison de Kensington.

Ce choix ne l'enchantait guère, mais par défaut, c'était le meilleur. Il avait appris l'adresse par cœur. Il la trouverait, d'une manière ou d'une autre, même s'il ne connaissait pas du tout Londres. Peut-être y découvrirait-il quelque chose qui l'aiderait à retourner à Malice. Dans le cas contraire… on verrait. Chaque chose en son temps.

Il s'autorisa à se détendre. Maintenant qu'il avait un plan – ou ce qui, à ses yeux, y ressemblait le plus – ses membres pesaient soudain très lourd. Cela ne faisait que six ou sept heures qu'il avait trouvé le Fragment et déclenché cet horrible orage sur Hathern. Bien des choses étaient arrivées en ce laps de temps. Il était épuisé.

Serrant son sac à dos contre lui, il décida de fermer les yeux un moment. Il ne les rouvrit pas avant d'être arrivé à Londres.

3

Seth fut réveillé par les passagers qui se levaient pour descendre. Il regarda autour de lui en clignant des yeux. Le car s'était arrêté devant une gare inconnue ; il faisait nuit et les vitres étaient couvertes de buée.

« Londres, Victoria ! annonça le conducteur. Tout le monde descend ! »

Seth ouvrit son sac et jeta un coup d'œil à l'intérieur pour vérifier que le Fragment s'y trouvait toujours. Puis il se frotta les yeux, descendit et entra dans la gare. Celle-ci était presque vide. Une horloge numérique indiquait 00:06. Des hommes d'entretien lavaient le sol tandis que les derniers passagers se hâtaient vers leur destination finale. Ne sachant où aller, il les suivit.

Il déboucha sur une avenue. Il n'avait aucune idée de l'endroit où il se trouvait. La ville l'entourait, tel un labyrinthe.

Il alla avec les autres jusqu'à une station de métro. Là, il eut la chance de trouver un kiosque qui vendait des plans de Londres. Il avait toujours bien su se débrouiller avec un plan ; les courses d'orientation faisaient partie des nombreuses activités qu'il avait pratiquées pendant son enfance.

Il n'aimait pas Londres, mais après la Tour de l'Horloge et les Oubliettes, cette ville ne l'effrayait pas vraiment. Ce n'était qu'un défi de plus.

Le temps qu'il comprenne où il devait aller, le dernier métro était passé. Il chercha donc un arrêt de bus et demanda conseil aux passants. L'un d'eux lui désigna un arrêt de l'autre côté de la rue, où il pourrait prendre un bus de nuit qui le conduirait non loin de sa destination. Une fois la rue traversée, il vérifia les horaires et constata qu'il avait une bonne dizaine de minutes à attendre.

Non loin de là se trouvait une cabine téléphonique. Et s'il appelait ses parents ? Bien sûr, ils seraient couchés, mais ça n'avait pas d'importance. Il se sentait tellement coupable de s'être enfui ainsi. Il savait qu'ils ne comprendraient pas, mais au moins, il pourrait les rassurer sur son sort : imaginer sa mère pleurant son fils absent lui fendait le cœur.

Il glissa quelques pièces dans l'appareil et composa le numéro – le seul qu'il ait jamais réussi à apprendre par cœur.

« Allô ? demanda une voix ensommeillée.

— Maman ?

— Oh, Seth ! Je me doutais que c'était toi ! Personne d'autre ne pouvait appeler à une heure pareille. Où es-tu ?

— Ne t'inquiète pas, maman. » Il ne pouvait pas s'empêcher de sourire : le simple fait de l'entendre le réconfortait. « Je vais bien. Tout va bien.

— Pourquoi t'es-tu sauvé comme ça ? » Sa voix redevenait pleine de larmes. « Pourquoi es-tu reparti ?

— C'est... c'est compliqué, dit-il en cessant de sourire. J'aimerais pouvoir vous expliquer, vraiment, mais... je voulais juste vous rassurer. C'est tout. Je reviendrai dès que possible. »

Elle pleurait, à présent. Seth se mordit les lèvres, frustré. Il aurait voulu tout lui dire, mais il la connaissait trop bien. Elle ne comprendrait pas. Elle ne le croirait pas.

« Je dois faire quelque chose de vraiment important. Beaucoup plus important que l'école, ou que n'importe quoi d'autre. C'est... » Il ne trouvait pas ses mots. « C'est important.

— Alors laisse-nous t'aider ! Tu as besoin d'argent ? C'est ça ?

— Je t'en prie, maman... » Ça devenait de plus en plus difficile. « Tu comprendras un jour.

— Dis-moi simplement où tu es ! le supplia-t-elle. Je prendrai immédiatement la voiture pour venir te chercher ! »

Seth sentit un frisson glacé lui parcourir l'échine. La gorge nouée, il avala sa salive.

« Tu conduirais jusqu'ici pour venir me chercher ? demanda-t-il d'une petite voix.

— Oui ! cria-t-elle. Bien sûr ! Où que tu sois ! Dis-moi juste où et j'arrive ! »

Seth ferma les yeux et serra les mâchoires.

« Maman...

— Oui, mon chéri ?

— Tu n'as jamais appris à conduire. »

Il y eut un silence au bout du fil. Un long, pesant silence. Comme quand on sait que quelqu'un est au téléphone, mais qu'on ne peut même pas l'entendre respirer.

« Bien essayé », grogna Seth.

Il entendit un ricanement, un horrible rire qui se transforma en gloussement cruel pour se terminer en hurlement assourdissant. Seth raccrocha brutalement et recula, le cœur tambourinant dans sa poitrine.

Sont-ils chez moi ? Ont-ils fait prisonniers mes parents ? Ou est-ce juste un piège pour m'inciter à rentrer ?

Il tremblait, tiraillé par le désir de rentrer immédiatement chez lui. Il aurait tant voulu vérifier que ses parents allaient bien.

Mais c'était précisément ce qu'on attendait de lui.

Le bus fit halte devant lui. Assommé, hébété, il y monta.

Maman, papa. Je vous aime. Je suis désolé.

Le bus repartit

et l'emmena

dans

la

nuit.

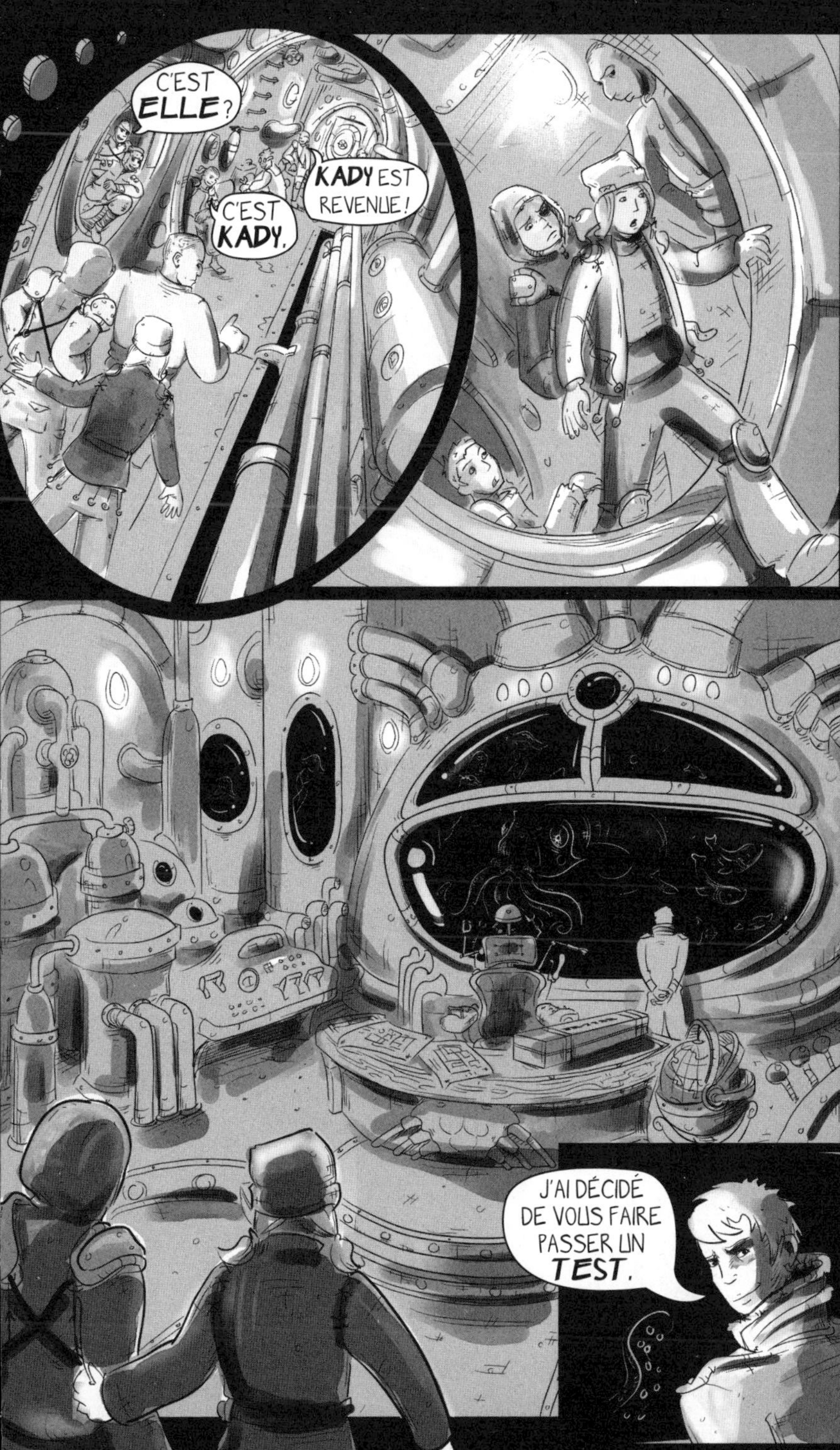
C'EST ELLE?
C'EST KADY.
KADY EST REVENUE!
J'AI DÉCIDÉ DE VOUS FAIRE PASSER UN TEST.

NOUS AVONS PRÉVU QUELQUE CHOSE. UN GROS COUP.
NOUS IRONS DEMAIN MATIN.
VOUS VIENDREZ TOUS LES DEUX. ON VERRA CE QUE VOUS VALEZ.
SI C'EST BON, VOUS POURREZ RESTER.
ET SINON ?
VOUS PARTIREZ.
C'EST MA BANDE, MAINTENANT. SI VOUS RESTEZ, C'EST POUR M'OBÉIR.
D'ACCORD.
QUEL EST TON PROJET ?

MALICE
LE TERMINUS.
NOUS ALLONS ATTAQUER LE TERMINUS.
Grendel

SUPER!
QUOI? VOUS ÊTES FOUS? LE TERMINUS EST L'UN DES ENDROITS LES MIEUX GARDÉS DE MALICE!
IL Y A DES RÉGULATEURS DANS TOUS LES COINS.
ET JE NE PARLE PAS DES FAUCHEUSES!
PAS DE PANIQUE, KADY.
JE NE PROPOSE PAS UNE ATTAQUE À MAIN ARMÉE.

IL Y A TOUJOURS PLEIN DE MONDE AU TERMINUS.
NOUS POUVONS PASSER INAPERÇUS DANS LA FOULE...
... JUSQU'À UNE PETITE PORTE DE SERVICE QUI MÈNE AU SOUS-SOL.
D'APRÈS MON PLAN, ON PEUT PASSER PAR LÀ JUSQU'À LA SALLE DE CONTRÔLE.
TOUS LES TRAINS DE MALICE SONT DIRIGÉS DEPUIS CETTE PIÈCE.
DE LÀ, NOUS POUVONS PARALYSER TOUT LE RÉSEAU FERROVIAIRE.
NOUS POUVONS PARALYSER MALICE.

ET COMMENT COMPTES-TU Y ARRIVER ?
AVEC ÇA.
DES GRENADES?
PAS EXACTEMENT ON LES APPELLE DES CRAMEURS.
ILS ÉMETTENT UN PUISSANT CHAMP ÉLECTROMAGNÉTIQUE, SANS DANGER POUR LES GENS, MAIS FATAL POUR LES MACHINES.
ILS PEUVENT MÊME DÉTRUIRE DES MÉCANISMES D'HORLOGE. ILS FONCTIONNENT PAR AIMANTATION.
SYMPA!
SI ON PEUT EN JETER UN DANS LA SALLE DE CONTRÔLE, LE RÉSEAU FERROVIAIRE SERA DÉFINITIVEMENT DÉTRUIT.
ET TOUT MALICE SAURA QUE RAVAGE EST UNE BANDE AVEC LAQUELLE IL FAUT COMPTER.
QUE DIS-TU DE CE PLAN?

JE CONTINUE À NE PAS APPROUVER.
IL Y AURA TANT DE GENS...
ET SI QUELQUE CHOSE NE FONCTIONNE PAS ?
D'APRÈS CE QUE J'AI VU, VOUS N'ÊTES PAS VRAIMENT UNE FORCE ARMÉE ORGANISÉE.
C'EST TROP DANGEREUX.
J'AI UN COPAIN QUI VA REVENIR AVEC LE FRAGMENT. POURQUOI NE PAS ATTENDRE QU'IL...
ON NE DISCUTE PAS, KADY.
ÇA FAIT LONGTEMPS QU'ON PRÉPARE ÇA.
TU VEUX TE JOINDRE À NOUS, OUI OU NON ?
D'ACCORD.
JE CROIS QU'ON N'A PAS LE CHOIX.
COMPTE SUR NOUS.

4

Dès la fin de la réunion, ils furent escortés par Parker jusqu'à une toute petite chambre et enfermés à clef.

« Vous comprenez, c'est mieux si tout le monde dort, cette nuit, avait expliqué Jan tandis qu'on les emmenait. Je ne voudrais pas que les autres se couchent tard, tout excités de te revoir. »

Kady avait fait semblant d'y croire. Jan la séparait des autres pour l'empêcher de critiquer son plan et pour éviter qu'elle essaie de s'enfuir : elle en savait trop, désormais.

La chambre était totalement nue à l'exception d'un lit superposé branlant et d'une porte menant vers une minuscule salle d'eau. Mais ça valait toujours mieux que la cellule. Dylan l'avait sauvée une fois, en profitant de l'effet de surprise ; mais si elle se rebellait, Jan se ferait un plaisir de la remettre en prison, et Dylan ne pourrait peut-être pas la secourir une seconde fois. Jan avait plus de partisans qu'elle.

« Je n'aime pas cette histoire », dit-elle à Justin.

Il s'était allongé sur la couchette supérieure, l'air triomphant malgré les cicatrices sur son visage. Dès que Parker avait fermé la porte, tous deux s'étaient précipités vers le lit d'en haut. Justin avait été le plus rapide, et il savourait sa victoire.

« Qu'est-ce que tu veux y faire ? On n'a pas le choix.

Si on n'obéit pas à Jan, il ne nous laissera pas rester. Et si on ne reste pas, Seth ne pourra jamais nous retrouver.

— Tu t'en fiches », l'accusa Kady. Elle était adossée au mur, bras croisés. « Tu as *envie* de faire ce qu'il dit. Tu es ravi d'avoir l'occasion de casser les pieds à Tall Jake. »

Justin croisa les mains sous sa nuque.

« Si on ne casse pas les pieds de quelqu'un, on ne vit pas vraiment, répondit-il, philosophe.

— Comment va ton visage ?

— Un peu moins beau que ce matin, ce qui ne veut pas dire grand-chose. »

Kady gloussa. Justin lui tapait parfois sur les nerfs, mais il ne se laissait jamais abattre. Même après la raclée qu'il avait reçue, il trouvait encore la force de plaisanter. C'était quelqu'un de précieux dans les moments où tout allait mal.

« Relax, Kady. Il faut juste que tu sois patiente. Au CEF, il y avait…

— CEF ? Qu'est-ce que c'est ?

— Un Centre éducatif fermé. Une prison pour les jeunes, si tu préfères.

— Oh, je vois. Tu as fait un séjour en maison de redressement ? Sans blague.

— C'est une longue histoire. Bon, tu m'écoutes ? Là-bas, il y avait toujours des gars qui étaient des caïds dans leurs quartiers, et qui voulaient que ce soit pareil au centre. Du coup, ils attaquaient tout de suite le mec qui était le chef, direct. Et ils se faisaient tabasser, parce que le mec, il était bien installé, et il avait plein de copains pour le soutenir.

— Et alors ?

— Les plus malins s'y prenaient autrement. Ils faisaient profil bas au début, puis ils commençaient à se faire respecter petit à petit et formaient une bande. Après, ils attendaient une bonne occasion. Un jour ou l'autre, le chef faisait une gaffe, et c'est à ce moment-là qu'ils lui rentraient dedans et prenaient sa place.

— Mais qui te dit que je veux prendre la place de qui que ce soit ? protesta Kady. Pourquoi tout le monde est convaincu que je veux redevenir leader ? »

Justin ricana.

« Je t'ai vue, tout à l'heure. Tu trouves son plan stupide. Tu as dû te mordre la langue pour te retenir de discuter. » Il se redressa et la regarda de sa position surélevée. « Tu ne supportes pas que ce soit quelqu'un d'autre qui prenne les décisions.

— C'est juste que... Tu as vu les types qu'on a croisés dans le couloir, tout à l'heure ? Tu as l'impression que c'est une armée disciplinée ? Une bande de guérilleros bien entraînés ? Ce sont juste des ados qui essaient de survivre !

— Parfois, survivre ne suffit pas. » Justin s'assit jambes pendantes et se pencha en avant, les coudes sur les genoux. « Tu sais pourquoi ils restent à

Ravage ? Parce que c'est tout ce qu'ils ont. Ils ont besoin de combattre Tall Jake, même si c'est comme une mouche contre un éléphant. Sinon, ils seraient forcés de s'avouer qu'ils ont peur et qu'ils ne peuvent rien faire. » Il toucha sa mâchoire et fit la grimace. « Pareil pour moi. C'est pour ça que je cherchais Ravage. Je préfère bosser avec Jan, même si c'est dangereux, que me planquer dans les tunnels sous la Tour de l'Horloge, où Seth m'a trouvé. »

Kady réfléchit. Peut-être avait-il raison. Peut-être avait-elle réellement envie de diriger à nouveau Ravage, ne fût-ce que pour protéger ses membres. Mais d'abord, il lui faudrait attaquer le Terminus avec eux. Il n'y avait rien qu'elle puisse dire ou faire pour les arrêter ; il lui fallait se contenter d'espérer que ça ne tournerait pas mal.

Par ailleurs, il y avait au moins un point qui jouait en sa faveur : Jan ignorait qu'elle avait perdu la mémoire. Et à moins que Scotty ou Dylan ne bavarde, personne d'autre n'était au courant. Aux yeux de tous, leur redoutable chef était de retour.

Il fallait simplement qu'elle soit patiente et qu'elle attende le bon moment.

« Je n'aime pas cette histoire », répéta-t-elle.

Justin se rallongea sur son lit et ferma les yeux.

« Tant pis pour toi. Tu auras ta chance un jour ou l'autre. Bonne nuit. »

Kady resta debout encore quelques instants.

« Je me demande ce que fait Tatyana ?

— Elle dort », répondit Justin, avant d'ajouter : « Moi aussi. »

Kady comprit le message. Elle s'allongea à son tour sur la couchette inférieure. Cette journée avait été épuisante.

« Je me demande ce que fait Seth ? » chuchota-t-elle encore.

Justin ne répondit pas. Mais elle savait qu'il l'avait entendue et qu'il se posait la même question.

Kensington

1

La maison était plongée dans le noir.

Seth ignorait quelle heure il était. Une heure passée, en tout cas. La rue était endormie. Du moins l'espérait-il : il n'était pas convaincu que les habitants du numéro 6 dorment jamais.

Il s'était posté sous l'arche d'entrée d'une petite impasse. C'était un lieu tranquille, une rangée d'anciennes écuries en briques aménagées en habitations, à l'écart de la rue principale et à l'abri du bruit et des lumières de la ville.

C'était la ruelle où était arrivée Kady quand elle avait suivi Icarus Scratch depuis la librairie. Au numéro 6 se trouvait la maison où elle avait failli tomber entre les mains de Miss Benjamin. Cachée sur le palier du premier étage, elle avait même entendu la voix de Tall Jake en dessous. Elle lui avait raconté toute cette histoire après l'avoir sauvé des Oubliettes. Cela semblait si loin !

Seth respira à fond. Il n'avait pas envie d'entrer. Il aurait voulu imiter Alicia, tourner le dos à cette affaire et rentrer chez lui. Mais c'était impossible. Avait-il encore un chez-lui ? Ses parents étaient-ils sains et saufs ?

Il s'obligea à écarter ces interrogations de son esprit. *Concentre-toi. Pense à Kady.*

Évoquer son amie l'aidait à éclaircir ses pensées. Il aurait voulu protéger et sauver tout le monde – sa mère, son père, Alicia, Justin, Kady – mais c'était impossible. Il ne pouvait pas être partout. C'est donc *elle* qu'il protégerait. Il *la* sauverait. S'il arrivait au moins à faire ça, ce serait déjà bien.

Il était certain de trouver un billet dans cette maison. S'il y avait un lieu où les billets avaient toutes les chances d'être entreposés, c'était là.

Il avança prudemment et poussa la grille qui jouxtait la maison. Au début, il crut qu'elle était fermée à clef, mais un examen rapide lui permit de trouver un crochet au niveau du sol. Il lui suffit de tendre la main à travers les barreaux pour le soulever. La grille s'ouvrit. Visiblement, on n'avait pas jugé nécessaire de renforcer la sécurité.

Il se glissa dans l'allée et déboucha sur la petite cour pavée à l'arrière de la maison. Le long d'un mur, un terre-plein abritait des plantes fanées. Plusieurs fenêtres d'habitations voisines donnaient sur la cour, mais aucune n'était éclairée.

Il tenta de glisser un œil par les carreaux du rez-de-chaussée, mais les rideaux étaient tirés. La porte, bien entendu, s'avéra être fermée à clef.

Comment Kady est-elle entrée ? se demanda-t-il. Il se rappela alors qu'elle avait escaladé la gouttière puis pénétré par une fenêtre au premier étage. Il trouva immédiatement la gouttière, mais cette fois, la fenêtre était fermée. Kady était venue à la fin de l'été ; à présent, il faisait trop froid pour laisser ouvert.

Il songeait à grimper pour tenter malgré tout de pousser les carreaux quand il entendit un petit miaulement derrière lui. Il tourna la tête. Sur le terre-plein aux plantes fanées, un chat noir le regardait. L'animal baissa la tête pour gratter la terre de sa patte avant, puis le fixa de nouveau, intensément.

Cette vue raviva un souvenir en Seth. Kady n'avait-elle pas dit qu'un chat l'avait aidée à pénétrer dans la maison ? Seth lui-même n'avait-il pas été conduit jusqu'au Fragment par Marlowe ? Marlowe qui avait également averti Kady du danger imminent en écrivant FUIS sur son bureau avec des stylos ?

Seth examina le chat. Le chat l'examina.

« C'est toi, Andersen ? » murmura-t-il.

Le chat miaula, ce qui ne répondit pas à sa question. Il se sentit un peu stupide de tenter de converser avec un chat, mais ça ne l'empêcha pas de faire une nouvelle tentative.

« Tu travailles pour la Reine des Chats ? »

Nouveau miaulement. Le chat recommença à farfouiller la terre. Seth s'approcha lentement.

« Gentil minou… Tu es là pour m'aider ? »

Le chat ne lui prêta aucune attention et continua à creuser. Seth décida de le caresser pour lui témoigner ses bonnes intentions. Mais à l'instant même où sa main toucha le poil…

… une ville pleine de temples ; une voûte brisée ; une tour ; un boulevard ; un large dôme ; une grande place ; une colonne ; un canal ; un pont…

Seth retira précipitamment sa main, ébahi. Les images avaient défilé dans son cerveau comme un torrent. Le chat recula brusquement, pelage hérissé, et cracha dans sa direction. Une seconde plus tard, il avait disparu dans l'allée.

Seth cligna des yeux. Que s'était-il passé ? On aurait dit… c'était difficile à expliquer, mais… on aurait dit que ces images avaient été volées dans le cerveau du chat et déversées dans le sien. Une chose était certaine, l'animal n'avait pas apprécié.

Avait-il vu quelque chose qu'il n'aurait pas dû voir ? Était-ce la conséquence de l'étrange don concédé par l'Omission en échange de sa lutte contre le Monstremort ?

J'ai besoin de toi, avait-elle dit. *Tu combattras pour moi.*

De quel combat parlait-elle ?

Que de questions. Trop de questions. Il avait quelque chose à faire. Curieux, il fouilla dans la terre.

À l'endroit où le chat avait creusé brillait un objet métallique. Une clef.

Je suppose qu'en effet, il travaillait pour la Reine des Chats…

Mais que fallait-il en conclure ? Seth savait désormais que la Reine des Chats faisait partie des Six, mais il ignorait ce qu'étaient précisément ces Six, en dehors du fait que Tall Jake, la Reine des Chats, l'Omission et le Fragment en faisaient partie. Ils avaient autrefois dirigé Malice ensemble, jusqu'à ce que Tall Jake les renverse et prenne les commandes.

Pouvait-il leur faire confiance ?

Il nettoya sommairement la clef. Ce n'était pas le moment de réfléchir à tout ça. Il introduisit la clef dans la serrure et tourna.

Il y eut un déclic. La porte s'ouvrit. La voie était libre.

2

La cuisine était longue, étroite et couverte de poussière. Le revêtement en linoléum se décollait dans les coins. Miettes et autres saletés s'entassaient sous les placards. Des restes de flageolets moisissaient dans des casseroles sur la cuisinière crasseuse. Le plan de travail était couvert de boîtes de conserve vides et de canettes de coca.

Seth fronça le nez. La même angoisse qu'il avait ressentie chez Philip Gormley et dans l'usine pesait sur lui. Il s'y était attendu ; en revanche, il n'était pas préparé à cette odeur de nourriture avariée. Une autre puanteur flottait dans l'air, comme une senteur animale, musquée. Un cafard courut se cacher dans un coin quand il poussa la porte.

Il tendit l'oreille. Aucun son ne prouvait que la maison fût occupée.

Il laissa la porte ouverte et la clef dans la serrure. Après la cuisine se trouvait un petit couloir, avec un renfoncement où était fixée une patère. Aucun manteau n'y était accroché. *Bon signe.*

Il déboucha dans le vestibule sur lequel donnait la porte principale. En face de celle-ci montait un escalier couvert d'une moquette verte élimée. À côté se trouvait le salon. Une faible lumière jaune filtrait à travers les rideaux tirés.

Un craquement se fit entendre à l'étage.

Seth se figea. Il leva les yeux. Le palier était désert.

Était-ce juste un bruit de la nuit ? un plancher refroidi ?

Comme pour lui répondre, il y eut un autre craquement. Plus net, plus fort. Le bruit de quelqu'un – de quelque *chose* ? – en train de bouger. Mais ça ne ressemblait pas à des pas humains. Le rythme n'était pas le même. Ça rappelait plutôt...

Seth se souvint brusquement que Kady lui avait parlé d'un quatrième occupant, en dehors de Scratch, Miss Benjamin et Tall Jake. Une bête était enfermée dans l'une des chambres à l'étage. À travers le trou de la serrure, elle n'avait vu que son œil fendu fixé sur elle.

Je dois sortir, se dit-il. *Tout de suite.*

Mais il se retint. Maintenant qu'il était dans la place, il fallait au moins qu'il fouille le rez-de-chaussée.

D'ailleurs, ce truc est peut-être encore enfermé là-haut.

Il n'y croyait pas vraiment, mais cette idée le rassurait.

Les craquements cessèrent. Quelle qu'ait été cette créature, elle ne bougeait plus. Il avança sur la pointe des pieds.

Le salon était dans un désordre indescriptible. Un canapé croulant était adossé à un mur. Des magazines et des vieux journaux couvraient le sol. Des assiettes sales avaient été posées dans tous les coins. Une bonne moitié de la pièce avait été transformée en bureau : deux tables semblables à celles des cantines scolaires étaient accolées et entourées de chaises en plastique. Sur l'une des tables se trouvait un ordinateur bas de gamme, éteint. À côté, le voyant vert d'un téléphone/fax indiquait que celui-ci était branché. Sur l'autre table étaient éparpillés des papiers et des porte-documents pleins à craquer.

Seth regarda autour de lui. Par où devait-il commencer ? Il n'osait pas allumer l'ordinateur : celui-ci aurait pu émettre une petite musique au démarrage. D'ailleurs, seule Kady aurait été capable d'y dénicher quoi que ce soit d'utile : il ne s'y connaissait absolument pas en informatique. Il se pencha sur la table couverte de papiers et entreprit de les examiner un par un. Il devait presque les coller à son nez pour distinguer quelque chose. Il préférait ne pas utiliser sa lampe de poche : quelqu'un aurait pu remarquer la lumière.

Des factures. Des commandes de cartons. Des lettres de réclamation pour loyer impayé. Des avis de notaire. Le tout au nom d'Icarus Scratch.

Seth n'en revenait pas. Scratch était à la tête d'une véritable entreprise. Créer, imprimer et distribuer une bande dessinée n'était pas une mince affaire.

Mais pourquoi le faisait-il ? Certainement pas pour des raisons lucratives. À sa connaissance, les numéros de *Malice* n'étaient même pas vendus. La BD parvenait en possession de ceux qui s'en donnaient la peine grâce à un étrange réseau de recommandations, ou via la librairie à Londres. Peut-être y avait-il encore d'autres moyens inconnus de Seth. Quoi qu'il en soit, toute cette opération coûtait cher à Scratch et ne lui rapportait rien.

Alors *pourquoi* ? Pourquoi Tall Jake voulait-il enlever des adolescents ? Juste par perversité, pour s'amuser ? Et pourquoi Scratch s'en mêlait-il ? Quels avantages en retirait-il ?

Kady lui avait répété la conversation qu'elle avait surprise entre Tall Jake, Miss Benjamin et Icarus Scratch, probablement dans cette même pièce. Tall Jake désirait augmenter la distribution de la bande dessinée, mais Scratch avait refusé.

Ça doit rester une rumeur, avait-il dit. *C'est plus fort.*

C'est-à-dire ?

Il y eut une autre série de craquements à l'étage. Quatre pattes en mouvement. Seth retint son souffle. Le bruit cessa.

J'espère que ce truc est toujours enfermé dans une chambre. Je l'espère vraiment.

Il ramassa une enveloppe sur le bureau. Elle était adressée à Icarus Scratch ; on l'avait ouverte, et elle ne contenait plus rien. Seth la retourna. À l'arrière, une étiquette indiquait l'adresse de l'expéditeur :

Imprimerie Printworks
Matham Industrial Estate
Stevenage
Herts

Les yeux de Seth s'agrandirent. Ce devait être l'adresse de ceux qui imprimaient la bande dessinée. Il glissa l'enveloppe dans sa poche. Même s'il ne savait pas vraiment qu'en faire, c'était un indice important. S'il pouvait remonter jusqu'aux origines du livre, cela lui permettrait peut-être d'arriver au cœur du mystère.

Il baissa les yeux vers le bureau et aperçut un billet de train qui avait été caché par l'enveloppe. Son cœur fit un bond, et il s'en saisit fébrilement, mais sa joie ne dura qu'un instant.

Le billet était noir. Il était exactement semblable à un billet blanc, mais en négatif : encre blanche sur papier noir.

Ça ne me sert à rien. Un billet noir ne fonctionne qu'à l'intérieur de Malice. J'ai besoin d'un billet blanc pour aller là-bas.

Il s'en empara néanmoins. Il avait désormais examiné tous les documents et n'avait toujours pas trouvé ce qu'il cherchait.

Il doit y avoir autre chose ! songea-t-il.

Une sonnerie électronique stridente résonna soudain juste à côté de lui. Seth fit un bond d'un mètre de haut. Le téléphone. Il y eut deux sonneries, puis le bruit cessa.

Le silence envahit l'espace. Seth entendait son sang battre dans ses tempes.

Il y eut un faible craquement à l'étage.

C'est juste le téléphone, rien que le téléphone, pensa Seth à l'attention de ce qui se trouvait au-dessus de lui. *Inutile de descendre vérifier, ça ne sonne plus. C'est fini !*

Mais ce n'était pas fini. Soudain, le fax émit un bip et se mit en branle. Un grincement retentit tandis qu'une feuille était lentement imprimée. La cartouche d'encre allait et venait.

Seth commençait à paniquer. Après le silence, ce bruit lui semblait assourdissant. Si la créature à l'étage était en liberté, elle viendrait certainement voir ce qui se passait.

Il faut que je parte.

C'est alors qu'il vit ce qui était en train de s'imprimer. Un extrait de *Malice*. Une note était griffonnée au-dessus de la première page :

Nouvelles planches de Grendel. À insérer dans le prochain numéro, je suppose ? DB

Et la toute première case de la bande dessinée représentait Kady.

Il la reconnut immédiatement, même ainsi schématisée. Elle avait les mêmes couettes blondes et le même bonnet que lorsqu'il l'avait vue pour la dernière fois. Elle semblait se trouver à l'intérieur d'un sous-marin. Et Justin était là, lui aussi ! Son visage était passablement amoché, mais c'était bien lui.

Un sentiment de bonheur intense l'envahit. Ils étaient vivants ! Ils allaient bien !

Le plancher au-dessus de lui craqua, et sa joie s'évanouit. La créature bougeait à nouveau. Lentement mais sûrement, elle se dirigeait vers l'escalier.

Seth était pris au piège. Il aurait voulu s'enfuir en courant, mais il avait besoin de savoir où était Kady et ce qui était arrivé à ses amis. En même temps, il était conscient que cette pièce n'avait pas d'issue en dehors de la porte par laquelle il était entré ; il devait donc nécessairement passer devant l'escalier pour ressortir.

Si la bête qui était en haut descendait, il ne pourrait plus s'enfuir.

Il regarda fixement le fax en le suppliant d'imprimer plus vite. Le papier continua à avancer lentement jusqu'à ce que la page tombe sur le bureau. Seth la prit et la parcourut rapidement. Il n'y avait là rien qui puisse l'aider, en dehors du fait que ses amis étaient dans une sorte de laboratoire sous-marin.

Ses sens lui hurlaient : *Fuis, fuis avant que le monstre ne descende !*

Une autre page sortait à présent du fax. Et si cette page lui révélait où était Kady ? S'il découvrait qu'elle était en danger ? Il *fallait* qu'il sache !

Le craquement cessa. Peut-être la créature s'était-elle arrêtée devant une porte fermée à clef ? Peut-être ne pouvait-elle pas aller plus loin ?

Plus vite, plus vite ! aurait-il voulu crier au télécopieur. La page en cours d'impression montrait une conversation avec un garçon blond que Seth ne connaissait pas. Il y était question d'une future opération. Auraient-ils trouvé Ravage ? Chaque seconde pouvait lui fournir de précieuses informations supplémentaires !

Le craquement repris. Cette fois-ci, il n'y avait aucun doute : le bruit avançait vers l'escalier. La bête n'était pas enfermée.

Chacun des muscles de Seth était tendu, prêt à bondir. *Cours ! Cours ! Cours !*

Mais il s'y refusait encore. Il voulait savoir si Kady allait bien.

À l'étage, le bruit se fit légèrement moins fort. La créature reculait. Entrait dans une autre pièce, peut-être.

Allez, fuis, c'est ta chance !

Seth devait serrer les dents, tant étaient grands les efforts qu'il déployait pour résister à son instinct. Une autre feuille tomba du fax. Il la prit tandis que l'engin commençait à en cracher une troisième.

Le craquement recommença. Les cheveux de Seth se dressèrent sur sa tête.

La bête avait atteint le bout du palier. Elle était juste en haut des escaliers.

Seth regarda désespérément le fax. La troisième page était toujours en cours d'impression. Au centre, une bulle disait :

La marche supérieure des escaliers grinça.

Seth arracha la page à moitié imprimée du fax et bondit hors de la pièce. Il passa en trombe devant l'escalier. Du coin de l'œil, il aperçut un ensemble de crocs, d'os et de cornes, de fourrure et de métal en train de lui sauter dessus, toutes griffes dehors.

Sa réaction instinctive le sauva. Il s'agenouilla et glissa sur la moquette, emporté par son élan. La bête passa au-dessus de sa tête, atterrit au milieu du vestibule et alla heurter le mur.

Seth ne lui accorda qu'un rapide coup d'œil. C'était le même monstre qui l'avait pris en chasse à Hathern – cette horrible imitation de lion. Voilà donc ce que Kady avait vu enfermé dans cette maison en août.

Il courut dans le couloir. La bête fut rapide : en un clin d'œil, elle se remit sur ses pieds et se précipita derrière lui. Mais il avait quelques mètres d'avance et, sur cette courte distance, ça suffisait. Il traversa la cuisine à toute vitesse et referma la porte derrière lui juste au moment où le monstre était sur le point de le rattraper. Il tourna la clef dans la serrure. La bête se jeta de tout son poids sur le battant, et les fenêtres de la maison tremblèrent.

Mais la porte tint bon.

Seth recula, hors d'haleine. Il regarda encore une fois la maison, puis les quelques feuilles froissées dans sa main.

Il n'attendit pas de voir la suite. Il s'enfuit.

3

« Alicia, c'est Seth. Tu as dû éteindre ton téléphone, vu qu'il est au moins deux heures du matin. Oh, zut, je déteste les répondeurs…

« Écoute, j'ai découvert quelque chose. Mes amis sont vivants, mais ils sont en danger. Je les ai vus dans la bande dessinée. Mais puisque je peux la lire, Tall Jake peut le faire aussi. Mes amis ne se rendent pas compte que Grendel peut les observer, Dieu sait comment. Il les a dessinés pendant qu'ils préparaient leur prochaine action. Du coup, maintenant, tout le monde sait ce qu'ils mijotent ; ils foncent droit dans un piège !

« Je ne peux pas perdre une minute de plus. Il faut que j'aille immédiatement à Malice. Je me dirige actuellement vers la gare de triage de Lewisham.

« Je t'ai donné le numéro de la plaque d'immatriculation d'Icarus Scratch. J'ai aussi trouvé une adresse, celle de l'endroit où est fabriquée la BD : Imprimerie Printworks, Matham Industrial Estate, Stevenage, Herts.

« Si je te raconte tout ça, c'est que je ne vais probablement pas revenir. Soit je réussirai à entrer dans Malice, soit... je préfère ne pas penser à l'autre possibilité. Il faut donc que quelqu'un soit au courant. Il faut que quelqu'un fasse quelque chose, et tu es la seule à qui je peux dire tout ça.

« Je sais que je t'en demande beaucoup. Je préférerais ne pas avoir à le faire. Même si tu ne veux pas agir toi-même, tu dois absolument transmettre ces infos à quelqu'un qui s'en chargera. Ne t'adresse pas au canal IRC, surtout. Je ne sais pas très bien quoi te conseiller... mais tu dois faire quelque chose. Il faut arrêter cette bande dessinée.

« Je dois y aller, Alicia. Mon bus arrive. Je t'en prie, n'ignore pas ce message. C'est trop important. »

La gare de triage

1

Seth se tenait debout derrière des barbelés, au sommet d'un talus pierreux couvert de mauvaises herbes et de buissons sauvages. À sa droite se trouvait une route ; devant lui, le sol descendait en pente raide vers une excavation coupant perpendiculairement la route. Au fond, des rails se rejoignaient et se divisaient avant de disparaître sous trois arcades soutenant la route puis de s'enfoncer sous la colline. Des vieux wagons attendaient là d'être réparés ou détruits.

Qu'y a-t-il là-dedans ?

L'aube était encore lointaine et rien ne remuait dans l'obscurité. Seth n'était pas fatigué, même s'il n'avait dormi qu'une ou deux heures dans le car. La soirée avait été trop riche en événements ; il était tendu, tous les sens en alerte.

Il n'avait aucune envie d'affronter la gare de triage. Et s'il rencontrait cette *chose* qui, d'après la rumeur, avait dévoré des gens ? Et s'il parvenait à entrer dans

Malice et se retrouvait dans un endroit pire encore que la Maison des Morts ? Et si les racontars n'étaient pas fondés, et qu'il n'y avait rien d'autre là-dessous que des trains oubliés ?

Et si, et si, et si ? se moqua-t-il. *Tu n'as pas de temps à perdre avec des « et si » !*

Il ajusta son sac à dos sur ses épaules. Il sentait toujours le poids du Fragment à l'intérieur.

Je ne sais pas ce que tu es, Fragment, mais j'espère que tu vaux le coup !

Il attendit jusqu'à ce qu'il n'y ait aucune voiture sur la route et escalada la barrière. Avec précaution, il entreprit de descendre le talus, mais à mi-chemin, il sentit le sol se dérober sous ses pieds. Il dérapa, tomba à la renverse et glissa en s'égratignant les mains au passage. Enfin, il fut arrêté par un buisson au bas de la pente. Dérangés par le bruit, deux corbeaux perchés sur un arbre tout proche s'envolèrent dans un grand battement d'ailes ; leurs croassements furieux résonnèrent longtemps dans le silence.

Seth demeura un moment immobile, l'oreille tendue. Son approche maladroite avait-elle éveillé l'attention de quelqu'un ? Le seul bruit qui lui parvenait était celui des voitures sur la route au-dessus de sa tête. Une angoisse familière s'emparait peu à peu de lui, l'impression que quelque chose n'allait pas. Son estomac se noua.

Pas de doute, il y a quelque chose ici, pensa-t-il. Les

rumeurs disaient peut-être vrai, en fin de compte. C'était peut-être un endroit semblable à l'usine de Birmingham, un passage entre Malice et le vrai monde. Il aurait dû se sentir satisfait, mais cette idée ne fit qu'augmenter sa tension. Comment savoir ce qui avait pu s'infiltrer dans leur monde ?

Il émergea lentement du buisson. Maintenant qu'il ne surplombait plus la scène, les wagons lui barraient la vue et projetaient des ombres épaisses. Le moindre recoin pouvait dissimuler un danger.

Seth sortit sa lampe torche. Il ne l'alluma pas afin de ne pas se faire repérer : la lumière des lampadaires de la route lui suffisait. Mais il préférait tenir un objet qu'il pourrait utiliser comme matraque si nécessaire.

Même si, bien sûr, face à une bête comme celle qu'il avait rencontrée dans la maison de Kensington, une lampe torche ne lui serait d'aucune utilité.

Il passa lentement par-dessus les rails les plus proches, sur le qui-vive. Rien ne bougeait. Les wagons étaient assemblés par séries de deux ou par trois et formaient des obstacles, des couloirs. Les rails disparaissaient dans la bouche noire des tunnels.

Les tunnels. Seth préférait éviter de s'y enfoncer, s'il le pouvait. Il résolut de fouiller d'abord toute la gare.

Il dépassa un train, regarda à droite et à gauche. Rien, que le silence de la nuit. Il avança vers un autre groupe de wagons, sur la pointe des pieds.

C'est alors qu'il entendit quelque chose. Un gémissement, comme celui d'un chien blessé, derrière les wagons vers lesquels il se dirigeait.

Il s'approcha pour voir de quoi il s'agissait, la lampe serrée dans le poing. Il se faufila entre deux wagons en escaladant l'attelage qui les fixait l'un à l'autre. Sans sortir à découvert, il coula un regard de l'autre côté.

À quelques mètres de lui se trouvait une fille d'à peu près son âge. Elle était assise sur la marche d'accès à un wagon et s'efforçait d'enrouler un linge autour de son tibia. Vue ainsi, dans l'ombre, on aurait pu la confondre avec Kady, avec ses longs cheveux blonds et son bonnet de laine. Mais la ressemblance s'arrêtait là : cette fille était excessivement maigre, un vrai sac d'os engoncé dans un blouson orange crasseux. C'était elle qui gémissait. Plus exactement, elle pleurait. Seth la vit nouer le tissu autour de sa jambe et remarqua son sursaut de douleur quand elle tira sur les pans.

Que fait-elle ici ? se demanda-t-il. Sa présence, ajoutée à l'angoisse qui pesait sur lui dans ce lieu, le mettait mal à l'aise. Malgré son jeune âge, elle avait l'air d'une clocharde. Mais depuis sa rencontre avec Miss Benjamin, Seth avait appris à ne pas se fier aux apparences.

Il la vit se relever péniblement et essayer de s'appuyer sur sa jambe blessée. Son visage se tordit de douleur. Au bout de trois pas, sa jambe céda, et elle tomba à genoux avec un petit cri.

C'en était trop pour Seth. Il était incapable de regarder quelqu'un souffrir sans intervenir.

« Pst ! »

Elle l'entendit et sursauta. Quand elle l'aperçut dans sa cachette entre les deux wagons, elle se releva de son mieux et recula précipitamment, paniquée.

« Ne t'inquiète pas, je ne te veux aucun mal ! » la rassura-t-il doucement.

Elle s'immobilisa et l'examina, soupçonneuse.

« Que t'est-il arrivé ? chuchota-t-il.

— Je me suis fait mordre, répondit-elle avec hargne. Pourquoi tu parles à voix basse ? »

Il fit un geste de la main pour lui indiquer de baisser le ton.

« Où t'es-tu fait mordre ?

— À la jambe, crétin. »

Maintenant qu'elle n'avait plus peur, sa rudesse reprenait le dessus.

« Non, je voulais dire à quel endroit de la gare ? »

Elle fit un vague signe en direction des tunnels.

« Un clebs, je crois. Je n'ai pas pu le voir dans le noir. »

Seth se souvint de l'histoire des adolescents qui s'étaient fait dévorer. Avaient-ils tenté de pénétrer dans les tunnels ?

« Tu devrais aller à l'hôpital.

— Non merci ! »

Seth sortit de sa cachette.

« Ne t'approche pas ! » l'avertit-elle.

Il leva les bras, la lampe à la main.

« D'accord. »

Elle sautilla jusqu'à la marche du wagon et se rassit sans le perdre de vue. Il l'interrogea :

« Que fais-tu ici ?

— Ce ne sont pas tes oignons.

— C'était juste une question… »

Elle soupira.

« Il fait trop froid pour dormir. La nuit, il faut bouger. Rester chaud. On dort le jour. » Elle haussa les épaules. « Je fouinais, c'est tout.

— C'est un endroit dangereux.

— Ouais, ben maintenant, je le sais ! »

Seth avait lu quelque part que cent mille mineurs fuguaient ou disparaissaient chaque année au Royaume-Uni. Cent mille personnes comme cette fille. Ceux qui étaient emmenés à Malice n'étaient qu'une goutte d'eau dans l'océan. Comment aurait-on pu remarquer quoi que ce soit ?

« Tu dois aller ailleurs, en lieu sûr.

— Je ne peux aller nulle part avec cette jambe. Ne t'en fais pas pour moi. »

Il fallait qu'il continue ses recherches. Kady avait besoin de lui. Mais il ne pouvait pas abandonner cette fille à son sort. Il pouvait y avoir n'importe quoi d'autre dans les environs.

« C'est grave ? » demanda-t-il en désignant sa jambe bandée.

Elle haussa les épaules.

« Sais pas. Ça fait mal.
— Je peux regarder ?
— Si tu veux. »

Elle ne le quitta pas des yeux tandis qu'il posait la lampe et s'agenouillait devant elle. Elle sentait mauvais, une odeur de saleté et de transpiration. Seth n'était pas capable de soigner les blessures, mais il saurait si un traitement était nécessaire. Il devait essayer de la convaincre d'aller à l'hôpital : il lui faudrait certainement une piqûre contre la rage, ou quelque chose du genre.

Sous le tissu, la peau était pâle et lisse, sans la moindre égratignure.

« Mais… » commença-t-il.

C'est alors qu'elle lui sauta dessus.

2

Seth fut pris totalement par surprise. Il ne vit qu'un éclair dans des yeux jaunes et fous, et des crocs acérés là où il n'y avait rien eu de tel une seconde plus tôt. Cette vision lui donna juste le temps nécessaire pour réagir, de sorte que la morsure destinée à sa gorge s'enfonça dans son épaule.

La douleur fut atroce. Il poussa un hurlement et repoussa la fille si fort qu'elle alla heurter le wagon derrière elle. Elle s'effondra sur le sol tandis qu'il s'éloignait, chancelant, la main crispée sur son épaule.

Il avait si mal que cela lui coupait la respiration. Il sentait le sang chaud et humide couler, épongé par son T-shirt sous son blouson.

La fille se relevait lentement. Mais pouvait-on encore la définir ainsi ? Elle se métamorphosait de seconde en seconde, comme si quelque chose dans son corps voulait émerger et rejetait son déguisement. Ses cheveux tombaient par touffes, ainsi que sa peau, révélant un crâne gris et humide. Ses ongles s'allongeaient et se transformaient en griffes noires. Les traits de son visage se tordaient en une nouvelle forme, affreuse.

« *Tu es sur mon territoire, viande !* » rugit la goule d'une voix gargouillante, glougloutante, comme celle de quelqu'un qui se noie dans du goudron.

Seth se mit à courir. La goule lui bloquait le passage vers la sortie, donc il partit dans l'autre direction, vers les tunnels. Il y eut un *ksss !* derrière lui, et elle se précipita à sa poursuite. Elle courait en boitant, dos courbé : sa jambe devait réellement être blessée. Sa métamorphose se poursuivait, et elle abandonnait des morceaux de peau et des cheveux derrière elle.

Seth plongea entre deux wagons et escalada maladroitement l'attelage. Son épaule le faisait encore souffrir. Mâchoires serrées, il se traitait de tous les noms. *Imbécile ! Idiot !* Il n'aurait jamais dû essayer de secourir cette fille. C'était trop risqué. Pourquoi avait-il encore fallu qu'il joue les preux chevaliers ?

Il émergea de l'autre côté et découvrit qu'il était

cerné. Devant lui se trouvait un autre train ; à sa gauche, un tas de graviers et de débris qui lui bloquait le passage ; à sa droite, les wagons disparaissaient sous un tunnel.

Il fixa l'obscurité. Il avait posé sa lampe juste avant de se faire mordre et n'avait pas pu la récupérer. Malgré tout, son instinct lui soufflait que c'était la direction à prendre. S'il y avait un passage vers Malice quelque part, il le trouverait dans l'endroit le plus reculé, le plus secret de la gare de triage, exactement comme à l'usine. C'était là qu'il y avait communication entre les deux mondes : dans les lieux sinistres les plus oubliés.

Il se rendit brusquement compte qu'il n'entendait plus sa poursuivante. Affolé, il fouilla les environs du regard. Elle aurait pu être partout. Elle pouvait ramper sous les wagons pour l'agripper par les chevilles. Elle pouvait contourner l'obstacle pour lui couper toute retraite. Elle pouvait grimper sur un train pour lui tomber dessus.

La respiration sifflante, il avança vers les tunnels.

Rien. C'était encore pire qu'avoir l'ennemi en face. Il n'avait qu'une envie : s'enfuir, retourner sur la route, retrouver la lumière. Mais s'il cédait à son désir, il lui faudrait de toute façon revenir le lendemain soir – et ce serait peut-être déjà trop tard pour Kady.

Penser à son amie lui donna la force de courir vers l'ouverture béante et noire.

Il passa sous l'arcade. Au bout de quelques dizaines de pas, il n'y avait plus de wagons. Une faible lueur provenant de l'ouverture éclairait les rails qui s'enfonçaient dans l'obscurité. Ceux-ci étaient couverts de mauvaises herbes, de cailloux, de détritus. Il se retourna et ne vit que la gare de triage, déserte. Pour tout bruit, le sifflement de l'air et un camion sur la route au-dessus.

Peut-être est-elle partie. Peut-être n'a-t-elle pas l'intention de me poursuivre.

Il se massa l'épaule. Sa blessure était-elle grave ? Il avait atrocement mal, mais ça ne voulait rien dire : des coupures insignifiantes faisaient parfois beaucoup souffrir. Saignait-il abondamment, ou juste un peu ?

Il n'avait pas le temps d'y songer. Il pressa le pas. La lumière déclinait. Il marcha jusqu'au côté du tunnel et posa la main sur le mur mal taillé. Ses yeux seraient bientôt inutiles ; il lui faudrait alors se diriger grâce au toucher.

Très vite, il fut dans le noir complet. Il ralentit de peur de trébucher : il aurait facilement pu glisser sur un gros caillou.

Son cœur tambourinait dans sa poitrine. Il se rappelait les Oubliettes, le poids terrible, écrasant des ténèbres. Il lui fallut rassembler tout son courage pour aller de l'avant.

Au bout de quelques pas, il se retourna vers l'entrée du tunnel. L'arcade et les wagons constituaient les seules choses encore visibles dans un monde aveugle.

Et à l'entrée, il vit quelque chose bouger. Une silhouette, maigre et sale, bossue et nue, avec quelques longues mèches de cheveux et de longues griffes. La goule examina les alentours, puis avança la tête dans le tunnel.

« *Je sais que tu es là, viande !* gargouilla la voix. *J'ai ton sang sur ma langue. J'ai ton goût dans la bouche !* »

Et elle se mit en marche dans sa direction.

La terreur s'empara de Seth. Il avança aussi vite que possible, la main toujours posée sur le mur. Un caillou roula traîtreusement sous son pied. En réponse au bruit s'éleva un ricanement qui semblait terriblement proche – mais peut-être était-ce l'écho.

La goule pouvait-elle voir dans le noir ? Gagnait-elle du terrain ? Le tunnel s'arrêtait-il un jour ?

Seth s'éloigna du mur. Si la goule était aussi aveugle que lui, elle aurait moins de chance de le trouver au milieu du tunnel. Il était même possible qu'elle le dépasse sans s'en apercevoir. Il avait terriblement froid : un effet de la perte de sang, ou de la terreur ? Il aurait voulu se rouler en boule, se cacher quelque part. Il craignait à tout instant que le sol ne se dérobe sous ses pas et qu'il soit précipité dans un trou sans fin.

Son pied heurta un rail. La voie ferrée ! Il pouvait suivre la voie ferrée ! Il passa de l'autre côté, se retrouva debout sur une traverse. Il tâtonna du pied pour trouver la suivante. Celle d'après était à une distance égale. Encore une, encore une. Ça devenait de plus en plus facile. Il trouva bientôt un rythme régulier. Même s'il n'y voyait rien, il lui était facile de faire des pas toujours de la même longueur. De temps en temps, il lui fallait s'arrêter et se remettre en position au milieu d'une traverse, mais dans l'ensemble, c'était bien plus rapide que de trébucher sur des pierres le long du mur.

Il n'osait pas se retourner, par peur de découvrir la goule juste derrière lui.

Au bout d'un moment, il aperçut de la lumière au loin.

Ses yeux se fixèrent désespérément sur ce rayon lumineux. *De la lumière !* Des ampoules électriques ! Il ne savait pas d'où cela venait, mais… de la lumière !

Il augmenta l'allure, passant témérairement d'une traverse à l'autre. Le bout du tunnel était de plus en plus éclairé, et il put bientôt distinguer la voie ferrée qui le guidait. Il se mit à courir, négligeant toute prudence. Il trébucha une fois et manqua de tomber, mais rien ne pouvait l'arrêter : la peur de la créature derrière lui et la promesse de la lumière le poussaient vers l'avant comme par aimantation.

Il haletait, faisant bien trop de bruit. Son épaule lui causait une douleur lancinante. Le tunnel tourna vers la gauche ; la lumière augmenta et, soudain, il vit un quai devant lui. Un quai ! Il était dans une gare souterraine ! Il se précipita dans cette direction et grimpa dessus, heureux d'y voir enfin clair.

Le quai était en mauvais état, visiblement abandonné. Les briques humides étaient couvertes de mousse verdâtre. Les ampoules électriques clignotaient irrégulièrement. Il y avait une sortie pour les voyageurs, mais fermée par une grille. Seth courut dans cette direction et essaya de forcer le passage ; le métal grinça et cliqueta, mais ne céda pas.

Il fit quelques pas de côté. Non loin de l'entrée se trouvait un pan de mur sur lequel une tache plus claire indiquait qu'un panneau y avait été autrefois accroché. Il avait désormais disparu, mais quelqu'un avait rapidement réécrit deux mots :

GRISTLE MILL

Gristle Mill ? Il n'avait jamais entendu ce nom. Était-ce une station de métro désaffectée ? Seth savait qu'il y avait de nombreuses stations fermées et oubliées en banlieue de Londres.

Il se retourna. Il était pris au piège. Au bout du quai, l'obscurité l'attendait, affamée. Et la goule était là, quelque part. De l'endroit où il était, Seth ne pouvait pas la voir, mais elle pouvait le voir, lui. Il chercha désespérément une arme des yeux et se maudit de ne pas avoir ramassé une grosse pierre pendant qu'il était sur les rails.

Où est-elle ? Où est-elle passée ?

Un bruit lui parvint. Un rythme métallique, lointain, mais de plus en plus perceptible.

Ce n'est pas possible. Ça ne peut pas être ce que je crois.

Il avança prudemment vers le bord du quai et examina le tunnel. Une lumière s'approchait. Le bruit enfla jusqu'à ce que le doute ne fût plus permis.

Un train arrivait. C'était absurde, puisque la seule chose qui se trouvait dans cette direction était une gare de triage aux voies ferrées toutes encombrées de wagons. D'où ce train aurait-il pu venir ? À moins que…

À moins qu'il ne soit à Malice.

Il mit sa main dans sa poche. Il possédait un billet noir ! Ce billet volé dans la maison de Kensington, il pouvait désormais l'utiliser. Il pouvait prendre ce train pour aller rejoindre Kady !

Il se concentrait tant sur la lumière approchante qu'il ne vit la goule que trop tard.

Elle était passée sous lui dans la pénombre, toujours sur les rails, et s'était hissée sur le quai à l'autre extrémité. Seth regardait dans la direction opposée, vers la gare de triage. Il ne découvrit sa présence que lorsqu'il entendit ses pieds nus sur le sol, une seconde avant qu'elle ne lui saute dessus.

Il tomba à la renverse en poussant un cri. Elle était déjà sur lui, grognait, essayait de mordre, lui griffait les bras et la figure. Il lutta pour éloigner ses crocs de sa gorge, mais sans réussir à la repousser. Elle se tordait dans tous les sens, sauvagement, et à chaque nouvelle tentative, sa mâchoire approchait de plus en plus de son but.

Le fracas du train remplissait désormais la gare. Bruit, mouvement, chaos. Seth se battait désespérément, mais la goule l'attaquait de plus belle, avec une vigueur renouvelée, et il n'arrivait pas à s'en débarrasser.

Un éclair de mémoire. Ses cours de kung-fu. Encore une activité qu'il avait abandonnée parce qu'il ne la trouvait pas assez passionnante. Des enfants en kimonos blancs, le professeur expliquant un mouvement.

Utiliser la force de l'adversaire.

Seth plia le genou contre les côtes maigres de la goule. Elle rugit et se démena, remuant juste assez pour lui permettre de placer le bout de son pied contre sa hanche osseuse. Elle le mordit à la figure, et il roula en arrière tout en tendant brusquement la jambe pour repousser son attaquante. La goule fut projetée dans l'air, au-delà du quai, et tomba sur la voie. Elle se remit debout, poussa un cri…

Puis on n'entendit plus que le bruit de tonnerre produit par le train entrant en gare.

Seth demeura étendu sur le dos, à bout de souffle. Il avait le visage et le cou couverts d'égratignures, et tout son corps lui faisait mal.

Mais il était en vie.

Il se releva tandis que le train s'arrêtait dans un nuage de vapeur. S'il avait eu besoin d'une preuve supplémentaire qu'il était à Malice, le train sinistre couvert de piquants la lui aurait fournie. Ce n'était pas le genre de train que l'on voyait circuler dans la campagne anglaise.

Les portes s'ouvrirent en sifflant. Juste en face de lui, le Contrôleur apparut dans l'une des ouvertures. Seth réussit à sourire.

« Comment réussissez-vous à être partout à la fois ? Vous êtes plusieurs centaines, ou quoi ?

— Non, Monsieur. Je suis le seul Contrôleur.

— Pourtant, vous êtes toujours là quand quelqu'un monte à bord d'un train. » Seth était d'humeur folâtre suite à sa survie miraculeuse. « Vous connaissez le père Noël ? Vous avez des points communs. Il visite toutes les maisons du monde en une seule nuit.

— Remarquable », dit le Contrôleur d'une voix qui ne trahissait pas la moindre admiration.

Seth monta dans le train. Le Contrôleur tourna vers lui son masque impassible.

« Où désirez-vous aller, Monsieur ? »

Seth lui tendit son billet.

« Au Terminus », dit-il. Puis il se rappela les bonnes manières : « S'il vous plaît. »

Le Contrôleur examina le billet et hocha la tête.

« Très bien, Monsieur. Au Terminus. »

Le Terminus

1

Les portes du train s'ouvrirent en sifflant, et les passagers descendirent sur le quai. Il y en avait de toutes les formes, de toutes les tailles : des hommes bruns aux yeux d'insectes, des gros amas gélatineux qui avaient du mal à passer les portes, des garçons aux dents pointues ressemblant à des lutins malicieux…

Et ce n'étaient là que quelques exemples. Le Terminus en abritait des milliers d'autres.

En descendant du train, Kady demeura bouche bée, les yeux levés vers le toit soutenu par de gigantesques colonnes. Le bâtiment évoquait à la fois un château médiéval et une boîte de jazz des années 1930, avec en prime une pincée de la grandeur néogothique du palais de Westminster. La gare de Grand Central Terminal prise de démesure. Face à un monument aussi lourd, grandiose, magnifique, on se sentait tout petit.

« Tu ne pourrais pas faire un peu moins touriste ? » lança Justin dans son dos.

Kady fit un geste pour désigner l'énorme hall de gare.

« Tu ne pourrais pas être un peu plus impressionné ?

— Bof. C'est juste une grosse bâtisse. »

Kady n'insista pas. Justin ne s'intéressait pas tellement à l'architecture, ni à la culture en général. Elle se tourna pour vérifier que les autres membres de Ravage descendaient des différents wagons où ils s'étaient répartis. Tatyana vint lui donner un coup de tête amical dans la cuisse ; elle la caressa derrière les oreilles, et le tigre se mit à ronronner comme un moteur. Quelle étrange ville que cette Cité où on pouvait se promener avec un smilodon mécanique sans attirer l'attention ! Kady était heureuse de l'avoir auprès d'elle : Tatyana était sa seule protectrice dans ce monde bizarre – sans compter Justin, bien sûr.

Ils se regroupèrent au bout du quai, l'un des nombreux que comprenait la gare. Rien que dans ce hall, ils pouvaient dénombrer au moins six autres trains, mais ils savaient qu'il y avait encore d'autres halls. Le Terminus était le cœur du réseau ferroviaire de Malice. Des trains y partaient constamment pour divers quartiers de la Cité ainsi que d'autres destinations lointaines. Tout autour des adolescents, des centaines de gens descendaient, montaient, changeaient de rame, attendaient l'heure du départ. Leurs voix remplissaient l'immense salle.

Quelle est la taille de Malice ? se demanda Kady. *Aussi grand que les États-Unis ? Davantage ?*

Même après tout ce qu'elle avait vu, elle s'imaginait encore ce monde comme un petit nombre de zones – Justin les nommait des « domaines » – reliées entre elles par des voies ferrées. Mais au fond, elle n'avait aucune idée de la taille totale de Malice. La Cité était une immense métropole, mais elle avait également traversé des villages, ce qui signifiait qu'il y avait d'autres villes, d'autres regroupements de population. Si elle prenait le train le plus loin possible, atteindrait-elle l'océan ? Et ensuite ? Impossible de le savoir : à sa connaissance, personne n'avait jamais vu de plan de Malice.

Jan marmonna quelques instructions rapides à l'attention du groupe :

« La porte de service est de l'autre côté du hall. Suivez-moi. N'ayez pas l'air nerveux. »

Il jeta un regard méfiant à Tatyana avant de se mettre en marche. Il aurait préféré qu'elle ne soit pas là, mais Tatyana ne lui avait pas demandé son avis. Elle était apparue ce matin-là pendant qu'ils traversaient la forêt en direction de la gare, et les avait suivis, malgré tous les efforts déployés pour lui faire rebrousser chemin. Kady avait finalement réussi à convaincre Jan qu'il valait mieux la laisser les accompagner : c'était une alliée redoutable. Jan avait accepté à contrecœur. C'était une alliée redoutable, certes, mais c'était l'alliée de Kady, ce qu'il n'appréciait pas. Il était encore furieux contre Scotty et Dylan pour avoir prêté main-forte à Kady la veille, mais comme ils avaient fait partie du plan dès le début, il avait été forcé de les emmener.

Ils étaient treize en tout, en comptant les trois lieutenants de Jan et quatre autres jeunes que Kady ne connaissait pas, ou du moins qu'elle ne se rappelait pas. Les autres membres de Ravage étaient restés à la Bathysphère. Il était inutile que tout le monde soit présent. Jan n'avait convié que ceux dont il connaissait le sang-froid.

Kady était soulagée de penser que quelques membres de Ravage étaient encore en sécurité. Elle continuait à désapprouver l'idée de Jan. Certes, si l'opération réussissait, elle provoquerait une grosse impression ; mais si un grain de sable se glissait dans les rouages, les conséquences seraient probablement terribles.

Elle s'efforçait de repérer le moindre danger potentiel en avançant dans la foule. Fusil à la main, des régulateurs surveillaient le hall depuis des postes d'observation situés en hauteur. D'autres circulaient par groupe de deux parmi les gens.

Kady leva les yeux et aperçut une faucheuse. C'était une énorme araignée mécanique au corps bardé de mitraillettes. Le corps enfermé dans ses propres pattes comme dans une cage, elle pendait au bout d'une chaîne, parfaitement immobile. Seuls ses yeux rouges bougeaient, examinant la foule avec minutie.

Kady frissonna. Pour la centième fois, elle se demanda combien de personnes seraient blessées ou tuées si l'aventure tournait à la fusillade.

« Ce ne sont pas des *personnes*, avait objecté Jan quand elle avait exprimé ses doutes. Ils ne sont pas humains. Pourquoi t'en soucier ? »

Mais Kady songeait à Shaddly Bletch, à la vieille Skarla des Oubliettes, au boulanger Nibscuttle. Ils avaient tous fait preuve de gentillesse avec elle. Le fait que l'un d'eux perdît constamment ses membres, que l'autre ressemblât à une plante et que le troisième eût deux têtes importait peu. Ce n'étaient peut-être pas des êtres humains, mais c'étaient tout de même des personnes.

Ils suivirent Jan jusqu'à un recoin derrière une énorme colonne. La porte de service était là. Trois disques y étaient encastrés, comme dans un coffre-fort. Parker leur fit signe de se rassembler autour de lui pour cacher la porte. Ils firent semblant de consulter des horaires de trains et de discuter ; pendant ce temps, Jan tripotait les cadrans dans leur dos. Deux régulateurs passèrent devant le petit groupe. L'un d'eux tourna la tête et les regarda, mais il poursuivit son chemin sans s'arrêter.

Enfin, Jan leur fit face, avec un sourire triomphant qui montrait ses dents blanches.

« Nos informations étaient correctes. La porte est ouverte. »

Il s'apprêtait à entrer quand Kady l'attrapa par le bras. Il lui lança un regard incendiaire, mais ça ne l'arrêta pas. C'était plus fort qu'elle : malgré ses bonnes résolutions, elle ne pouvait pas s'empêcher d'essayer une dernière fois de lui faire entendre raison.

« Écoute, Jan, ce n'est pas trop tard pour renoncer. Ton plan est terriblement dangereux. Si quelque chose tourne mal…

— Rien ne tournera mal, laissa-t-il tomber froidement.

— Mais si ça arrive ? Tu n'as même pas de plan B pour prendre la fuite en cas de pépin !

— Nous n'avons *pas besoin* d'un plan B ! rétorqua-t-il, mâchoires serrées. Je savais bien que tu essaierais de me mettre des bâtons dans les roues, Kady. Je n'aurais jamais dû t'emmener. Tu ne supportes pas ça, hein ? Tu es jalouse ? Pendant tout le temps où tu as dirigé Ravage, qu'as-tu fait ? Rien de tel ! Ça va être spectaculaire ! Tout Malice parlera de nous !

— Et ensuite ? Pour le moment, nous ne représentons qu'un souci mineur pour Tall Jake. Après ça, il fera de nous sa priorité numéro un. Il utilisera tous les moyens à sa disposition pour nous retrouver. » Elle se tourna vers les autres membres du groupe. « Vous êtes tous prêts à ça ? »

Les autres avaient l'air inquiets. Jan comprit qu'ils commençaient à douter de lui et gronda :

« C'est trop tard, Kady. Et j'en ai assez de ton défaitisme.

— Je ne suis pas défaitiste face aux bonnes idées ! » objecta Kady, mais il lui coupa la parole :

« Visiblement, tu n'as pas le cran de nous suivre, donc tu n'as qu'à rester là pour faire le guet. Surveille la porte pour que personne n'entre derrière nous. » Kady ouvrit la bouche pour protester, mais Jan leva un doigt : « Tais-toi. Scotty, reste avec elle. Vérifie qu'elle ne va pas prévenir les gardes.

— Voyons, Jan, c'est *Kady* !

— On ne peut pas lui faire confiance. Et le tigre reste avec vous. Tous les autres, suivez-moi. Ceux qui n'ont pas le courage d'entrer pourront faire leurs bagages dès notre retour à la Bathysphère. Il n'y a pas de place pour les lâches à Ravage. »

Ce dernier argument l'emporta. Dylan serra l'épaule de Scotty en passant, et Justin adressa un regard d'excuse à Kady. Elle lui répondit par un froncement de sourcils. Elle savait qu'il était obligé de les suivre sous peine d'être exclu de Ravage, mais c'était comme s'il s'était rangé du côté de Jan. D'ailleurs, il y serait probablement allé même sans cette menace. L'idée de Jan lui plaisait. Faire autant de dégâts était une perspective trop tentante pour être repoussée à la légère.

Ils disparurent, et la porte se referma derrière eux. Tatyana les regarda partir sans émotion, puis se coucha sur le sol et s'endormit. Kady était furieuse ; Scotty la regardait nerveusement.

« Ça va peut-être marcher, va. »

Il avait voulu la rassurer, mais ne fit qu'empirer sa colère.

« Il joue avec leur vie ! cria-t-elle. Et pour quoi faire ? Juste pour se faire valoir !

— Pour montrer à tout le monde qu'il est possible de lutter contre Tall Jake.

— Il y a de meilleurs moyens d'obtenir ce résultat. Moins dangereux. Il vous a convaincus que vous formiez un groupe de guérilleros, mais il faut voir les choses en face : Ravage est simplement une bande d'une vingtaine d'ados. C'est vrai, son plan est ambitieux et, s'il marche, il aura un retentissement incroyable. Mais Jan veut uniquement montrer à tout le monde à quel point il est formidable. C'est son seul but. Un bon chef ne devrait pas risquer la vie de ses amis pour sa propre gloire. »

Scotty baissa les yeux.

« C'est pour ça qu'on a besoin de toi, Kady. »

Elle s'assit par terre, adossée à la colonne, et Scotty prit place à ses côtés. Ils avaient l'air de deux voyageurs fatigués en compagnie de leur robot de compagnie. Kady garda un moment le silence, méditant sur les dernières paroles de Scotty.

À aucun moment elle n'avait eu l'intention de devenir chef de Ravage. En fait, elle s'était contentée de suivre Justin : après le départ de Seth, elle n'avait rien de mieux à faire. C'était Justin qui avait tant tenu à trouver Ravage.

Cependant, elle avait découvert qu'elle avait dirigé cette bande. Et qu'on l'avait admirée et respectée pour ça. Tout se passait exactement comme Jan l'avait redouté. Par sa simple présence, elle était devenue sa rivale. Tôt ou tard, elle serait obligée de lui livrer bataille, uniquement parce qu'elle ne l'aimait pas. C'était une brute, victime de son manque d'assurance, qui jouait un jeu mortel sans se soucier des conséquences.

Elle promenait son regard sur la foule qui arpentait les quais, sans vraiment prêter attention à ce qu'elle voyait, lorsqu'elle reconnut soudainement quelqu'un.

Elle se redressa. Non, c'était impossible !

Une seconde plus tard, elle avait bondi sur ses pieds et se frayait un chemin dans la foule. Scotty poussa un cri de surprise. Tatyana ouvrit un œil, décida qu'il ne se passait rien qui vaille la peine de se réveiller, et le referma.

« Pardon ! Excusez-moi ! » criait Kady en bousculant les habitants de Malice, grands ou petits, gros ou maigres, à plumes ou à écailles. S'était-elle trompée ? Avait-elle eu une vision ?

Enfin, il fut là, juste devant elle. Il examinait les

alentours, un peu désemparé. Comme il lui tournait le dos, elle le saisit par l'épaule et le fit pivoter. Son expression de surprise fut comique.

« Seth ! » cria-t-elle.

Elle se jeta à son cou et il la serra contre lui, si fort qu'il lui coupa la respiration. Pendant de longues secondes, ils demeurèrent dans cette position, le visage de Kady enfoui dans la poitrine du garçon, l'un contre l'autre. Elle sentait les battements de son cœur. Sa vie. Elle avait encore du mal à croire qu'il était vraiment là.

« Tu es revenu. Tu m'as trouvée !

— Je te l'avais promis, non ? Et j'ai rapporté le Fragment. »

Elle cligna des yeux pour refouler ses larmes.

« Le Preux Chevalier tient toujours ses promesses. »

Il la lâcha et demanda d'une voix soudain teintée d'urgence :

« Où est Justin ? »

Kady remarqua alors que son blouson était déchiré au niveau de l'épaule et taché de sang.

« Tu es blessé !

— Rien de grave. J'ai vérifié dans le train. Une blessure assez moche, mais pas profonde.

— Que s'est-il passé ?

— J'ai failli me faire manger. Comme d'habitude. » Il sourit. « Dis-moi, où est Justin ? »

Kady désigna du pouce la porte de service.

« Il est parti avec Jan vers la salle de contrôle.

— Il faut les arrêter !

— Pourquoi ? Que se passe-t-il ?

— Ils foncent dans un piège ! »

2

« Nous devons les suivre », déclara Kady à Scotty.

Scotty la regarda, ahuri, puis se tourna vers Seth. Le nouveau venu était agenouillé devant Tatyana, les bras passés autour du cou du tigre. L'animal métallique avait sauté sur ses pieds et se frottait contre lui avec enthousiasme.

« Mais… c'est qui ?

— Seth. Il a le Fragment. »

Scotty demeura bouche bée.

« *Quoi ?*

— Écoute, je n'ai pas le temps de t'expliquer, mais Tall Jake connaît le plan de Jan. Seth l'a vu dans la BD, donc Tall Jake aussi, forcément. »

Scotty arrondit les yeux.

« Dans ce cas, qu'est-ce que tu fais encore ici ? Cours-leur après !

— Tu ne viens pas ?

— Quelqu'un doit garder la porte, sinon vous risquez de sortir juste au moment où un groupe de régulateurs passe par là. Frappez trois coups en revenant ; je vous ouvrirai s'il n'y a aucun danger.

— D'accord. Bonne idée. » Kady se retourna. « Allez, Seth, on y va ! »

Seth se leva rapidement et Tatyana le suivit. Les deux garçons échangèrent un rapide salut, puis inspectèrent la foule. Aucun régulateur n'était en vue et personne ne faisait attention à eux. Scotty ouvrit la porte pour les laisser passer.

De l'autre côté se trouvait un escalier en spirale d'où montait un air froid et humide. Ils descendirent les marches deux à deux tandis que la porte se refermait derrière eux.

Tatyana marchait devant, suivie de Seth. Kady fermait la marche. Elle était toujours sous le choc des retrouvailles, mais sa joie était mêlée de déception : ils n'avaient eu que quelques courtes secondes ensemble avant de devoir se précipiter à la poursuite de Justin et des autres. Ça faisait si longtemps qu'elle attendait de le revoir ! Rien ne s'était passé comme elle se l'était imaginé.

L'escalier débouchait sur une passerelle métallique qui traversait une énorme pièce où le moindre bruit produisait un écho. Au-dessus d'eux se trouvaient des voûtes de briques portées par d'énormes colonnes flanquant la passerelle de chaque côté. Le sol, entièrement inondé, évoquait un lac rectangulaire aux eaux noires. Un train passa au-dessus d'eux ; la surface liquide trembla. Les lampes électriques qui pendaient au plafond se balancèrent légèrement, leur lumière reflétée par des milliers de vaguelettes.

Ils se mirent à courir. La prudence n'était plus de mise. Il *fallait* qu'ils rattrapent les autres.

Il y avait quelque chose sur la passerelle, à mi-chemin. Ils ralentirent. Ça ressemblait à un gros crabe en cuivre à la carapace ronde et luisante et aux nombreuses pattes armées de pinces. L'appareil était doté de caméras. Éteintes.

« Un robot de sécurité », comprit Kady.

Tatyana s'approcha pour renifler l'objet.

« Tu crois qu'elle perçoit les odeurs, avec son nez mécanique ? » demanda Seth.

Soudain, le robot bougea ; il glissa de plusieurs centimètres et alla se coller brutalement au museau de Tatyana. Elle recula avec un gémissement ; le robot la suivit, accroché à elle.

Kady et Seth s'efforcèrent de libérer le tigre. Ce ne fut pas si facile.

« Il est aimanté, constata Kady. Ils ont dû le mettre hors d'usage avec un crameur.

— Un quoi ?

— Une grenade électromagnétique. Un truc qui démolit les machines.

— Tatyana, tu as entendu ? Prends bien garde à toi ! », conseilla Seth.

Le smilodon reprit sa course, menton levé, l'air vexé.

« Elle n'aime pas être traitée de machine, chuchota Kady.

— Mais je ne voulais pas… », commença Seth, avant de laisser tomber : « Les filles sont tellement susceptibles ! »

La passerelle se terminait devant une porte grande ouverte. De l'autre côté se trouvait un couloir partant des deux côtés.

« À gauche ou à droite ? demanda Seth.

— Aucune idée. Choisis ! »

Seth choisit au hasard. Au bout de quelques mètres, un autre robot hors d'usage leur apprit qu'ils étaient sur la bonne voie. Seth augmenta l'allure tandis que Tatyana contournait prudemment l'engin.

« Seth, attends-nous ! » cria Kady avant de se mettre à courir à son tour.

Après plusieurs détours, le couloir se terminait sur une porte ouverte. De l'autre côté se trouvait une antichambre avec une autre porte. Fermée.

Kady rattrapa Seth, qui s'était arrêté. Quelque chose n'allait pas. Toutes les autres portes avaient été laissées ouvertes. Pourquoi pas celle-ci ?

Résolument, le garçon entra dans la pièce. Kady perçut un mouvement du coin de l'œil. Seth se tourna vers la droite, juste à temps pour voir une barre de fer descendre droit sur lui. Kady plaqua les mains sur sa bouche et ferma les yeux…

… mais il n'y eut aucun choc.

« Seth ? »

Kady ouvrit un œil. La barre de fer s'était immobilisée quelques centimètres au-dessus de la tête du garçon. Celui qui la tenait n'était autre que Justin.

« Tu peux retirer ce truc de là ? » demanda Seth.

Avec un rire de joie, Justin jeta la barre de côté et donna l'accolade à son ami. Kady lui décocha un coup de poing dans l'épaule.

« Imbécile ! Tu as failli lui exploser le cerveau ! »

Maintenant qu'elle était entrée dans la pièce, elle constatait que les autres étaient tous là. Ils s'étaient collés contre le mur pour qu'on ne puisse pas les voir.

« On a entendu quelqu'un nous courir après, expliqua Justin en se grattant le cou, mal à l'aise. On s'est dit qu'on allait les assommer… Sur le moment, j'ai trouvé que c'était une bonne idée. »

Seth ne semblait pas offensé. Il souriait de toutes ses dents.

« Je suis content de te revoir, même si tu as l'air mal en point. Une vanne qui est mal passée ?

— Un truc du genre. » Justin désigna l'épaule ensanglantée de Seth. « Tu n'as pas l'air en pleine forme non plus, mec !

— Qui est-ce ? demanda Jan d'une voix froide.

— Il s'appelle Seth, répondit Kady. Écoutez-le tous, il a quelque chose de très important à vous dire.

— Mieux encore, je vais vous montrer. »

Seth sortit de son sac quelques feuilles et les tendit à Jan. Il y avait là deux pages et demie de dessins de Grendel. La dernière – celle qui montrait le Terminus

– avait été arrachée hors du fax alors que l'impression n'était pas terminée.

Jan examina les pages sans rien dire. Les autres regardèrent par-dessus son épaule avec des exclamations de surprise. Le dessin représentait Jan, Justin et Kady dans la Bathysphère, en train de discuter du plan.

« Il peut nous voir, comprit Dylan. Grendel peut nous voir même dans la Bathysphère !

— Ils sont peut-être en train d'y aller en ce moment même ! s'inquiéta Parker.

— Pas forcément, répondit Dylan. On ne voit que l'intérieur, on dirait. Tall Jake ne sait peut-être pas où c'est. Il ne sait pas tout.

— N'empêche qu'il faudra faire particulièrement attention en y retournant, dit Kady. On ne sait jamais.

— C'est vrai. »

Justin jeta un coup d'œil sur les dessins et s'adressa à Kady :

« Eh, tu n'es pas mal, là-dessus, Kady. Beaucoup mieux qu'en vrai !

— Je crois que je vois encore un coin de ta joue gauche où tu n'as aucun bleu, répondit Kady. Tu veux que j'arrange ça ?

— Ce sont des faux », déclara Jan à voix basse.

Tout le monde le regarda.

« Ce sont des faux ! répéta-t-il en serrant les feuilles dans son poing. Ces dessins ont été créés de toutes pièces !

— Bien sûr que non, fit Seth, surpris par sa réaction. Puisque moi, j'ai su où vous trouver, Tall Jake peut en faire autant. Il faut sortir d'ici tout de suite !

— La salle de contrôle est juste derrière cette porte », insista Jan en désignant la porte métallique de l'autre côté de l'antichambre. C'étaient les autres membres de Ravage qu'il haranguait, désormais. « Mon contact – la personne qui m'a donné les plans et les codes de la porte – dit qu'elle n'est pas gardée. Ce qui signifie qu'il suffit d'entrer là-dedans et de balancer un crameur pour démolir tout le système. » Il désigna Kady. « Personne ne sait où elle était pendant tout ce temps ! On ne sait pas si on peut lui faire confiance ! Et ces deux-là, ajouta-t-il en montrant Justin et Seth, personne ne les connaît ! »

Il semblait de plus en plus agité. L'idée d'être privé de son triomphe au dernier moment lui était insoutenable.

Dylan prit la parole d'une voix grave, les yeux fixés sur les papiers froissés que Jan avait jetés par terre.

« Tu ne trouves pas que c'est un peu tordu, comme truc ? Si Kady voulait nous trahir, elle n'avait pas besoin de dessiner de fausses pages de BD. Il suffisait de nous faire arrêter dès la descente du train.

— Ils ne savaient pas quand on arriverait ! objecta Jan. Ou alors, les régulateurs n'ont pas eu le temps d'aller sur le quai… En tout cas, allez, on y va ! Chaque seconde que nous perdons à discuter est…

— Vous foncez droit dans un piège ! cria Seth. Ils vous attendent, là-dedans ! »

Le visage de Jan était déformé par la rage.

« C'est MON opération, et ça va marcher ! »

Kady comprit que les choses allaient mal tourner. Elle intervint :

« Écoutez-moi tous. Vous vous rappelez pourquoi je suis partie ? Pour trouver le Fragment. On nous avait dit que nous pouvions l'utiliser comme arme contre Tall Jake. Pas vrai ? »

Ceux qui se souvenaient d'elle hochèrent la tête. Kady ouvrit le sac à dos de Seth, fouilla à l'intérieur et sortit l'étrange bibelot qu'elle avait conservé sur ses étagères pendant un an.

« Le voici.

— C'est ce truc ? demanda Jan, peu impressionné.

— Comment ça marche ? l'interrogea Dylan.

— On verra bien. En tout cas, il est là. Je vous l'ai rapporté, comme promis. Là-dedans se trouve le pire ennemi de Tall Jake. Le seul qui puisse le battre. »

Les autres échangèrent des murmures d'admiration. Jan serra les poings.

« Avec ça, ça vaut la peine de nous battre, continua Kady. Démolir des trucs juste pour le plaisir ne sert à rien. Arrêter les trains ne fera aucun mal à Tall Jake. Ça l'énervera, c'est tout. Avec le Fragment, on peut vraiment en venir à bout.

— Ce n'est pas toi le chef ! » rugit Jan. Il se tourna

vers le groupe. « Ça fait si longtemps qu'on a préparé ce coup ! On ne va pas annuler maintenant !

— Ne franchissez pas cette porte, répéta Kady. Tall Jake a tout prévu.

— Ce n'est pas toi qui décides, c'est moi ! Alors on y va !

— Pas moi », laissa tomber Dylan.

Jan se tourna vers lui, un éclair de folie dans le regard.

« Quoi ?

— Moi, je n'y vais pas, répéta Dylan. Si Kady dit que c'est un piège, c'est un piège. Et je ne veux pas foncer dedans.

— Dans ce cas-là, adieu. Tu peux quitter Ravage. On verra comment tu te débrouilles tout seul. »

Dylan haussa les épaules.

« Tu ne seras peut-être plus le chef quand tu reviendras. »

Il alla rejoindre Kady, Seth et Justin. Les autres s'agitaient, incertains. Jan lança un regard furieux à Kady.

« C'est ça que tu voulais ? Nous diviser ?

— Peut-être est-ce indispensable. » Elle regarda les autres. « Ceux qui ne veulent pas aller là-dedans, venez avec moi. »

Il y eut un instant de silence, puis un garçon qu'elle ne connaissait pas vint rejoindre son groupe.

« Toi aussi, tu peux foutre le camp ! » gronda Jan.

Cette fois, la menace ne suffit pas. Trois autres traversèrent la pièce, yeux baissés. Bientôt, Jan ne fut plus entouré que par ses trois lieutenants. Parker lui-même n'avait pas l'air si sûr de lui.

Jan cracha par terre.

« Lâches. Dégonflés. Je m'occuperai de vous quand je reviendrai. Ce sera nous, les héros ! Et à ce moment-là, on verra bien combien de gens vous suivront !

— Jan, écoute... » commença Kady.

Mais c'était inutile. Il marcha à grands pas vers la porte et l'entrouvrit. Puis il fit signe à ses trois compagnons.

« Il n'y a personne. Allez-y ! »

Ils passèrent devant lui un par un. Parker hésita sur le seuil de la porte. Il se tourna vers Kady et ouvrit la bouche comme pour dire quelque chose, comme s'il était sur le point de changer d'avis, mais Jan lui donna une bourrade et lui ordonna d'avancer. Parker obéit.

« Lâches ! » répéta Jan en lançant un dernier regard de haine à Kady.

Puis il entra à son tour et referma la porte derrière lui.

Kady poussa un profond soupir. Cette confrontation l'avait épuisée. Elle remit le Fragment dans le sac de Seth et le referma.

« Bon, je pense que nous n'avons plus qu'à... »

Mais une sonnerie stridente s'éleva tout autour d'eux, lui coupant la parole.

« Une alarme ! » cria quelqu'un.

Juste à ce moment-là, ils entendirent derrière la porte le crépitement des fusils et des cris. Kady sentit son estomac se nouer.

« Oh non… Oh non…

— On met les voiles ! » cria Justin.

Ils se précipitèrent hors de l'antichambre, coururent dans le couloir, sur la passerelle de la salle inondée, dans les escaliers en colimaçon en direction du hall de la gare.

Et l'alarme continuait à sonner.

DRRRRRRIIIIINGGG
DÉPÊCHEZ-VOUS! SORTEZ VITE!
OÙ SONT JAN ET SES COPAINS?
ILS SE SONT FAIT TUER.
ATTENTION!
DES RÉGULATEURS!

ACK-ACK-
ACK-ACK-
ROWWRR
ILS OUVRENT LE FEU !
AAAAA
IL FAUT SORTIR D'ICI !
SETH, JUSTIN, TATYANA, AVEC MOI ! DYLAN, OCCUPE-TOI DES AUTRES ET FAIS-LES SORTIR PAR LÀ. NOUS ALLONS CRÉER UNE DIVERSION.
AH BON ?
VOUS AVEZ ENTENDU ? EN ROUTE

ACK-ACK-
ACK-ACK-
ACK-ACK-
ILS TIRENT SUR LA FOULE ! ILS TUENT DES INNOCENTS !
AIEEEEE !
ILS SONT COMME ÇA, KADY.
ILS N'ONT AUCUNE PITIÉ.
CES CHÉRIS DE TALL JAKE.
CLANK
CLANK
CLANK
LES GRILLES SE REFERMENT !
ILS VEULENT BLOQUER LES ISSUES !
TOUT LE MONDE NE RÉUSSIRA JAMAIS À SORTIR À TEMPS !
JE M'EN CHARGE.

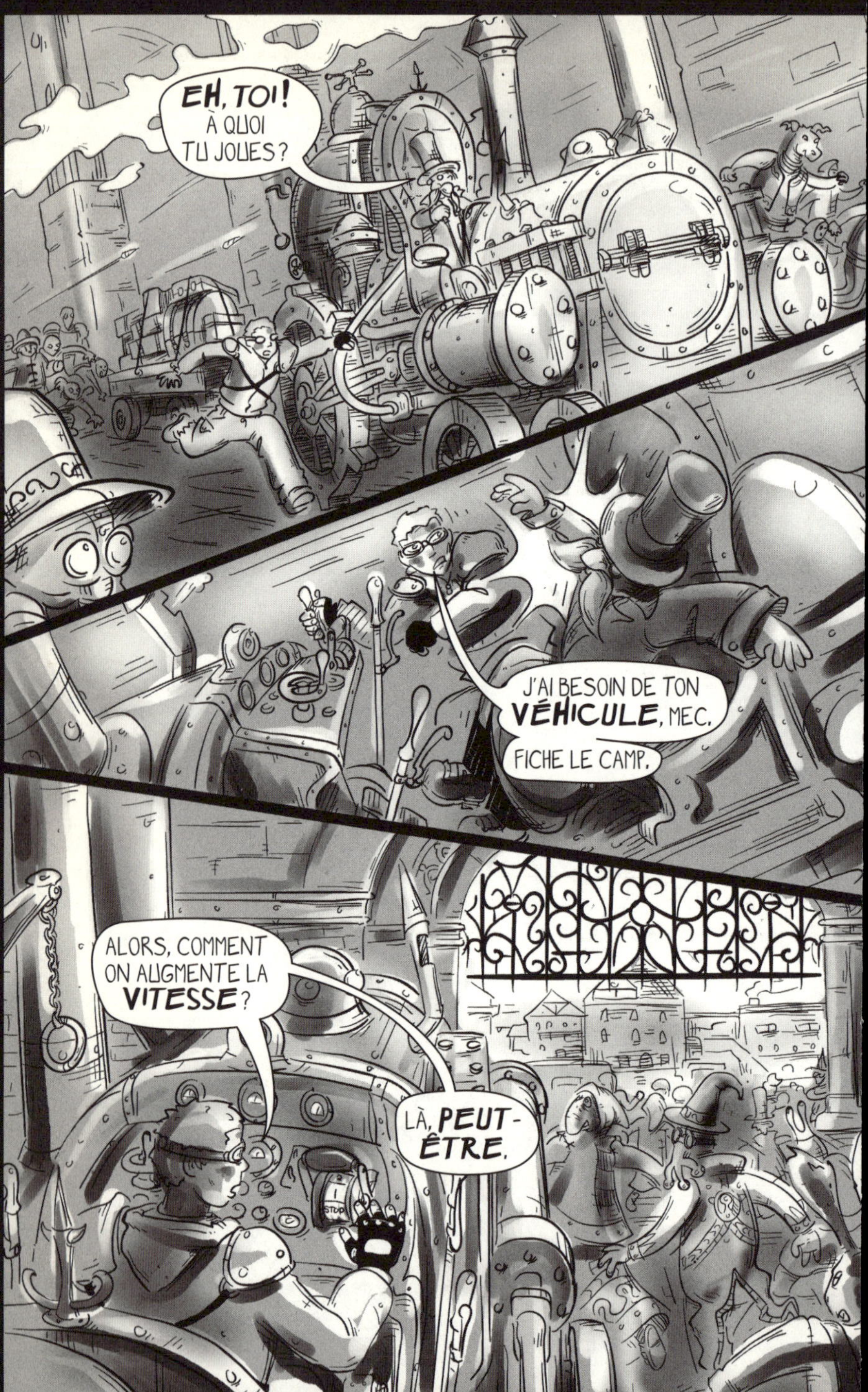
EH, TOI! À QUOI TU JOUES?
J'AI BESOIN DE TON VÉHICULE, MEC.
FICHE LE CAMP.
ALORS, COMMENT ON AUGMENTE LA VITESSE?
LÀ, PEUT-ÊTRE.
STOP

MALICE
HAHAHAHAHA
À TOUTE VAPEUR !
Grendel

C'EST LE MOMENT DE FILER !
KRASSHHHH
YOUHOU!
1 À 0 POUR JUSTIN !

PAR LÀ ! ALLEZ VERS LA SORTIE !
OH OH.
SKREEEEEE
ACK-ACK-
ACK-ACK-
ACK-ACK-
ACK-ACK-
AAAH !
THOOM
UNE FAUCHEUSE !

JE VAIS LUI ENVOYER UN CRAMEUR. ATTENTION !
ACK-ACK
ACK-ACK !
FOOM
FZZZAK
SKREEEEEEE
C'EST QUOI, LE PLAN B ?
ON LE FAIT DÉJÀ !

TIENS, PRENDS ÇA. NE LAISSE PERSONNE S'EMPARER DU FRAGMENT.
OÙ VAS-TU ?
IL FAUT ARRÊTER CETTE FAUCHEUSE.
SETH ! NON !
ACK-ACK-
ACK-ACK-
PAR ICI !
TOUT VA BIEN ?
NON. NOUS SOMMES COINCÉS, ET LES CRAMEURS N'ONT AUCUN EFFET.
IL DOIT Y AVOIR QUELQUE CHOSE SUR SA CARAPACE QUI DISPERSE LA CHARGE.

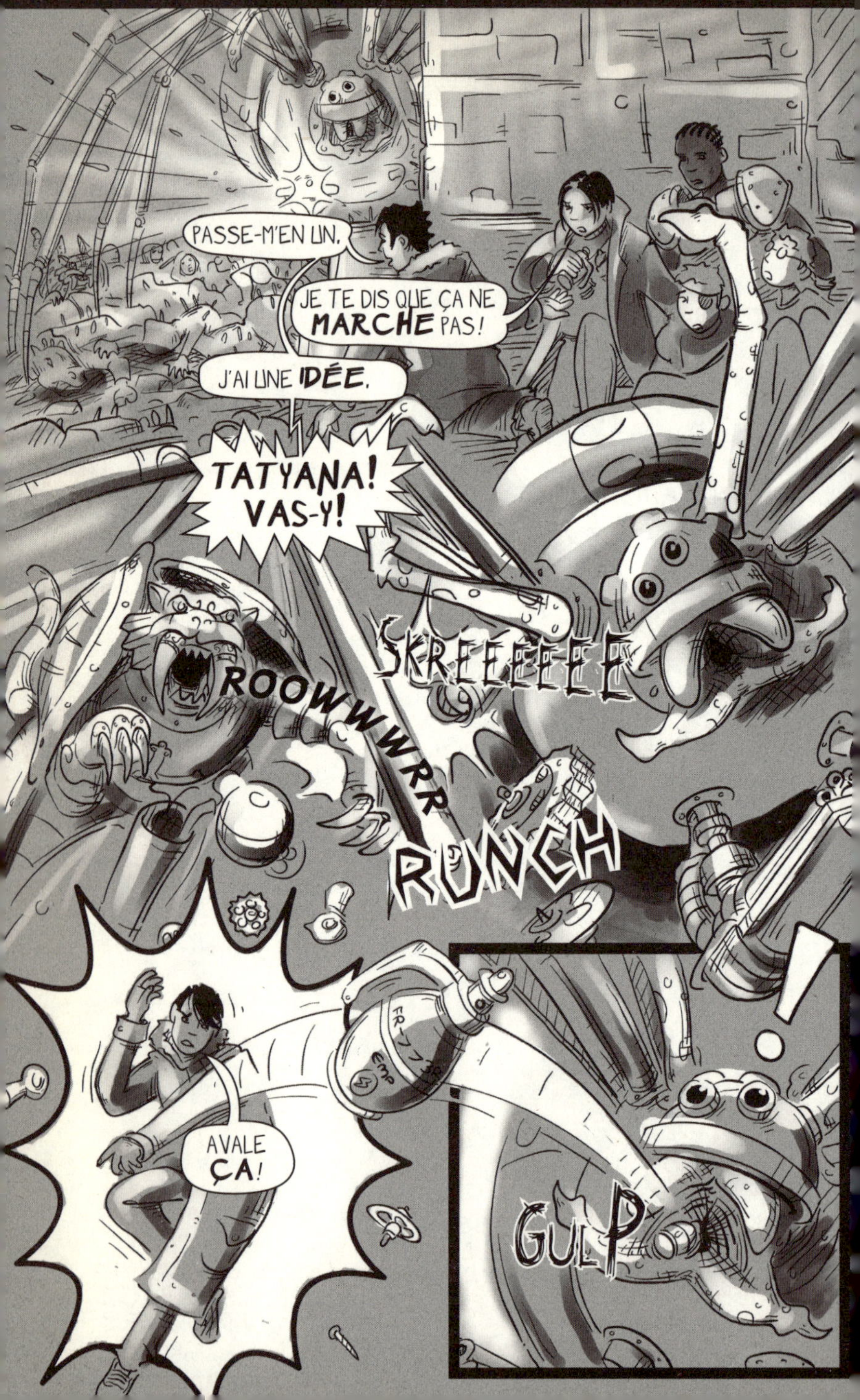
PASSE-M'EN UN.
JE TE DIS QUE ÇA NE MARCHE PAS !
J'AI UNE IDÉE.
TATYANA ! VAS-Y !
SKREEEEEEE
ROOOWWWWRR
RUNCH
AVALE ÇA !
FR-77
EMP
!
GULP

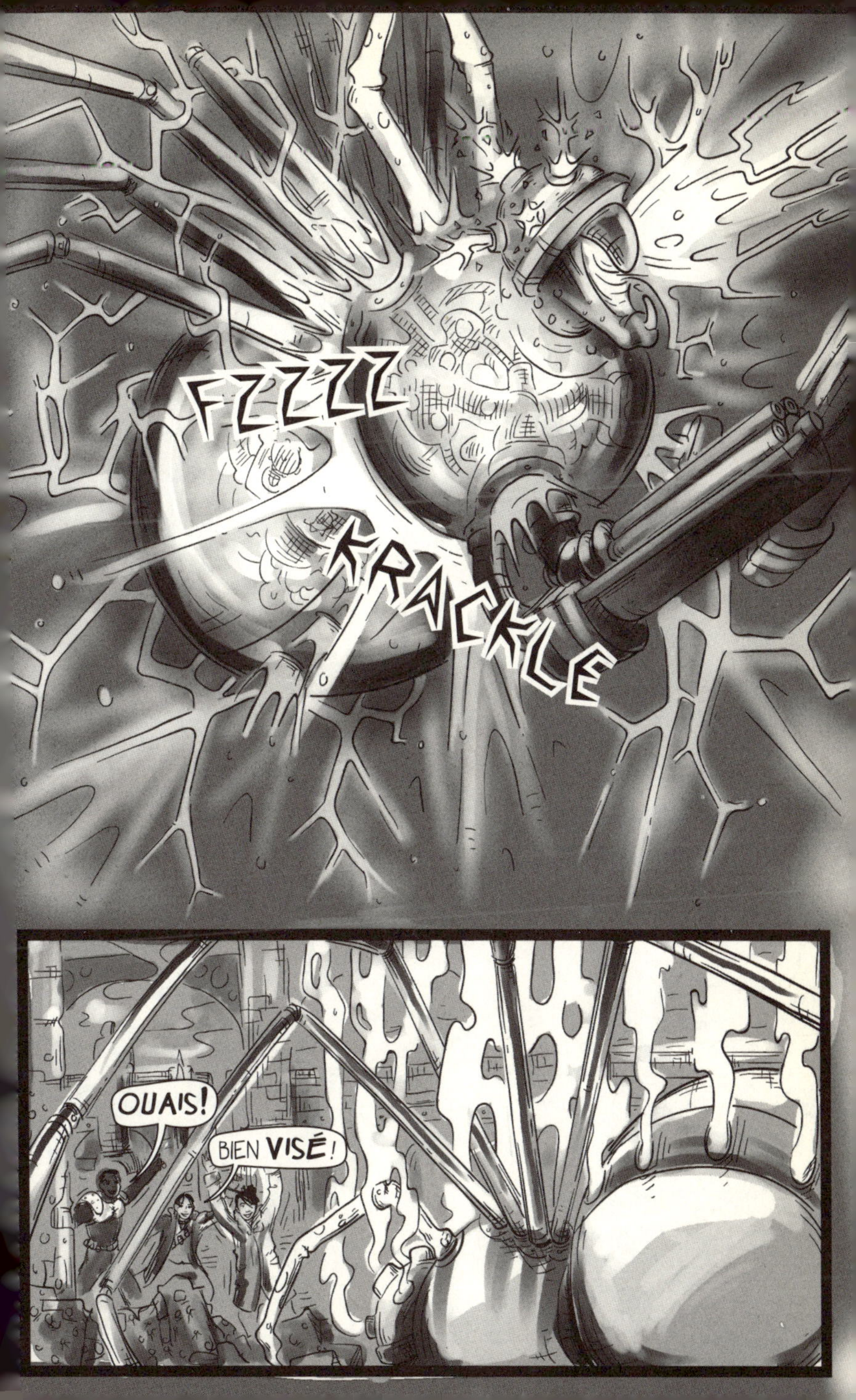
FZZZZ
KRACKLE
OUAIS!
BIEN VISÉ!

D'AUTRES RÉGULATEURS VONT VENIR.
DISPERSEZ-VOUS ! FILEZ DANS DES PETITES RUES ! ILS NE NOUS RETROUVERONT JAMAIS DANS LA CITÉ !
JUSTIN, TATYANA, ALLEZ AVEC SETH, IL NE CONNAÎT PAS LE CHEMIN.
EH, KADY...
C'EST CHOUETTE QUE TU SOIS REVENUE.
C'EST CHOUETTE D'ÊTRE REVENUE, DYLAN.
ON SE RETROUVE À LA PLANQUE.
ON SE RETROUVE TOUS LÀ-BAS.

Perspectives

1

Les jours qui suivirent dans la Bathysphère furent lents, étranges. Des jours consacrés à la récupération, à la réflexion, au deuil.

Jan et ses copains n'avaient pas été très appréciés, mais leur disparition n'en pesait pas moins lourd pour les survivants du massacre au Terminus. Cela faisait longtemps qu'aucun membre de Ravage n'était mort. Brusquement, ils avaient perdu d'un coup quatre des leurs et avaient risqué d'en perdre bien plus. Cette idée les avait dégrisés : agacer Tall Jake ne semblait soudain plus un jeu si amusant.

Mais Ravage avait survécu. C'était là le plus important. Ravage existait encore, et Ravage était tout ce qui leur restait. Ravage était leur famille, leur raison de vivre. Sans ce groupe, ils auraient été totalement seuls dans ce monde étranger.

En entendant Seth raconter son histoire, certains avaient manifesté de l'inquiétude à l'idée de rester dans la Bathysphère. Ils craignaient que Tall Jake ne puisse les voir. Ils avaient mis en place des tours de garde, mais Seth leur avait conseillé de ne pas trop s'inquiéter. Si Tall Jake ne s'était pas encore manifesté, il ne le ferait probablement pas. Et si Grendel les observait, il s'en rendrait compte, comme lors de son passage dans la Maison des Morts avec Alicia. Il avait d'ailleurs senti le poids de son regard au Terminus, mais il était alors bien trop occupé pour s'en soucier.

Certains le crurent, d'autres non. Mais comme ils n'avaient nulle part où aller, ils restèrent où ils étaient.

Kady avait pris les commandes. Rien n'avait été dit officiellement, et elle ne s'était pas proclamée chef, mais ça allait de soi. Elle passait beaucoup de temps à discuter avec les autres, à découvrir le fonctionnement de la Bathysphère. Scotty lui avait expliqué que tout le matériel de laboratoire ayant de la valeur avait été vendu en ville en échange de nourriture. Dylan lui raconta les expéditions qu'il avait menées à la rencontre de groupes semblables au leur. Il parlait en général assez peu, mais en tant que fils d'un marchand du East End, il savait négocier. C'est ainsi qu'ils avaient obtenu les crameurs.

Kady faisait de son mieux, mais elle n'était pas tout à fait à l'aise. Elle avait eu hâte d'écarter Jan car elle n'aimait pas qu'il mette les autres en danger ; maintenant qu'elle avait pris sa place, les doutes l'envahissaient. La première impression qu'elle avait eue en arrivant à la Bathysphère avait été confirmée : Ravage n'était pas une armée de combattants, mais une bande de gamins effrayés qui jouait à des jeux d'adultes. Des jeux mortels. La Kady dont tous gardaient le souvenir lui était étrangère. Certes, elle possédait un don pour l'organisation ; mais être responsable d'autres personnes était une tout autre affaire.

Elle n'était pas certaine d'avoir envie de jouer ce rôle, mais pas un seul d'entre eux ne s'était porté volontaire.

Jour après jour, elle se surprit à penser de plus en plus souvent à ses parents. Quels qu'aient été ses doutes et ses craintes, eux étaient encore plus mal lotis. Leur fille avait disparu ; la dernière fois qu'ils l'avaient vue, c'était au moment où elle s'était enfuie, en colère contre eux. Depuis, ils n'avaient eu aucune nouvelle. Cette ignorance devait les faire terriblement souffrir.

Maman, papa, je suis désolée.

Elle prit l'habitude de faire de longues promenades dans la forêt, loin du lac. Tatyana l'accompagnait toujours, présence rassurante et silencieuse. Mais les arbres ne dissimulaient rien de dangereux. Les sous-bois étaient vides et tristes. Comme elle.

Son itinéraire préféré sortait de la forêt et la menait vers le faîte pierreux d'une colline. De là-haut, elle pouvait voir à des kilomètres à la ronde. Malice était tout en vert, en marron, en gris pâle. Un monde d'aquarelle, un paysage automnal. Le soleil semblait plus petit et plus faible que celui de la Californie. Les collines se succédaient ; au loin, un aqueduc en ruine surplombait la moitié d'une vallée.

Quelqu'un a fabriqué cet endroit, pensait-elle. *Comment est-ce possible ? Comment le monde d'une bande dessinée peut-il être réel ?*

Un après-midi, alors qu'elle était debout là, elle entendit des pas derrière elle. Seth. Tatyana galopa à sa rencontre et l'escorta jusqu'à Kady.

« Comment t'y prends-tu, Seth ? » lui demanda-t-elle sans préambule, les yeux toujours fixés sur le panorama. « Comment fais-tu pour te sentir responsable de tout le monde, tout le temps ?

— Je ne sais pas. C'est comme ça.

— Je ne peux pas être le chef de Ravage. Et si ça tourne mal ? Et si je deviens comme Jan ?

— J'ai vu ce que Jan et ses copains avaient fait à Justin. Tu n'es pas comme lui.

— Mais comment puis-je en être certaine ? insista-t-elle. Parfois, on ne s'en rend pas compte. Il était convaincu de faire ce qu'il fallait. Ses raisons étaient mauvaises, et il ne réfléchissait pas aux conséquences, mais il croyait vraiment agir de son mieux pour le groupe. »

Seth ne répondit pas tout de suite. Il admira longuement la vue. Puis il reprit la parole :

« Tu dois juste faire le maximum, Kady. Parfois, ce n'est pas assez, mais le plus souvent, ça suffit. »

Kady se tourna vers lui, impuissante.

« J'aurais dû faire davantage d'efforts pour l'arrêter. »

Seth ne répondit pas, mais il lui passa le bras autour de l'épaule. Elle s'appuya contre lui.

« Je suis vraiment contente que tu sois revenu, Seth.

— Moi aussi. »

2

« Ça n'a l'air de rien », fit Dylan.

Le Fragment était posé au centre de la table. Tout autour se tenaient Seth, Kady, Justin, Scotty et Dylan. Ils se trouvaient dans le laboratoire de la Bathysphère. La nuit était tombée, et les poissons du lac clignotaient et brillaient derrière la vitre d'observation.

« Comment ça marche ? demanda Scotty.

— Tu en sais autant que moi, répondit Kady. Seth, comment t'es-tu débrouillé pour le réveiller ? Tu as prononcé une formule magique ?

— Je l'ai touché, c'est tout ! Je ne sais pas ce qui s'est passé.

— Tu te rappelles, chez Skarla, quand Seth a mis en route sa boule de cristal ? intervint Justin. Sûrement un truc du genre.

— Oui, ça doit avoir quelque chose à voir avec le pouvoir transmis par l'Omission. »

Dylan et Scotty leur lancèrent des regards interrogateurs.

« Dans les Oubliettes, j'ai tué le Monstremort avec l'arc de l'Omission. En échange, elle m'a dit que je combattrais pour elle…

— … sans qu'on sache ce qu'elle voulait dire par là, compléta Kady.

— Exact. Mais depuis, il m'arrive des choses bizarres. Je peux sentir les endroits où Malice touche notre monde, les lieux où Tall Jake est venu, ceux où on peut passer d'un monde à l'autre. Je sens aussi lorsque Grendel nous regarde…

— Essaie de toucher le Fragment, suggéra Scotty. Peut-être que tu peux le réveiller de nouveau ?

— Il ne vaut mieux pas. La dernière fois, ça a fait venir les complices de Tall Jake. Je crois qu'il peut sentir quand le Fragment est réveillé.

— Bon, au pire, on peut assommer Tall Jake avec, plaisanta Justin.

— Et alors, qu'est-ce qu'on fait ? demanda Scotty.

— Quand nous avons vu Skarla, elle nous a dit qu'une fois en possession du Fragment, nous pourrions essayer de convaincre les autres membres des Six de se joindre à nous, rappela Kady. Peut-être que l'un d'eux saurait quoi faire de ce truc.

— Et comment les trouve-t-on ? » demanda Dylan.

Il y eut un silence perplexe.

« Que sait-on au sujet des Six ? récapitula Kady en faisant les cent pas. Tall Jake en fait partie. Nous avons le Fragment. Il en reste donc quatre.

— L'Omission a déjà fait sa part, ajouta Seth. Si elle avait eu l'intention de se montrer, elle l'aurait fait quand j'ai tué le Monstremort. Je ne crois pas qu'elle veuille qu'on la retrouve.

— Ils ont tous peur de Tall Jake, dit Scotty. S'il sait où ils sont, il les détruira, comme il l'a fait pour le Doigt de Corbeau, à en croire les histoires.

— Supposons qu'elles disent vrai, acquiesça Kady. Il en reste deux. Tu avais parlé du Stropiat, n'est-ce pas ?

— Aucune idée de l'endroit où il peut être. Les rumeurs prétendent qu'il a disparu et qu'on ne l'a jamais revu. Je n'ai jamais entendu dire autre chose.

— Reste donc la Reine des Chats, conclut Kady. Et elle a mis le doigt dans cette affaire depuis le début.

— La griffe ! corrigea Justin.

— Si tu veux. En tout cas, ses chats nous ont aidés plusieurs fois.

— Mais nous ne savons pas où la trouver…

— On peut toujours chercher. » Kady se tourna vers Scotty. « Tu m'as bien dit qu'elle siégeait à l'Acropole, avant ? Pourquoi ne pas commencer par là ? »

Scotty secoua la tête.

« Tall Jake a tout démoli. C'était une ville magnifique, pleine de temples, où les chats étaient vénérés par la population. Mais Tall Jake a tout détruit et a placé une malédiction sur les ruines. J'ai entendu dire que l'Acropole était hantée. En tout cas, personne n'y va jamais. »

Seth fronça les sourcils. *Une ville pleine de temples…*

« Dis-moi, c'est bien un endroit bourré de colonnes, de dômes, de places, d'arcades ? Mais en miettes ? »

Scotty haussa les épaules.

« Ça ressemble à la description qu'on en fait, oui, même si je ne l'ai jamais vu.

— Moi, si, déclara Seth. Je l'ai vu en caressant un chat. Grâce à ce que m'a fait l'Omission, une fois de plus. Les images sont sorties du cerveau du chat et sont entrées dans le mien. Il n'avait pas l'air ravi, d'ailleurs. Je crois que j'ai vu quelque chose que je n'étais pas censé voir. »

On le regardait d'un air étrange, mais il ne s'en formalisa pas et poursuivit :

« Et si la Reine des Chats n'était allée nulle part ? Si elle se cachait encore dans l'Acropole ? Tall Jake n'irait jamais la chercher là-bas !

— Heu… c'est une possibilité… fit Kady, peu convaincue.

— C'est bien plus qu'une possibilité. Je l'ai *vue* ! L'Omission m'a montré le chemin à suivre dans l'Acropole. » Seth frappa du plat de la main sur la table, tout excité. « Je sais comment trouver la Reine des Chats ! »

DEUX PISTES

L'imprimerie

1

« *Je t'en prie, n'ignore pas ce message. C'est trop important.* »

Alicia écarta le téléphone de son oreille et le remit dans sa poche. Sa mère lui lança l'un de ces regards désapprobateurs dont elle avait le secret.

« Au téléphone pendant le petit déjeuner ? Je croyais t'avoir éduquée mieux que ça ! » la gronda-t-elle avec son accent cadencé de la Jamaïque.

« Je vérifiais juste mes messages, s'excusa Alicia.

— Tiens, prends une tartine.

— Non, merci maman. Je n'ai pas faim.

— Force-toi. Je refuse de te laisser aller à l'école l'estomac vide !

— M'man, passe-moi le beurre ! ordonna Lemar.

— Et je ne veux plus voir ce téléphone à table, d'accord ? continua leur mère. Je n'ai pas envie que tu deviennes aussi mal élevée que ton frère.

— Non, il ne faudrait surtout pas que Miss Parfaite

ressemble au grand méchant loup ! Je peux avoir le beurre, maintenant ? »

Avec un « tsk, tsk » de reproche, leur mère s'exécuta, puis ajouta pour faire bonne mesure :

« Je ne sais pas ce que va devenir ce garçon ! »

Alicia grignota le coin de sa tartine. C'était un petit déjeuner classique chez les Lane. Leur père lisait le journal, Lemar jouait les casse-pieds et leur mère tenait son rôle de mère poule. Comme tous les jours.

Mais à présent, tout avait changé.

Alicia avait à peine dormi au cours des cinq dernières nuits. Elle allait à l'école, restait sagement assise en cours et faisait machinalement ce qu'on lui demandait. Ses amies s'inquiétaient pour elle, mais elle ne savait pas quoi leur dire, donc elle les évitait. Elle écoutait encore et encore le message que Seth lui avait laissé. Elle le connaissait désormais par cœur. Chaque pause, chaque hésitation, chaque silence.

Elle l'écoutait encore et encore, mais ne faisait rien.

« Je t'ai donné le numéro de la plaque d'immatriculation d'Icarus Scratch. J'ai aussi trouvé une adresse, celle de l'endroit où est fabriquée la BD : Imprimerie Printworks, Matham Industrial Estate, Stevenage, Herts. »

Elle avait cherché l'adresse sur Internet. Sur Google Earth, elle avait pu voir une photographie satellite de l'endroit. Des bâtiments rectangulaires, quelques voitures garées autour. Rien de spécial.

« *Il faut que quelqu'un fasse quelque chose, et tu es la seule à qui je peux dire tout ça.* »

Elle aurait voulu ne jamais avoir demandé à Lemar de l'accompagner chez Sally le dimanche précédent. Elle aurait voulu ne jamais avoir rencontré Seth. Elle aurait voulu ne jamais avoir décidé de l'aider.

Car maintenant, elle connaissait l'existence de Malice, et elle ne pouvait plus l'oublier.

Chaque nuit, elle restait éveillée, terrifiée à l'idée de s'endormir. Malice existait vraiment. Tall Jake existait vraiment. Et elle l'avait appelé. Peu importe si elle l'avait fait juste pour faire rire ses copines, ou pour leur faire peur. Une nuit, quand elle serait seule, il viendrait la chercher. Elle se retrouverait dans un lieu aussi atroce que la Maison des Morts. Et cette fois, elle n'en sortirait pas si facilement.

Sachant cela, comment pouvait-elle continuer à vivre normalement ? Comment se concentrer sur la prochaine interrogation écrite, quand on savait qu'on était voué à disparaître tôt ou tard ?

« *Il faut que quelqu'un fasse quelque chose.* »

Personne ne pouvait rien faire. Personne, sauf elle.

« Tu as l'air fatiguée, Alicia, constata sa mère en lui versant une tasse de thé. Tu dors toujours aussi mal ? As-tu essayé de boire du lait chaud avant de te coucher ?

— Oui. Ça n'a pas marché. »

Sa mère prit un air compatissant.

« Tu grandis, c'est tout, ma chérie. Il se passe plein de choses bizarres à l'adolescence. Ça passera. »

Alicia réussit à sourire.

« Sûrement.

— Du moment que ça ne se ressent pas dans tes résultats scolaires », lança son père derrière son journal.

Alicia sentit la colère monter en elle. Comme si c'était la seule chose qui comptait ! La maison aurait pu être en proie aux flammes, son père ne l'aurait pas laissée sortir avant qu'elle ait terminé ses devoirs. Sa mère n'était pas aussi stricte, mais elle se sentait obligée de soutenir son mari. Ils avaient renoncé à dresser Lemar ; Alicia était leur seul espoir de voir l'un de leurs enfants mener une carrière brillante. Le problème, c'est qu'elle ne voulait pas d'une carrière brillante. Elle voulait dessiner.

Sa mère distribua des tasses de thé. C'était une femme grande et élégante, qui faisait tout avec grâce, même quand il s'agissait uniquement de servir le petit déjeuner.

« Heureusement, les vacances commencent la semaine prochaine, reprit-elle. Tu pourras te reposer quelques jours. »

Son père grogna, ce qui, dans son langage, signifiait « Qu'elle ne se repose pas trop, il faut qu'elle travaille ! »

« Au fait, m'man, intervint Lemar, je peux prendre ta voiture demain ?

— Après ce que tu as fait à celle de ton père ? Certainement pas ! »

Lemar se tourna vers Alicia. Celle-ci ne réagit pas tout de suite, mais finit par se rappeler sa promesse :

« Oh, maman, ce n'était pas sa faute ! Je te l'ai déjà dit, tu te souviens ? C'était impossible d'éviter ce cerf.

— Hum. Et pourquoi as-tu besoin de ma voiture ?

— Londres, lâcha Lemar. Je veux acheter des disques.

— Pourquoi pas à Leicester ?

— Il n'y a rien, à Leicester ! C'est à Londres qu'on trouve des trucs un peu rares.

— Stevenage est sur la route de Londres, non ? demanda soudain Alicia.

— Non ! s'écria Lemar.

— Si », soupira leur père. (Comme il était fatigant d'avoir toujours raison !) « Il faut sortir de l'autoroute à Luton.

— Qu'y a-t-il à Stevenage ? demanda leur mère.

— Une amie », répondit Alicia presque sans le vouloir. Afin de rendre son mensonge crédible, elle ajouta : « Une de mes anciennes camarades de classe. Sa famille a déménagé il y a quelques mois, et je lui ai promis de lui rendre visite dès que je pourrai. Juste pour la journée, bien sûr : je n'ai pas l'intention d'y passer la nuit.

— Si tu crois que je vais t'emmener, tu peux toujours rêver ! protesta Lemar.

— Jeune homme, si tu empruntes ma voiture, tu es prié d'emmener également ta sœur.Et tu passeras la prendre au retour. »

Lemar leva les bras au ciel, furieux. Quand leur mère utilisait ce ton-là, il était inutile de discuter.

« Ton frère te déposera le matin et viendra te chercher en fin d'après-midi, conclut leur mère. Ça te fera du bien de sortir un peu, ma chérie. Tu travailles tant ! Tu as peut-être juste besoin d'un peu de distraction. »

Alicia hocha la tête. Elle n'en revenait pas encore. Tout était arrivé si vite ! Une minute plus tôt, elle était en train de se désespérer, et voilà qu'elle s'apprêtait à aller à Stevenage. C'était presque comme si la décision avait été prise pour elle.

Mais il fallait faire quelque chose. Elle ne pouvait pas ignorer Malice. Sa seule option était donc d'essayer d'arrêter Tall Jake. Elle irait voir l'imprimeur.

La nuit suivante, elle dormit comme un bébé.

2

Lemar fut maussade tout le long du chemin. Il mit un CD qu'elle détestait, à fond, uniquement pour lui taper sur les nerfs. Elle ne réagit pas à la provocation et se concentra sur le paysage.

Quand ils approchèrent de Stevenage, elle lui donna des instructions d'après une feuille de route imprimée sur Mappy. La zone industrielle, bâtie au milieu de nulle part, fut facile à trouver. Alicia demanda à Lemar de s'arrêter et sortit.

« Tu es sûre que c'est ici ? » demanda Lemar d'un air de doute.

Seuls quelques grands bâtiments très laids, en métal gris, les entouraient. Des voitures étaient garées ici et là, mais il n'y avait pas d'autre signe de vie. Le ciel était lourd, et la pluie menaçait de tomber d'un moment à l'autre.

« Son père a un rendez-vous ici, expliqua Alicia. Il me conduira chez lui ensuite. Nous sommes un peu en avance. »

Lemar hésitait, tiraillé entre sa colère et son désir de protéger sa petite sœur.

« Je peux attendre, proposa-t-il enfin à contrecœur.

— Pas la peine. » Elle montra son téléphone. « Regarde, j'ai mon portable. Tout va bien. S'il y a un problème, je peux appeler ma copine. »

Lemar tergiversa encore un moment, puis haussa les épaules.

« OK. Je t'appellerai au retour, d'accord ? »

Il repartit. Alicia regarda le véhicule disparaître. Elle se sentait soudain très seule, coincée dans cet endroit pour toute la journée, à des kilomètres de toute habitation. Sans compter qu'elle détestait mentir.

Elle avait entendu parler de jeunes qui mentaient à leurs parents pour aller secrètement à une fête ou à un rendez-vous avec quelqu'un rencontré sur Internet, et à qui il arrivait des choses terribles. Elle s'était toujours demandé comment ils pouvaient être assez stupides pour se fourrer dans ce genre de situation. Maintenant, elle comprenait.

Une petite route menait au cœur de la zone industrielle. Après un parking, elle se divisait en plusieurs chemins aboutissant chacun à un bâtiment différent. Alicia se mit en marche. On était samedi, et tout était silencieux. La plupart des gens ne travaillaient pas le week-end ; mais quelques voitures étaient garées dans le parking, donc il y avait forcément quelqu'un quelque part.

Avant de partir, elle avait longuement médité sur ce qu'elle allait faire. Et si elle arrivait à l'imprimerie et que celle-ci était déserte ? Et si elle trouvait porte close et ne pouvait pas entrer ? La journée serait alors bien longue... Elle avait donc pris la précaution d'apporter un livre, son carnet de croquis et son lecteur MP3. Elle pourrait lire, dessiner ou écouter de la musique jusqu'au retour de son frère.

Il y avait néanmoins une chose sur laquelle elle n'avait pas compté.

La pluie.

« Super », marmonna-t-elle quand la première goutte froide lui tomba sur le nez.

Elle hâta le pas. Des chariots élévateurs et des piles de palettes gisaient ici et là, immobiles. Les terrains étaient entourés de fils de fer barbelés, et des mauvaises herbes poussaient dans les coins. Les baraques ne comportaient que de petites fenêtres en hauteur ; certaines étaient munies de grands panneaux donnant le nom de l'entreprise. *Stormont Cabinets. Johnson's Timber. Imagination, Inc*. Rien de tout cela ne l'intéressait.

Elle s'approcha des bâtiments qui n'avaient pas de pancartes et examina les petits écriteaux à côté des portes. Au cours de ses recherches, elle croisa deux hommes casqués portant une grosse poutre de bois fraîchement coupée. Ils lui demandèrent si elle était perdue.

« Non, ça va, merci », dit-elle avant de leur tourner le dos.

Elle ne voulait pas les interroger au sujet de l'imprimerie. Ces hommes n'avaient pas l'air d'être au service de Tall Jake, mais comment en être sûre ?

La pluie s'intensifia. Alicia resserra son manteau et rasa les murs, tête baissée.

L'imprimerie était située presque au bout de la zone industrielle. C'était un bâtiment semblable aux autres, avec une petite pancarte. On entendait un ronronnement à l'intérieur : probablement les rotatives. Peut-être étaient-elles en train d'imprimer des exemplaires de *Malice* en ce moment même.

Elle hésita devant la porte, mais la pluie ne cessait pas et avait déjà traversé son épaisse chevelure. Sans les intempéries, elle aurait peut-être pris le temps de rassembler son courage, mais le mauvais temps la força à ouvrir rapidement la porte.

Ce n'est qu'une fois à l'intérieur du bâtiment qu'elle se rendit compte qu'elle n'avait préparé aucune excuse pour le cas où elle rencontrerait quelqu'un. Quel prétexte pouvait-elle trouver pour expliquer sa présence en ces lieux ? Elle s'était tant concentrée sur la manière de venir ici qu'elle n'y avait tout simplement pas songé.

Elle se retrouva dans une petite pièce sinistre, un peu semblable à la salle d'attente d'un cabinet de médecin, mais en bien plus délabrée. L'aspirateur n'avait pas été passé depuis des années. Seule l'une des lampes à halogène fonctionnait ; les autres ampoules avaient éclaté, et personne ne les avait remplacées. Le chauffage n'était pas allumé.

Elle frissonna. Il était impossible qu'un bureau ordinaire soit à ce point négligé. Cet endroit n'avait de toute évidence pas l'habitude d'accueillir des visiteurs.

Elle était sur la bonne piste.

La pièce comportait deux portes en plus de la sortie. L'une était vitrée et laissait voir un long couloir. Alicia colla son oreille à l'autre, sans entendre autre chose que les grondements et crissements des machines. Elle l'entrouvrit et glissa un œil par l'entrebâillement. Un escalier menait à l'étage supérieur. Elle s'y engagea.

En haut, une autre porte. Elle écouta à nouveau. Le bruit des machines était de plus en plus fort. Elle ouvrit doucement. De l'autre côté s'étendait une passerelle en béton surplombant une grande salle. Personne. Alicia avança prudemment et jeta un regard par-dessus la balustrade.

Le bruit remplissait l'espace et lui faisait mal aux oreilles. À ses pieds se trouvait une usine miniature. La presse était la machine la plus grosse, mais il y en avait aussi d'autres qu'elle ne reconnaissait pas, ainsi que plusieurs ordinateurs, imprimantes et photocopieurs. Tout semblait vieux, en mauvais état, comme acheté d'occasion.

Des pages de bandes dessinées sortaient de la presse et tombaient dans les mains de l'un des ouvriers qui s'affairaient autour des machines. Ils étaient six en tout, des hommes et des femmes vêtus de combinaisons de travail orange tachées d'encre. Tous avaient la même expression apathique, hagarde. Les cheveux des femmes pendaient dans leur dos, gras et ternes ; les hommes n'étaient pas rasés. Personne ne parlait.

Alicia les observa du haut de sa passerelle. Ils emportaient les paquets de pages imprimées jusqu'à une autre machine qui les reliait à l'aide d'agrafes. Elle était trop loin pour bien y voir, mais il s'agissait certainement du prochain numéro de *Malice*. Par la suite, les exemplaires seraient distribués par des réseaux secrets jusqu'à tomber entre les mains d'adolescents qui en rêvaient. Ceux-ci en parleraient autour d'eux et se défieraient les uns les autres de faire le rituel, afin de prouver qu'ils n'avaient peur de rien.

Quand ils comprendraient enfin qu'ils auraient *dû* avoir peur, il serait trop tard.

Elle entendit une porte s'ouvrir, puis des pas. En se penchant un peu plus, elle vit un homme énorme entrer dans la pièce, un carton à dessins sous le bras. Il portait un long imperméable gris et un feutre mou qui dissimulait son visage. Alicia remarqua que son chapeau et ses épaules étaient mouillés. Cela signifiait probablement qu'il venait d'arriver. La pluie avait redoublé, et elle l'entendait tambouriner sur le toit. Sa déduction l'emplit de fierté : une artiste se doit d'être observatrice.

L'homme se dirigea vers un bureau, ouvrit son carton à dessins et en sortit de grandes feuilles de papier divisées en cases, avec des illustrations en noir et blanc. Les originaux de la bande dessinée. Leur taille serait réduite par la suite au format A4. Alicia tendit le cou, mais à cette distance, il lui était impossible de distinguer quoi que ce soit.

« Ce sont les nouveaux dessins de Grendel, annonça l'homme. Vous m'entendez, bande de crétins puants ? Je veux qu'ils apparaissent dans le prochain numéro. »

Sa voix était aiguë, dotée d'un léger zozotement ; pas du tout le genre de voix auquel on se serait attendu de la part d'un homme aussi gros.

Jusque-là, personne ne lui avait accordé la moindre attention. À son appel, l'un des ouvriers avança en traînant des pieds et s'empara des feuilles.

« Cette fois-ci, vérifiez qu'elles sont dans l'ordre, espèces d'escargots demeurés ! »

L'ouvrier hocha la tête, comme s'il n'avait pas entendu l'insulte, et emporta les feuilles vers un scanneur assez délabré. L'homme au feutre balaya la pièce du regard.

« Vous êtes pathétiques. Bon, je retourne à Crouch Hollow. Je sais, vous vous en fichez. » Il attendit un commentaire, mais personne ne dit mot. « Oui, Mr Scratch ! se répondit-il à lui-même d'une voix de fausset. Merci de nous avoir apporté de nouveaux dessins, Mr Scratch ! » Il reprit sa voix normale. « Pauvres tarés ! »

Sur ses mots, il tourna les talons. Le cœur d'Alicia battait la chamade. C'était donc là Icarus Scratch ! Elle avait reconnu son nom – Seth lui avait donné le numéro d'immatriculation de sa voiture. Il était sur le point de se rendre dans un lieu nommé Crouch Hollow. D'après ses paroles, il devait s'agir du lieu où habitait Grendel, et même *elle* savait que Grendel était le dessinateur de *Malice*.

Il lui vint soudain une idée. Si Scratch était là, sa voiture aussi. Et si sa voiture était là…

Elle n'avait pas le temps de peser le pour et le contre. Si elle n'agissait pas immédiatement, l'occasion lui passerait sous le nez, et elle ne pourrait plus rien faire. Elle n'avait encore rien appris qui lui permette d'arrêter la bande dessinée.

Elle se précipita vers la porte qui conduisait à l'escalier, l'ouvrit et faillit pousser un hurlement en se trouvant nez à nez avec l'un des ouvriers.

Sa main se plaqua sur sa bouche. Elle était prise au piège !

C'était un homme d'une trentaine d'années, maigre, maladif, avec une barbe de plusieurs jours et des cheveux en bataille, comme s'il venait de sortir du lit. Il portait la même combinaison orange que les autres.

Il n'avait pas l'air surpris. Ses yeux gris et vides étaient fixés sur elle, mais dénués d'expression. Alicia, terrifiée, n'osait plus bouger.

Puis l'homme se détourna d'elle et continua son chemin sans dire un mot.

Alicia demeura paralysée, incapable d'y croire. Elle le suivit du regard tandis qu'il parcourait lentement la passerelle. Il l'avait ignorée ! Comme s'il n'y avait rien de plus normal que de trouver une parfaite inconnue dans l'imprimerie ! Il ne lui avait rien dit !

Maintenant qu'elle y songeait, elle réalisa qu'elle n'avait entendu aucun d'entre eux émettre le moindre mot. Même lorsque Scratch les avait couverts d'insultes. Qu'est-ce qui clochait chez eux ?

C'est alors qu'elle vit la longue cicatrice sur le crâne de l'homme, partant de la nuque et s'enfonçant sous les cheveux. Alicia comprit pourquoi les ouvriers se montraient aussi dociles, aussi inexpressifs. Comme l'homme qu'elle avait vu avec une cage sur la tête. Ils venaient de la Maison des Morts. Ils avaient été opérés.

Elle se sentit soudain incapable de supporter cet endroit une seconde de plus. Elle prit la fuite, dévala l'escalier, traversa l'accueil en courant et sortit du bâtiment.

3

Il pleuvait des cordes. Alicia baissa la tête et courut parmi les flaques vers la sortie de la zone industrielle. Sans ralentir, elle sortit de sa poche l'horaire de bus que Seth lui avait donné à Birmingham et sur lequel était noté le numéro de la plaque d'immatriculation d'Icarus Scratch. Elle le lut plusieurs fois, puis le remit dans sa poche afin que la pluie ne l'efface pas.

Il n'y avait que quelques voitures sur le parking. L'une d'entre elles, une vieille Citroën grise, avait le bon numéro.

Elle se tourna vers l'imprimerie. Scratch n'était toujours pas visible. Elle s'approcha de la voiture, essuya du bras la pluie qui couvrait le pare-brise et regarda à l'intérieur. Peut-être y avait-il quelque chose sur le tableau de bord ou sur le siège qui puisse lui indiquer où était Crouch Hollow.

Des papiers de bonbons, des paquets de chips vides, des canettes de coca ouvertes. Rien d'autre.

Fiche le camp ! Et s'il te surprend ici ?

Mais elle ne pouvait pas encore s'enfuir. Elle ne pouvait pas le laisser partir sans en apprendre davantage. Elle contourna le véhicule. Peut-être y avait-il quelque chose sur le siège arrière.

Rien. Juste une couverture de laine miteuse, assez grande pour recouvrir un cheval.

Il doit y avoir quelque chose ! Une photo, une adresse, n'importe quoi !

C'est alors qu'elle remarqua que les portières étaient ouvertes.

Une idée lui vint. Une idée si téméraire, si stupide, qu'elle n'arrivait même pas à croire qu'elle avait germé dans son cerveau.

Tu n'as tout de même pas l'intention de monter dans sa voiture ?

Elle testa la poignée. La portière s'ouvrit. Scratch était soit paresseux, soit distrait, soit trop négligent pour se soucier des voleurs. Peut-être les trois.

« Alicia, qu'est-ce que tu fais ? » se demanda-t-elle désespérément à voix haute.

Elle regarda la route et vit Scratch apparaître au loin. Plus le temps d'hésiter. C'était maintenant ou jamais.

Elle ouvrit la portière, entra, puis la referma derrière elle.

Instantanément, la panique l'envahit.

C'est interdit ! C'est un délit ! Tu n'as pas le droit d'entrer dans la voiture de quelqu'un ! Que te fera-t-il s'il t'aperçoit ? Que dirait papa ?

Il était trop tard pour faire marche arrière. Si elle essayait de sortir à présent, il la verrait. Et où iraitelle ? Personne ne pouvait lui venir en aide à des kilomètres à la ronde.

Alicia n'avait jamais été casse-cou. Elle ne prenait jamais de risque, n'allait jamais à un contrôle sans avoir bien révisé, ne faisait jamais rien qui puisse énerver ses profs ou ses parents. Elle n'avait jamais subi d'échec majeur, entre autres parce qu'elle n'avait jamais tenté de faire quoi que ce soit au résultat incertain. Et soudain, la bonne petite fille à son papa venait de faire quelque chose de terriblement imprudent.

Il ne lui restait plus qu'une chose à faire : se cacher. Elle se recroquevilla derrière le siège du conducteur, puis tira la vieille couverture sur elle pour s'en recouvrir entièrement. La couverture dégageait une très forte odeur de musc. Elle se demanda soudain si elle avait été utilisée dernièrement par le monstre vu près de Hathern, le jour où Lemar avait accidentellement heurté un « cerf ».

Elle ne voulait pas y penser. Elle se fit aussi petite que possible. Elle pouvait imaginer Scratch, de plus en plus proche, en train de traverser le parking. Et s'il l'avait vue entrer ? Devait-elle s'attendre à entendre la portière arrière s'ouvrir brusquement, à être saisie par des mains énormes ?

Soudain, elle songea à son téléphone. Elle fouilla dans son sac, l'éteignit et le rangea. Elle entendit alors des pas. Elle se tint parfaitement immobile, comme un lapin apeuré.

Une portière s'ouvrit ; impossible de savoir laquelle. Alicia ferma les yeux et retint sa respiration.

Pourvu qu'il ne me voie pas, pourvu qu'il ne me voie pas !

Quelque chose s'abattit sur son dos, et elle faillit pousser un cri. Mais c'était assez léger, souple…

Son manteau. Il avait jeté son manteau sur elle.

La portière se referma, et une autre s'ouvrit. Le siège dans lequel Scratch se glissa en haletant gémit sous son poids. L'homme pestait contre le mauvais temps. Alicia entendit le sifflement d'une canette de coca, puis d'avides glouglous.

Recroquevillée sous la couverture puante, dans le noir, Alicia tremblait de tous ses membres. Elle aurait tout donné pour être ailleurs.

Scratch fourra la canette dans le vide-poches de la portière et mit le moteur en marche.

« En route pour Crouch Hollow ! »

Il ôta le frein à main, sortit du parking en marche arrière. Et ils partirent.

Crouch Hollow

1

Voyagèrent-ils une heure, deux, quatre ? Pour Alicia, ce fut comme si elle était plongée en plein cauchemar. Il lui semblait incroyable que Scratch ne la remarque pas alors qu'elle n'était qu'à quelques centimètres de lui. Et ça durerait au mieux jusqu'au bout du voyage : quand il reprendrait son manteau, elle serait certainement découverte.

En attendant, elle ne remuait pas le moindre muscle, malgré la crampe qui s'installait lentement dans sa cuisse. Elle respirait lentement, pas trop profondément, pour éviter autant que possible d'aspirer cette odeur désagréable. Et elle priait, désespérément.

De là où elle était, seule l'ouïe pouvait l'aider à se faire une idée de ce qui se passait. Elle entendait le moteur accélérer, ralentir. Elle perçut le changement de la surface sur laquelle ils roulaient, moins irrégulière, plus lisse. Bientôt, ils avancèrent à une allure constante, et elle comprit qu'ils avaient pris l'autoroute. Chaque minute qui s'écoulait l'éloignait donc de deux kilomètres supplémentaires.

Que se passerait-il si Lemar l'appelait et découvrait que son portable était éteint ? Si elle ne pouvait pas rentrer avant le soir ? Que feraient ses parents s'ils ne la retrouvaient pas ?

Icarus Scratch parlait tout seul. Il zappait sans cesse d'une station de radio à l'autre, commentait chaque chanson, changeait avant la fin. Il insultait les mauvais conducteurs qu'il croisait. Il chantait parfois, d'une voix aiguë, monocorde.

Au bout d'un moment, n'ayant rien trouvé qui lui plaise, il éteignit la radio et conduisit en silence. Peu après, il recommença à parler à voix haute. Cette fois, ce qu'il dit fut si remarquable qu'Alicia enregistra la moindre parole.

« J'aurais dû l'étrangler quand j'en avais l'occasion, marmonna-t-il. Je voudrais ne jamais avoir vu cet horrible endroit ! »

De quoi parle-t-il ? Quel endroit ? Crouch Hollow ?

« C'est bien ma veine. Pauvre, pauvre Icarus. Il ne lui arrive que des malheurs. Il lui faut se battre pour tout. Rien n'est jamais simple. » Il fit une pause dans son apitoiement sur lui-même, puis s'exclama : « Comment aurais-je pu savoir que ce cher papa possédait une baraque pareille ? Et que cette ordure me la laisserait en héritage ? Oh, ça semble formidable, pas vrai ? J'aurais pu la vendre, devenir riche !

Mais non, les choses ne se passent jamais comme ça pour Icarus Scratch ! Je parie que ce chien incontinent avait tout prévu. Je parie qu'il savait que Grendel était là, dans le grenier, attendant le moment où le pauvre Icarus se retrouverait face à lui ! J'aurais dû l'étrangler et vendre la maison. Au moins, je serais riche. Je serais riche ! »

Il y eut un long silence, puis :

« Ça a intérêt en valoir la peine, tout ça. C'est avec *mon* argent que je finance cette stupide librairie, cette stupide imprimerie, cette stupide bande dessinée. Pour l'instant, ça ne me rapporte pas un centime ! Pas un rond ! On publie une BD, et on en fait *cadeau* ! Et c'est encore le pauvre Icarus qui doit se charger de cette maudite paperasse, le pauvre Icarus qui doit passer ses journées dans cette horrible librairie, le pauvre Icarus qui doit se battre ! J'espère vraiment que ça vaudra le coup. Tall Jake a intérêt à tenir ses promesses et me donner ce qui me revient. Parce que les Scratch ont la mémoire longue, oh oui ! Et il vaut mieux ne pas avoir un Scratch comme ennemi ! »

Il souffla avec colère, mais cette longue tirade semblait l'avoir un peu calmé. Peu après, il ajouta :

« Bah, il n'y a pas que des mauvais côtés. Au moins, les employés ne me coûtent pas cher ! »

Il éclata d'un rire aigu, puis ralluma la radio, trouva du jazz et demeura désormais à peu près silencieux.

2

La pluie tombait toujours. Au bout d'un long moment, ils sortirent de l'autoroute et empruntèrent des voies cahoteuses. La voiture tournait fréquemment et changeait souvent de vitesse. Alicia en conclut qu'ils étaient à la campagne, sur des petites routes tortueuses. C'était important pour elle de tirer autant de conclusions que possible : ce travail mental froid et logique l'aidait à ne pas sombrer dans la panique.

Brusquement, la voiture s'arrêta. Avant d'avoir pu réaliser ce qui se passait, Alicia sentit qu'on l'effleurait et fut saisie de terreur. Le manteau ne pesait plus sur elle.

Mais personne ne tira la couverture.

Scratch grognait sur le siège avant, s'efforçant d'enfiler son imperméable avant de sortir de la voiture. Il avait dû tendre la main et l'attraper sans vraiment regarder ce qu'il faisait. Alicia n'en croyait pas sa chance. Elle commença à espérer qu'il était possible ou du moins envisageable que Scratch ne remarque pas le passager clandestin.

Mais ensuite ?

Scratch sortit et claqua la porte derrière lui. Alicia entendit des pas, des voix étouffées. Elle rassembla son courage et sortit la tête de la couverture.

Après tout ce temps passé dans l'obscurité, même la faible lumière de ce jour pluvieux lui fit cligner des yeux. Elle tendit l'oreille pour s'assurer que Scratch n'était pas dans les parages. Les voix lointaines étaient couvertes par le tambourinement de la pluie, et elle ne pouvait pas distinguer ce qu'elles disaient. Très lentement, elle leva la tête jusqu'à la fenêtre.

La voiture était garée sur une allée, juste devant une grille en fer forgé au centre d'un haut mur de briques. Cela ressemblait à l'entrée d'un luxueux manoir, si on exceptait la rouille qui couvrait la grille et les mauvaises herbes qui poussaient un peu partout. À sa gauche se trouvait une maisonnette en mauvais état : la demeure du gardien, sans doute. Dissimulée par de grands arbres, l'allée n'était pas visible depuis la route ; de l'autre côté de la grille s'élevait une forêt.

À travers le flou provoqué par la pluie sur la vitre, elle vit Scratch et un autre homme debout devant le pavillon du gardien. L'autre portait un grand imperméable dont la capuche était rabattue. Mais c'était Icarus Scratch qui la fascinait. Son visage blanc et dodu, dépourvu de sourcils. On aurait dit une marionnette ou un gros baigneur.

Le gardien tourna la tête, et elle vit son visage – ou plutôt *ses* visages.

L'homme changeait constamment. À certains moments, il était tout à fait normal, quoique assez laid, avec un visage allongé et un nez crochu. Puis la pluie lavait la vitre, et pendant une seconde, elle entrevoyait autre chose. Quelque chose de monstrueux. Un visage ratatiné, ridé, avec des crocs, des yeux de chèvre, une peau de cuir.

Scratch fit un geste vers la grille et les arbres qui se dressaient derrière, et tous deux revinrent vers la voiture. Affolée, Alicia s'accroupit à nouveau et se cacha sous la couverture.

La portière s'ouvrit et Scratch s'assit. Il parlait encore au gardien :

« Soyez particulièrement vigilant, d'accord ? Quelqu'un est entré chez nous à Kensington, et nous ignorons quelle information il a pu trouver. Je ne veux pas que l'on découvre Crouch Hollow.

— Ne vous inquiétez pas, le rassura le gardien d'une voix nasale. Les bêtes dans la forêt auraient tôt fait de tailler un intrus en pièces. Si quelqu'un essayait de franchir le mur, il se ferait dévorer. Quant à la grille, je la surveille.

— J'y compte bien », insista Scratch avant de refermer la portière.

Il y eut un bruit métallique, un crissement. La grille fut ouverte, et Scratch se remit en route.

Alicia demeura parfaitement immobile. Elle avait les yeux fermés, mais le visage du gardien était imprimé dans son cerveau. Une fois de plus, elle souhaita ne jamais avoir été mêlée à cette histoire.

La voiture roula pendant une ou deux minutes avant que Scratch ne s'arrête à nouveau. Il ressortit. Alicia écouta la portière claquer, les chaussures crisser sur le gravier. Puis ce fut le silence, en dehors du bruit de la pluie.

Pendant un long moment, elle ne bougea pas. La terreur la paralysait. Elle avait du mal à croire qu'elle était venue jusque-là sans être remarquée. Elle n'avait pas envie de sortir de la voiture : ce qui se trouvait à l'extérieur pouvait être pire encore.

Mais elle n'avait fait que le premier pas. Il ne fallait pas qu'elle renonce. Elle devait trouver la force de continuer.

Quand elle fut certaine que Scratch n'était plus dans les environs, elle repoussa la couverture et regarda par la fenêtre. La voiture était garée devant une grande bâtisse en briques rouges. Cela ressemblait à une ancienne clinique. La saleté avait rendu les fenêtres opaques ; le lierre grimpait le long des murs. Les briques étaient couvertes de mousse, et les rebords des fenêtres s'effritaient. Une ardoise tombée du toit s'était écrasée sur l'allée.

Devant le bâtiment s'étendait une pelouse redevenue sauvage. Les mauvaises herbes mesuraient plus d'un mètre de haut. Tout autour, les arbres gémissaient, secoués par le vent.

Alicia s'assit sur le siège arrière et examina attentivement les alentours. Aucun signe de vie.

Elle sortit de la voiture et grimpa les marches du perron. La porte s'ouvrit avec un très léger grincement. Rassemblant son courage, Alicia entra.

3

Elle se retrouva dans une grande pièce semi-circulaire : probablement l'ancienne réception. Des bouts de papier frémirent sur des étagères poussiéreuses derrière le comptoir. La pièce était froide, humide, et sentait le moisi. Des gouttes d'eau tombaient du plafond et formaient des flaques.

Il y avait plusieurs portes ; des traces de pas mouillées conduisaient vers l'une d'elles. Scratch était passé par là. Le suivre semblait une très mauvaise idée ; d'un autre côté, elle se trouvait là précisément pour tenter d'en apprendre davantage au sujet du monde de Malice. Elle prit donc cette direction.

La porte avait été renforcée par des plaques métalliques. De l'autre côté commençait un couloir sale, aux murs écaillés. Au bout de quelques pas se dressait une rangée de barreaux, comme dans une prison. La grille était ouverte, mais il était évident qu'elle avait servi à empêcher les personnes logées de l'autre côté d'accéder à l'accueil.

Dans quel endroit avait-elle échoué ?

Derrière les barreaux se succédaient plusieurs cellules, de part et d'autre du couloir. Une fenêtre ronde était percée dans chaque porte pour que l'on puisse voir à l'intérieur. Les cellules aux murs couverts de graffitis étaient meublées de lits dépourvus de matelas. Elles étaient vides.

Alicia perçut un bruit de voix un peu plus loin. Les sons résonnaient dans le couloir vide. Elle avança précautionneusement. Entendre ceux qu'elle voulait espionner avait un avantage : ils ne risquaient pas de se dresser face à elle sans prévenir.

Après une petite pièce qui ressemblait à un local de repos pour infirmières, le couloir tournait à droite. Elle passa la tête et vit une porte à demi ouverte donnant sur une sorte de salle commune. La pièce était sombre : la lumière du jour était étouffée par les fenêtres sales. Une silhouette massive traversa son champ de vision.

Icarus Scratch. Il parlait avec quelqu'un.

« Je suis sûr que c'était eux ! Ces sales petits fouineurs. Seth Harper et Kady Blake !

— C'était peut-être lui, mais pas elle. » La voix féminine qui venait de répondre possédait un accent huppé, sévère. Alicia ne voyait pas à qui elle appartenait. « Cela fait plusieurs semaines qu'elle est à Malice. Elle complote.

— Si seulement je l'avais reconnue tout de suite, quand elle est venue à la librairie ! Je savais bien qu'elle me disait quelque chose... Mais c'est si difficile de reconnaître quelqu'un qu'on a vu uniquement en dessin ! » Il grogna avec colère et se mit à faire les cent pas. « Comment ai-je pu l'oublier alors qu'elle commandait Ravage ?

— Ce qu'elle fait encore, à en juger par son attitude au Terminus. »

Scratch marmonna un juron.

« Au moins, nous savons qu'ils sont désormais à Malice tous les deux, reprit la femme. Ils ne nous poseront plus de problème ici pendant un bout de temps.

— Et s'ils n'étaient pas seuls ? Seth a réussi à s'échapper à Hathern alors que le traqueur était sur le point de le rattraper. Il n'aurait pas pu y arriver sans aide, Miss Benjamin. »

Le traqueur ? C'est le nom de cet horrible monstre ? Et qui est Miss Benjamin ? Oh, j'aurais dû demander plus de détails à Seth quand j'en avais l'occasion. Mais à l'époque, je ne voulais rien savoir...

« Effectivement, quelqu'un l'aidait quand il a accédé au canal IRC », confirma Miss Benjamin.

Les yeux d'Alicia s'agrandirent. Cette Miss Benjamin était donc la Mim du canal IRC. Celle qui avait menacé de tuer Seth.

Elle se rappela ce qu'avait dit Philip quand Seth l'avait interrogé au sujet de Mim :

« *Mim est un vrai pot de colle. Elle essaie sans cesse de se faire des amis, de convaincre les gens de la rencontrer en vrai pour parler de Malice. Elle est vraiment casse-pieds. On ne l'aime pas beaucoup.* »

Si seulement ils savaient. Elle se demanda ce qui arrivait à ceux qui acceptaient de prendre rendez-vous avec elle.

« Puisqu'ils sont entrés dans la maison, ils ont pu trouver l'adresse de l'imprimerie, disait Icarus

Scratch. Cela pourrait les mener jusqu'ici. S'ils en savent assez, ils se tourneront peut-être vers des adultes. Ce serait très ennuyeux.

— Ils ont le Fragment. Ça m'inquiète beaucoup. »

Alicia fut parcourue par un frisson. Cette voix ! On aurait dit le souffle d'un tombeau.

« Le Fragment est à Malice, Tall Jake, répondit Scratch. C'est ton problème, pas le mien. Moi, je m'occupe de la BD. »

Les jambes d'Alicia faillirent se dérober sous elle. *Tall Jake ? Tall Jake est ici ?*

« Si les adultes découvrent ce que nous faisons, continua Scratch, c'est la fin de la BD. Plus de BD, plus de rumeur. Plus de rumeur, plus de gamins pour croire en toi. Et tu veux qu'ils continuent à y croire, pas vrai ? Tu en as besoin.

— Que pourraient faire des adultes ? demanda Miss Benjamin. Comment pourraient-ils nous arrêter, au point où nous en sommes ? Vous êtes ridicule, Icarus Scratch.

— Vous voulez vous charger d'expliquer d'où viennent les imprimeurs ? Raconter que ce sont des zombies opérés dans la Maison des Morts par les viandeurs pour devenir capables de travailler vingt-quatre heures par jour, sans dormir et sans manger ? Je doute que ce soit conforme au Code du travail !

— Vous et vos stupides lois, soupira Miss Benjamin. Vos dirigeants n'ont aucune poigne. »

Scratch l'ignora.

« Les rumeurs fonctionnent dans les deux sens, ma chère Miss Benjamin. Si les parents soupçonnent un scandale, s'ils pensent que leurs petits chéris sont traumatisés par une bande dessinée illégale, ils trouveront le moyen d'y mettre un terme. C'est comme ça que les choses se passent dans ce pays. Les Britanniques adorent les scandales. Ils ne sont jamais aussi heureux que quand ils peuvent rugir et lancer des éclairs.

— C'est absurde !

— C'est pourtant vrai. Vous le sauriez, si vous étiez d'ici. Ce qui n'est pas le cas, et c'est précisément pour cette raison que vous avez besoin de moi.

— J'ai confiance en toi, Scratch. Jusqu'ici, ta méthode a bien fonctionné. Il y a désormais tant d'enfants qui croient en Malice qu'il y a déjà des fuites entre les deux mondes. Et mon pouvoir augmente en proportion. »

Une ombre haute et mince passa devant la porte entrouverte. Alicia retint un cri. Elle n'avait fait que l'apercevoir, avec son tricorne de bandit de grand chemin et son long manteau dont le col cachait son visage. Mais cette brève vision l'avait foudroyée. C'était une brèche dans la réalité, quelque chose qui n'aurait pas dû exister.

— Il ne faudra pas longtemps avant que je sois assez fort pour former un pont entre ici et Malice pour faire traverser mon armée de régulateurs. Quand j'ouvrirai la Maison des Morts pour qu'elle se déverse dans ce monde, quand leurs pires cauchemars prendront corps... alors tout le monde croira en moi.

— Et j'aurai ma récompense, lui rappela Scratch. Tu me donneras les îles Britanniques ?

— Comme convenu. Tu pourras les diriger à ta guise. »

Scratch eut un rire aigu de fillette.

« La première chose que je ferai, ce sera de rassembler tous ceux qui sont allés à l'école avec moi. J'arracherai leurs cheveux et leurs poils un par un, et je les forcerai à marcher nus dans la rue pendant que tout le monde se moquera d'eux. Rira bien qui rira le dernier !

— Vos rêves de vengeances sont si mesquins, si pénibles », soupira Miss Benjamin.

Un mouvement soudain. Tall Jake avait traversé la pièce d'un bond. On entendit un bruit étranglé, un gémissement étouffé.

— Ne te moque pas de lui, ordonna Tall Jake d'une voix grave. Quand il m'a trouvé, je n'étais guère plus qu'un fantôme. Le rêve à demi effacé du dieu idiot dans le grenier. Mais nous avons fait un pacte. Il m'a promis de trouver des gens pour croire en moi, et je lui ai juré de faire de lui le maître de ce pays. Sans lui, il n'y aurait pas de bande dessinée. Sans lui, je n'aurais pas pu te fabriquer à partir de boue, de sang et de poussière. Tu lui dois la vie !

— Je vous… prie… de m'excuser, s'étrangla Miss Benjamin.

— Je vous pardonne, répondit Scratch avec désinvolture. Tall Jake, ne la tue pas, s'il te plaît. Cette maison est assez sale sans qu'on y rajoute quelques cadavres. »

Un bruit sourd ; une respiration saccadée. Tall Jake avait lâché Miss Benjamin, et celle-ci essayait de reprendre son souffle.

Alicia s'éloigna. Elle ne pouvait en supporter davantage. Elle voulait mettre un peu de distance entre elle et le spectre terrifiant de l'autre côté de la porte. D'ailleurs, elle savait où aller. C'était la seconde fois qu'elle entendait mentionner le grenier : elle était à peu près certaine d'y trouver quelque chose d'intéressant.

Dessins

1

Alicia tourna la clef et ouvrit lentement la porte. Elle se trouvait au bas d'un long escalier en bois, très étroit. Il faisait si noir qu'elle ne pouvait pas voir le sommet.

Le grenier. C'était forcément l'accès au grenier.

Crouch Hollow était une grande demeure, mais déserte. Elle n'avait entendu aucune autre voix au cours de ses recherches au dernier étage. Hormis les trois personnes du rez-de-chaussée, il ne semblait y avoir d'autres êtres vivants ici que des araignées et des souris.

Mais chaque pièce évoquait un horrible passé.

Si ça avait été autrefois un hôpital, il était bien différent de ceux que connaissait Alicia. Partout, des cellules, des barreaux. Elle avait vu une table garnie de sangles, pour ligoter le patient. Une salle d'autopsie au sol encore taché de sang séché. Une vieille machine, d'époque victorienne, avec des cadrans et des écrans reliés à un casque en métal par des fils de fer : un instrument utilisé pour administrer des décharges électriques dans le cerveau des victimes.

L'atmosphère était lourde de souffrance. Alicia avait l'impression qu'en tendant l'oreille, elle pouvait entendre les échos des cris de ces patients torturés.

Elle tâtonna le mur de l'escalier en quête du vieil interrupteur en cuivre, le pressa.

Les ombres s'enfuirent. Au sens propre. Au lieu d'être immédiatement anéantie par la lumière, l'obscurité *recula*, comme un essaim de cafards courant se mettre à l'abri. Et quel bruit ! Un véritable raffut de cliquetis, de tapotements, comme des millions de petites griffes.

Ou comme les rats dans le grenier de Philip Gormley.

Alicia retint sa respiration. Les ombres s'étaient recroquevillées dans les angles, cachées dans les recoins de l'escalier. Une porte l'attendait en haut. La lumière provenait d'une ampoule nue pendue au bout d'un fil, clignotant de manière irrégulière.

Elle n'avait aucune envie de gravir l'escalier. Pendant un long moment, elle resta où elle était, incapable de bouger. Elle était prisonnière à Crouch Hollow, et Tall Jake en personne se trouvait au rez-de-chaussée. Son seul espoir de s'échapper était de reprendre place dans la voiture de Scratch en espérant qu'il ne la remarquerait pas plus qu'à l'aller. Mais elle doutait que la chance lui sourît une seconde fois.

La seule chose que je puisse faire, c'est aller de l'avant.

C'est ce que Seth avait dit quand il l'avait saluée à la gare de Birmingham. Elle ne l'avait pas compris. Mais maintenant, elle savait. Tout comme lui, elle s'était engagée sur une voie sans retour.

Tout ira bien, se rassura-t-elle. *Tu as juste peur du noir, comme quand tu étais petite. Mais le haut n'est pas très loin.*

Elle prit une profonde inspiration et mit le pied sur la première marche.

Rien ne se passa. Il y eut un cliquetis léger autour d'elle, mais rien de plus.

Elle fit encore un pas, puis un autre. Les ombres restèrent tapies dans les coins.

Une autre marche. Une autre. Encore.

Continue. Ne te retourne pas. Tu y es presque.

Son instinct lui hurlait de repartir, de redescendre les escaliers et de ressortir dans le couloir, loin du danger.

Un pas, encore un, encore un…

Dans son dos, la porte claqua.

Oh, non.

Le cliquetis s'amplifiait. C'était un bruit terrible, vorace, de prédateur. Horrifiée, elle regarda autour d'elle et vit que les ténèbres se répandaient désormais hors des coins et des trous, telle une tache d'encre.

La panique la saisit. Elle redescendit les marches en courant. L'obscurité s'accrochait à ses bottes pour la ralentir. Elle agrippa la poignée de la porte et la tourna, mais la porte ne s'ouvrit pas. Elle donna un coup d'épaule dedans. Le bois résista.

Ce n'est pas possible, ce n'est pas possible !

Le noir cliquetant et chuchotant s'étendait de plus en plus, comme pour recouvrir l'escalier. Les ombres s'allongeaient sur le plafond en direction de l'ampoule, commençaient à envelopper le verre, à avaler la lumière.

Alicia hurla. Elle n'avait pas pu se retenir. N'ayant pas d'autre issue, elle se précipita vers le haut de l'escalier. Elle n'était qu'à mi-chemin lorsque l'ampoule éclata avec un *bing !* sonore.

L'obscurité était totale. Elle courut à l'aveuglette, désespérément, mais elle trébucha et tomba violemment sur les marches. Son sac lui fut arraché. Ses doigts se posèrent sur quelque chose qui remuait, comme un épais tapis de mites minuscules. Elle se redressa avec un cri, mais les choses couvraient désormais sa main et avançaient encore. Elle s'épousseta frénétiquement, mais au lieu de les faire tomber, cela leur permit de grimper sur son autre bras.

L'hystérie s'empara d'elle. Il n'y avait pas assez d'air dans ses poumons pour hurler sa terreur. Battant maladroitement l'air de ses bras, elle grimpa vers le haut de l'escalier. Les choses étaient maintenant au niveau de son coude, mais aussi sur ses pieds, à l'intérieur de ses bottes, dans ses cheveux, comme des insectes affamés. Elles avançaient vers son visage. Le bruit dans ses oreilles était assourdissant.

Alicia n'avait jamais su ce que signifiait frôler la folie. Jusqu'à présent.

L'un de ses bras heurta la porte en haut de l'escalier. Elle chercha la poignée et la trouva. Il y eut un mouvement sous sa paume : la poignée était recouverte de ces horribles choses qui vivaient dans le noir. Elle serra, tourna, mais sa main dérapa sur le métal, glissant comme un morceau de glace.

Elle tambourina contre la porte en hurlant. Sa raison l'avait désertée. Elle sentit quelque chose recouvrir ses joues, ses lèvres. Elle eut un haut-le-cœur, s'étrangla à moitié. Sa bouche était remplie de minuscules mites qui couraient dans tous les sens, coulaient sur sa langue, se précipitaient dans sa gorge. Les ombres avaient pénétré en elle, remplissaient ses poumons. Elle se noyait.

Elle allait mourir.

Soudain, elle bascula vers l'avant : la porte sur laquelle elle s'acharnait s'était ouverte. Une lumière brillait de l'autre côté ; une lumière faible, diffuse, mais lumière néanmoins. Une silhouette massive l'attrapa par le bras et la tira avec violence. Ses lunettes glissèrent de son nez et tombèrent sur le plancher.

Elle s'effondra à quatre pattes. La porte fut claquée dans son dos. Elle essaya de respirer, mais l'air ne pénétrait pas dans ses poumons. Puis son estomac se souleva, et elle vomit. Ce qui sortit n'était cependant pas de la bile, mais quelque chose de noir comme du goudron qui jaillit hors d'elle et éclaboussa le sol.

Cette vision lui fut insoutenable. Une obscurité d'un autre genre s'empara d'elle. Elle s'évanouit.

2

Alicia se réveilla dans un lieu inconnu. Une odeur acerbe et poussiéreuse remplissait ses narines, et un goût affreux imprégnait sa bouche. Elle était étendue sur quelque chose de mou, sous une couverture de laine grossière.

Elle cligna des yeux, regarda autour d'elle. Sans ses lunettes, tout ce qui se trouvait au-delà de quelques centimètres lui apparaissait flou, mais elle comprit qu'elle se trouvait dans un lit – quoique cette appellation fût peut-être trop généreuse pour ce matelas posé à même le sol et dépourvu de drap.

Le matelas gisait dans un coin de la pièce où le toit en pente rejoignait le plancher. Il était séparé du reste de la pièce par une rangée de toiles et de chevalets entassés les uns contre les autres. Une chambre improvisée. Du matériel artistique de toute sorte jonchait le sol : pots et tubes de peinture, gobelets d'eau sale où trempaient des pinceaux, crayons, stylos, papiers. Ça sentait la sueur et l'acrylique.

Cependant, cela valait bien mieux que le cauchemar qu'elle venait de vivre. Elle ne pouvait supporter de repenser à ces choses noires et rampantes.

C'est fini, se dit-elle. *Où que tu sois, c'est fini, maintenant.*

Elle demeura un moment allongée, respirant profondément. Elle avait mal aux divers endroits où elle s'était cognée, ainsi qu'à l'épaule, à cause de la brutalité avec laquelle on l'avait sauvée.

Sauvée. Quelqu'un m'a sauvée. Mais qui, et pourquoi ?

Elle entendait un grattement de l'autre côté du paravent de fortune. Le bruit d'une plume courant sur du papier. Un grognement s'éleva, pareil à celui d'un animal.

Elle repoussa lentement la couverture. Elle avait peur, mais convoqua sa logique à la rescousse : si son sauveur avait de mauvaises intentions, pourquoi l'aurait-il tirée d'affaire ? Pourquoi l'aurait-il mise au lit et couverte avec soin ? Celui qui se trouvait de l'autre côté ne lui voulait probablement aucun mal. C'était juste ce « probablement » qui l'inquiétait.

Elle essaya de trouver ses lunettes, en vain. Elle se rappela les avoir vues tomber juste avant de s'évanouir. Elle se leva et sortit de la chambrette en évitant les détritus qui recouvraient le sol.

Elle se trouvait dans le grenier, une grande pièce au plafond mansardé percé de lucarnes. La pluie avait cessé, mais le ciel était sombre : ce devait être le soir.

Quelque chose bougeait sous l'une des lucarnes. À cette distance, elle ne distinguait guère qu'une tache de couleur, mais elle devina qu'il s'agissait d'un homme. Gros, trapu. Il était assis sur un tabouret face à une toile, et dessinait.

C'est lui. C'est forcément lui. C'est Grendel.

Elle fut soudain consciente d'être en territoire interdit. De tous les secrets de Malice, celui-ci était le mieux gardé. Depuis le début, l'identité de Grendel faisait l'objet de débats enflammés parmi les lecteurs de *Malice*. Et voici qu'elle était dans la même pièce que le mystérieux créateur de la bande dessinée, que nul n'avait peut-être jamais vu en dehors du cercle de Tall Jake.

Alicia parcourut des yeux le reste du grenier. Partout, des papiers froissés, des chiffons couverts de taches, des assiettes contenant des restes moisis. À l'autre bout de la pièce, un rectangle sombre : la porte. Ce devait être la seule issue, mais elle savait ce qu'il y avait de l'autre côté. L'escalier et ses ombres. Pour rien au monde elle ne s'y risquerait de nouveau.

Grendel poussa un autre grognement porcin. Alicia sursauta. Il ne semblait pas l'avoir remarquée.

Ne sachant que faire d'autre, elle lança un timide bonjour. Du moins était-ce son intention : sa gorge était si sèche qu'aucun son n'en sortit. Elle avala sa salive et fit une nouvelle tentative :

« Bonjour. »

Grendel grogna et continua à dessiner, sans lui prêter la moindre attention.

Intriguée par son absence de réaction, Alicia s'avança. Il ne semblait pas menaçant, mais pourquoi l'avait-il sauvée pour l'ignorer ensuite ?

En s'approchant, elle commença à mieux le discerner. Il lui tournait le dos. Elle distingua ses larges épaules, son gros ventre. Il se penchait sur la toile, très concentré, presque rageur, comme un géant essayant de faire passer un fil dans le chas d'une aiguille. Sa plume dansait.

Alicia s'arrêta. Grendel était difforme. Son dos apparaissait bossu, irrégulier, et sa pose étrange, comme si sa colonne vertébrale n'était pas droite. Il avait des bras épais comme des troncs, et semblait terriblement fort.

« Bonjour, répéta-t-elle. Tout va bien ? »

Il ne répondit pas, pas même par un geste. Elle rassembla son courage et marcha jusque derrière lui. Ses yeux se posèrent alors sur ce qu'il dessinait.

Malice. Il était en train de représenter une scène de *Malice*. Il remplissait les cases d'encre à toute vitesse, avec une sorte de fébrilité. Pas de croquis au crayon à papier, pas de brouillon. Alicia faisait toujours des essais avant de dessiner, pour vérifier proportions et perspective ; Grendel, lui, jetait tout directement sur le papier.

Un garçon aux longs cheveux escaladait une falaise. Il semblait terrifié. Un monstre le suivait, mélange de mante religieuse et de scorpion, mais de la taille d'un tigre. Alicia continua à lire jusqu'à ce que le garçon s'agrippe à une prise instable. Une pierre roula, le garçon tomba...

Elle détourna le regard. Ce n'était pas qu'une histoire. Quelque part, en ce moment même, ce garçon plongeait vers la mort. Elle ne voulait pas en voir davantage.

Grendel gardait son visage tout près de la toile. Une plume luisante, en acier, grattait le papier juste devant son nez. Sa tête était petite, enfoncée entre ses épaules, couverte d'une épaisse crinière noire. Son crâne n'était pas rond mais bossu, et plus proéminent d'un côté que de l'autre.

Elle fut soudain prise de pitié. Il était cruellement contrefait. Elle ne souhaitait un tel malheur à personne.

Il ne faisait toujours pas attention à elle ; on aurait dit qu'il était en transe.

« Eh », dit-elle doucement en touchant son épaule.

Il réagit immédiatement et se tourna vers elle avec un rugissement. Elle sursauta en le voyant en face. Son visage entier était tordu. Un œil, tout petit, disparaissait sous un repli de son front, tandis que l'autre, grand et rond, la fixait. Sa mâchoire était mal plantée, de sorte que ses dents ne se refermaient pas les unes sur les autres. Il avait un bec-de-lièvre, une crevasse entre la lèvre supérieure et le nez, ce qui lui donnait l'air de ricaner constamment.

Il semblait furieux d'avoir été interrompu. Pourtant, malgré sa force évidente, Alicia n'avait pas peur de lui. Quelque chose lui disait qu'en dépit de son apparence, ce n'était pas un monstre. Ses yeux s'emplirent de larmes.

« Mon pauvre ! » chuchota-t-elle.

La colère de Grendel s'évanouit et il la considéra avec surprise.

« Je m'appelle Alicia », se présenta-t-elle.

Grendel l'examina encore quelque temps de ses yeux mal assortis, puis il grogna et se remit au travail.

Alicia fouilla le grenier jusqu'à ce qu'elle mette la main sur ses lunettes. Elles avaient miraculeusement échappé à tout dommage, et elle les enfila avec soulagement. À présent qu'elle y voyait à nouveau correctement, elle se rendit compte que la pièce était plus grande qu'elle ne l'avait cru tout d'abord. Et partout, des toiles et des croquis.

Elle en étudia quelques-uns. Des bâtiments, des paysages, des humains, des monstres, tous appartenant à l'univers de Malice. Certains avaient été tracés hâtivement, d'autres peints avec soin. Grendel avait utilisé charbon, encre, aquarelles ou crayons. Tout était mélangé. L'imagination de Grendel débordait ainsi sans retenue sur le papier.

Un grand tableau de deux mètres et demi de haut sur un mètre et demi de large était dressé contre un mur. L'aquarelle représentait une vallée morose parsemée d'étranges bâtiments. À ses côtés se dressait un portrait effrayant : un homme très grand, vêtu d'un tricorne et d'un long manteau dont le col lui cachait le visage. Des yeux brillaient d'une lueur sinistre dans l'ombre de son chapeau. C'était un portrait grandeur nature, si réaliste qu'Alicia avait l'impression que l'homme aurait pu à tout instant sortir du tableau pour fondre sur elle. Elle se détourna, tremblante.

Si seulement elle avait eu son portable ! Elle aurait pu appeler à l'aide. Mais elle avait perdu son sac dans l'escalier. Envisager d'aller le récupérer était au-dessus de ses forces.

Elle commençait à s'ennuyer. Grendel continuait à l'ignorer, et il lui faudrait attendre qu'il ait fini avant de pouvoir l'interroger. Désœuvrée, elle ramassa du papier, un crayon, et se mit à dessiner. Assise en tailleur à même le sol, elle prit pour modèle Grendel en train de travailler. Au début, ce n'était qu'une manière de passer le temps, mais au bout d'un moment elle se passionna pour cet exercice. C'était si difficile de rendre correctement ses proportions !

La discipline imposée par l'art la calma. Les règles régissant la lumière, l'ombre, les lignes, les angles. Après le terrible choc subi dans les escaliers, elle retrouvait ses repères. Sur le papier, c'était elle qui dirigeait les opérations.

Au bout d'un moment, elle prit conscience qu'elle n'entendait plus le grattement de la plume de Grendel. Elle leva les yeux et constata qu'il avait tourné son tabouret vers elle pour la regarder, l'air curieux.

Elle lui tendit son croquis.

« Regarde. Qu'en penses-tu ? Tes mains ne sont

pas très bien faites, j'ai toujours du mal avec les mains, mais enfin… »

Il prit le papier et le regarda fixement avant de relever les yeux. Il ne semblait pas comprendre.

« C'est toi ! » expliqua-t-elle en le désignant du doigt.

Les lèvres de Grendel dessinèrent lentement un sourire tordu. Puis il ouvrit la bouche et gloussa comme un phoque. Il riait. Alicia fut si surprise qu'elle se mit à rire, elle aussi.

C'est alors qu'ils entendirent le bruit de la porte au bas des escaliers.

3

En un instant, l'expression de Grendel passa de la joie à l'angoisse. Il saisit brutalement Alicia et la tira vers un coin où une pile de chevalets était couverte par un drap sale. Il souleva le drap et fit des gestes frénétiques. Alicia comprit et se glissa dessous, entre les pieds des chevalets.

Des pas montaient l'escalier. *Mon sac !* se dit Alicia. *Mon sac est encore sur les marches !*

Grendel rejeta le drap, dissimulant en partie l'intruse. Il traversa ensuite la pièce, en boitant pesamment. Juste à ce moment-là, la porte s'ouvrit et Miss Benjamin entra.

« Encore une fois, la porte n'était pas fermée à clef,

Scratch ! lança-t-elle par-dessus son épaule. Pourquoi êtes-vous incapable de vous rappeler qu'il faut verrouiller les portes ? »

Elle maintint la porte ouverte pour laisser passer un Scratch haletant.

« J'ai des choses plus importantes auxquelles penser », répondit-il en entrant à son tour. Il aperçut Grendel qui se tenait debout devant son chevalet, l'air coupable. « Tu étais encore en train de paresser ! » cria-t-il. Il traversa la pièce et donna une grande claque sur la nuque de Grendel. « Remets-toi au travail ! Je ne te nourris pas à ne rien faire, répugnant petit monstre ! »

De sa cachette, Alicia vit Grendel s'asseoir sur son tabouret, recroquevillé sur lui-même. Scratch s'approcha et examina son dessin.

« Qu'est-ce que c'est que ça ? gronda-t-il. Un garçon qui tombe dans le vide ? Qu'est-ce que ça peut nous faire ? Tu n'as pas compris que Ravage avait mis la main sur le Fragment ? Montre-les-nous ! Montre-nous leur cachette ! Depuis l'extérieur, cette fois, pour qu'on puisse les trouver ! »

Grendel le regardait craintivement. Il ne comprenait pas ce qu'on attendait de lui. Il grogna et pointa le dessin du doigt, comme pour dire : *Regarde, je travaille !*

« Mongol dégénéré ! » cria Scratch en levant les bras, exaspéré.

Alicia était horrifiée. Personne ne méritait un tel traitement !

Elle repensa à son sac. Comment avaient-ils pu ne pas le voir dans l'escalier ? À moins que… à moins qu'il n'ait *disparu*. Qu'il n'ait été désintégré par les choses affamées dans le noir.

Si Grendel ne l'avait pas sauvée, elle aurait connu le même sort.

« Croyez-vous qu'il choisit ce qu'il voit ? demanda Miss Benjamin en venant observer le dessin à son tour. En est-il capable ? Ou passe-t-il simplement d'une idée à l'autre, comme un animal ?

— Dieu seul le sait. Pauvre débile ! Depuis que j'ai hérité de cet ancien asile de fous et que je l'ai trouvé dans le grenier en train de dessiner, je ne l'ai jamais entendu prononcer un seul mot. Il ne fait rien d'autre que dessiner, sauf quand il mange et quand je suis obligé de l'emmener faire ses besoins. Je ne sais pas d'où il vient, ni comment il est arrivé là. Un ancien patient, peut-être.

— Et pourtant, vous avez pris soin de lui. Comme c'est touchant !

— J'ai pensé que je pourrais gagner de l'argent en vendant ses dessins. Au lieu de ça, il m'a coûté jusqu'à mon dernier sou !

— Cessez de vous plaindre, Scratch. Vous serez récompensé.

— Je l'espère bien. »

Miss Benjamin observa Grendel qui s'était remis au travail. Il semblait être retombé en transe.

« C'est lui qui a créé Malice. Il a créé mon maître, qui m'a créée ensuite. Ce qu'il a imaginé est devenu réel. Pensez-vous qu'il s'agisse réellement d'un dieu ?

— Je pense qu'il s'agit d'un demeuré. »

Miss Benjamin se détourna du tableau. Ses yeux se posèrent sur quelque chose qui traînait au sol. Elle se pencha et le ramassa. Une feuille de papier.

Mon dessin !

Miss Benjamin leva le papier jusqu'à son visage, le renifla. Son visage prit un air maléfique, vorace.

« Qu'est-ce que c'est ? demanda Scratch en regardant par-dessus son épaule. Il fait des autoportraits, maintenant ?

— Je ne crois pas », répondit Miss Benjamin. Elle se mit à quatre pattes et flaira le sol comme un chien de chasse.

« Qu'est-ce qui vous prend, ridicule bonne femme ? »

Miss Benjamin reniflait toujours. Elle s'approchait, de plus en plus… Puis elle leva la tête et regarda droit vers Alicia. Leurs yeux se rencontrèrent. Elle eut un horrible sourire.

« Nous avons de la visite », déclara-t-elle.

Elle fondit sur Alicia, l'attrapa par le poignet et la tira hors de sa cachette.

L'Acropole

1

« J'en ai ma claque ! »

Justin jeta sa machette par terre. Les autres cessèrent de se frayer un chemin dans l'épaisse végétation et se tournèrent vers lui. Kady essuya la sueur de son front sale.

« Qu'est-ce qui t'arrive ? plaisanta-t-elle. Tu n'aimes pas les aventures en plein air ?

— Si, mais avec un toit sur ma tête ! Mes vêtements sont mouillés, j'ai froid, je suis crevé, et 90 % de mes pieds sont couverts d'ampoules. » Il fit un grand geste pour désigner la jungle qui les entourait. Les feuilles luisaient encore suite à la dernière averse, et d'épais nuages s'assemblaient à nouveau au-dessus d'eux. « Il doit y avoir un moyen plus facile ! »

Seth songea que si c'était le cas, personne ne le connaissait. Ce n'était pas aisé d'accéder à l'Acropole. Craggle Spur, la station de métro la plus proche, était au pied d'une haute montagne couverte d'une jungle dense. Et froide. Seth n'avait jamais entendu parler d'une jungle froide. Au moins, s'il s'était agi d'une forêt tropicale, la pluie aurait été chaude.

Nabot, leur guide, déboucha des broussailles pour voir pourquoi on ne le suivait plus. C'était un petit homme étrange qu'ils avaient embauché dans un village près de Craggle Spur. De taille réduite, trapu, il portait une longue barbe brune et une fourrure hirsute qui lui couvrait tout le corps. Avec ses yeux jaunes et ses dents pointues, on aurait dit un croisement entre un nain et un loup. Son nom imprononçable ressemblant un grognement, Justin l'avait surnommé Nabot, et ça lui était resté.

« Quoi problème ? aboya-t-il.

— Justin pense qu'il doit y avoir un accès plus facile », répondit Kady.

Nabot jeta un regard noir à Justin.

« Paresseux. Très, très paresseux. Presque arrivés !

— Ça fait trois jours que nous sommes presque arrivés !

— Presque arrivés », insista Nabot, et il repartit.

Justin remit son sac sur ses épaules, ramassa sa machette et secoua la tête.

« Je déteste ce type », marmonna-t-il avant de se remettre en marche avec effort.

Seth, lui, appréciait le voyage, et il était certain que Kady aussi. Elle avait fréquemment randonné et campé avec sa mère, même si le terrain du Yosemite était certainement plus accueillant que cette forêt sans fin. Seth aimait se donner à fond, faire travailler ses muscles. Par-dessus tout, il aimait jouer les explorateurs. Ici, ils ne pouvaient compter que sur eux-mêmes : il n'y avait aucune aide à plusieurs jours de marche. Dans leur monde, on n'était jamais hors de portée d'un téléphone portable et d'un hélicoptère. Il fallait vraiment faire de gros efforts pour se mettre en danger. Pas comme au temps de Livingstone et de sa traversée de l'Afrique inconnue, ou de Scott et Amundsen dans leur course vers le pôle Sud. Seth ne se sentait jamais aussi vivant que quand il risquait sa vie. Et il ne s'était jamais senti aussi mort que quand il avait été coincé à Hathern, devant une stupide télévision montrant des gens stupides dans des émissions stupides. Même s'il avait trouvé une véritable aventure là-bas, il lui aurait été impossible d'y participer. Mais ici, à Malice… il avait enfin l'impression que ce qu'il faisait avait de l'importance.

Je suis vraiment content d'être revenu, pensa-t-il. *C'est ici que je suis chez moi. Pas à Hathern. Ici. Et je ne serai plus obligé de partir.*

Cette idée le mit de bonne humeur, et un grand sourire s'afficha sur son visage.

Justin écrasa un moustique sur son cou et poussa un juron.

« Qu'est-ce qui te fait rire ? râla-t-il. Ces bestioles sont en train de me dévorer tout cru !

— Il faut voir le bon côté des choses, dit Seth. La dernière fois que tu as eu affaire à des moustiques, c'étaient des automates assassins d'un mètre de long. »

Justin soupira en repensant à leur terrible voyage dans la Ménagerie du Garde-Temps à la Tour de l'Horloge.

« Ah, c'était le bon temps ! Il faisait chaud, là-bas. Je ne me rappelle même plus ce que c'est que d'être chaud et sec ! »

Le tonnerre gronda et les premières gouttes d'une nouvelle averse leur tombèrent dessus.

« Et voilà, maintenant il pleut ! » lui reprocha Kady.

Justin leva les yeux au ciel et se pencha vers Tatyana.

« Elle est incroyable, cette fille ! Avec elle, tout est ma faute ! »

Pour toute réponse, Tatyana grogna et se remit en route, tête baissée.

2

« Voilà », annonça Nabot, debout sur une immense falaise, en désignant le sol à ses pieds. « Acropole. »

Seth se pencha. Loin dessous, au cœur de la montagne et de la forêt, se trouvait la ville de temples. Elle s'étalait dans une vallée loin du monde, blanche comme un squelette. Des dômes et des aqueducs, des colonnes et des avenues. Ça avait dû être magnifique autrefois ; à présent, les dômes étaient fracassés, les aqueducs brisés, les colonnes en ruine et les avenues jonchées de débris. À première vue, rien ne bougeait. L'Acropole était déserte.

Justin les rejoignit, à bout de souffle, et se pencha à son tour.

« Je suis le seul à penser que la Reine des Chats n'a pas envie qu'on la trouve ?

— Tant pis pour elle, répondit Kady en caressant Tatyana. Nous avons besoin d'elle pour combattre Tall Jake. Nous la trouverons, qu'elle le veuille ou non. »

Seth était toujours plongé dans la contemplation du paysage.

« Avez-vous jamais imaginé faire un jour quelque chose du genre ? Nous avons retrouvé une ville perdue !

— C'est vrai que c'est assez sympa », admit Kady en admirant la vue, les mains sur les hanches.

Justin leva les yeux au ciel.

« Super. Coincé dans la jungle avec Indiana Jones et Lara Croft. Et moi, je suis qui ?

— Le comique de service ? suggéra Kady.

— Je vais te montrer si je suis comique ! »

Seth ne faisait pas attention à eux :

« Vous vous rendez compte que dans notre monde, il y aurait des touristes partout ? Quelles que soient les difficultés d'accès, on y trouverait des gens en T-shirt hawaïen en train de prendre des photos. » Il poussa un soupir heureux. « Si ça se trouve, nous sommes les seuls êtres vivants ici !

— J'espère bien, dit Justin.

— Ce qu'il y a là-bas, pas vivant », lança Nabot.

Leur guide leur montra le moyen de descendre dans la vallée, mais refusa d'aller plus loin.

« Vilains fantômes, dit-il. Moi, j'attends. Je prépare le camp.

— Tu as intérêt à nous attendre pour de bon, Nabot ! l'avertit Justin. Et rappelle-toi qu'on ne te donnera la seconde partie de ton salaire qu'une fois de retour à Craggle Spur. »

Nabot grogna.

« J'attends, répéta-t-il. Mais si vous pas revenus demain soir, vous pas revenez du tout. »

Ils ouvrirent leurs sacs pour alléger leurs fardeaux et n'emportèrent que le nécessaire pour un jour ou deux. Nabot entreprit de préparer le camp tandis qu'ils s'apprêtaient à partir.

« Encore une chose, ajouta-t-il. Fantômes viennent la nuit. Vous partez avant coucher du soleil. Sinon, vous cachez. Si vous pouvez. »

3

L'Acropole était un endroit étrange.

Au début, la promenade n'était pas déplaisante. Les bâtiments étaient encore intacts, pour la plupart, et la ville semblait paisible. Des plantes grimpantes avaient envahi les murs et les mauvaises herbes se frayaient un chemin entre les dalles, mais l'Acropole conservait sa majesté. Seth avait l'impression de se retrouver dans la Rome antique, ou à Athènes, du temps où la Grèce était la première civilisation au monde. Mais cette ville était encore plus imposante. Partout, des colonnes, des cours pavées, des places autour de fontaines richement décorées, taries depuis longtemps.

Partout, également, des mosaïques. Chaque place, chaque avenue était décorée d'images formées de petites pierres colorées, parfois de gemmes. Elles représentaient des scènes d'adoration, des assemblées, des batailles. Des hommes s'agenouillaient devant des chats avec des offrandes. Les chats ne ressemblaient en rien aux petits animaux domestiques courants, mais plutôt à des léopards ou des panthères, avec d'étranges motifs sur le poil. Ils se battaient entre eux, conduisaient des armées. Certaines mosaïques représentaient des rencontres entre des chats visiblement importants, avec des humains dans le rôle des serviteurs. Chaque image racontait une histoire, pas toujours compréhensible.

« C'est l'histoire de la ville », constata Kady en passant devant une énième mosaïque. « Cet endroit devait être merveilleux, autrefois. »

Mais au fur et à mesure de leur avancée dans l'Acropole, un malaise s'emparait d'eux. L'atmosphère était étrange. Kady fit remarquer qu'elle n'entendait pas un seul oiseau, et le silence leur parut soudain non plus paisible, mais effrayant. Leurs voix résonnaient lugubrement dans les rues. Ils parlèrent de moins en moins.

« Je me sens bizarre, annonça soudain Kady. Pas vous ?

— Si, moi aussi, confirma Seth.

— Comme si... On descend une rue, et je vois quelle est sa longueur, et je prévois qu'il nous faudra un peu plus d'une minute pour la parcourir ; mais tout à coup, nous arrivons au bout, et je me rends compte qu'elle était bien plus courte que je l'avais cru. Ma perception des distances est faussée.

— C'est tout à fait ça », approuva Seth. Il avait remarqué ce phénomène, mais n'aurait pas su le décrire. « Comme quand on regarde dans un aquarium.

— Ça me donne la nausée, se plaignit Justin. Vous êtes sûrs que c'était une bonne idée de venir ici ?

— Non.

— Ah. OK. » Justin se gratta l'oreille sous la capuche de son survêtement. « Et on se balade juste pour le plaisir, ou on cherche quelque chose ? »

Seth se couvrit les yeux et examina la position du soleil.

« Nous cherchons une grande arche brisée en son centre, qui s'élève au-dessus des autres bâtiments. Je l'ai repérée du haut de la falaise, mais je ne sais plus où elle est.

— C'est dans ta vision mystique que tu as vu ça ? »

Seth lui lança un regard noir.

« Oui. Dans ma vision mystique. »

Justin sourit.

« Juste pour savoir. Tu veux qu'on suive le chemin que t'a indiqué un chat ? »

Tatyana grogna.

« Eh, cool, Bagage ! Je ne parlais pas de toi. Tu as sûrement un super sens de l'orientation. »

Le tigre s'éloigna dignement pour examiner une autre allée. Seth regarda les toits qui l'entouraient.

« Il faudrait qu'on puisse y voir de haut, en fait.

— Je m'en occupe, dit Kady. Vous grimpez comme des éléphants, tous les deux. »

Elle entreprit aussitôt d'escalader une colonne en s'agrippant à la vigne vierge qui la recouvrait. Les deux garçons la regardèrent monter, très sûre d'elle.

« Merci d'avoir pris soin d'elle quand je n'étais pas là, dit Seth.

— Je te l'avais promis, non ? Mais franchement, elle n'a pas vraiment besoin qu'on prenne soin d'elle.

— C'est vrai. Merci quand même.

— De rien. »

Ils la virent s'asseoir témérairement sur le sommet de la colonne, nullement inquiète à l'idée de tomber.

« Ce serait drôle si elle se cassait la figure maintenant, juste après ce qu'on vient de dire, non ? »

Seth le regarda, et Justin haussa les épaules.

« Je rigole !

— Eh ! s'exclama soudain Kady. Je la vois ! » Elle

tendit le bras théâtralement, comme un marin dans un nid-de-pie. « Par là, les garçons ! »

Justin donna un coup de coude à son ami.

« C'est quelqu'un, cette fille, hein ?

— Oui, répondit Seth. C'est vraiment quelqu'un. »

4

Ils passèrent la journée à suivre les indications de Seth dans l'Acropole. Le soleil atteignit son zénith derrière un voile de nuages, puis se mit à redescendre.

À partir de l'arche brisée, ils se dirigèrent vers une haute tour que Seth avait aperçue au cours de sa vision. Ils montèrent les marches intérieures et, surplombant ainsi la ville, ils découvrirent un long boulevard, très large, avec des colonnes de chaque côté et des fontaines au centre.

« Par ici », dit Seth.

Après le boulevard, ils découvrirent autre chose que Seth reconnut : une grande coupole avec au sommet une statue d'animal ressemblant à un lion. Seth examina la statue en fronçant les sourcils.

« Visiblement, de l'esprit d'Andersen ne sont pas sorties que des images au hasard, constata Kady. C'est un circuit. Le chemin qui mène à la Reine des Chats.

— Tu te rappelles ce que je t'ai dit au sujet de ce monstre qui m'a couru après, à Hathern, et que j'ai revu ensuite dans la maison de Kensington ?

— Bien sûr. Je crois que c'était le même qui m'a donné la chasse, à moi aussi, il y a quelque temps. »

Seth leva les yeux vers la statue.

« Il ressemblait un peu à ça. Enfin, en plus bizarre, avec des cornes et une armure et un drôle de masque en métal, mais... »

Il ne termina pas sa phrase.

« Tu as peut-être raison, répondit Kady. Peut-être que Tall Jake a réussi à capturer un sujet de la Reine des Chats et qu'il l'a fait opérer par ses viandeurs dans la Maison des Morts. Tu crois que c'est ça ?

— Je ne suis pas certain de vouloir le savoir. » Seth secoua la tête. « Cet endroit me plaît de moins en moins. »

Effectivement, Seth était de plus en plus mal à l'aise. Le silence de ce lieu était assourdissant. Quelques bruits légers le faisaient sursauter. Il avait l'impression désagréable d'être observé. Parfois, du coin de l'œil, il lui semblait apercevoir un mouvement, mais quand il se retournait, rien ne bougeait. Et puis ces bruits, ces bruits à peine audibles, mais amplifiés par le silence. Un caillou tombant d'un toit ; un frémissement dans l'herbe ; un rire étouffé, presque trop lointain pour être perceptible.

Était-ce son imagination ? le vent ? ou autre chose ?

« Scotty nous avait prévenus, tu te souviens ? reprit Kady. Tall Jake a détruit l'Acropole par la sorcellerie. Il doit forcément en rester quelque chose. Un peu comme des restes de radiations après une bombe.

— Mais regarde autour de toi ! objecta Seth. Il n'y a pas tant de dégâts que ça. Les ruines viennent seulement du fait que la ville a été désertée. Tall Jake n'a pas détruit l'Acropole : ses habitants ont disparu, voilà tout.

— Mon père – Greg, je veux dire, pas mon vrai père – est allé à une conférence technologique à Hiroshima, une fois. Tu sais, la ville sur laquelle est tombée la première bombe atomique. Ils ont un musée là-dessus. À l'intérieur, il y a les marches d'un bâtiment resté debout après la bombe ; une bibliothèque, je crois. Ils ont carrément découpé les marches pour les mettre dans le musée. Et quand on les regarde de près, on voit l'ombre de l'homme qui était assis dessus quand la bombe a explosé. Gravée dans la pierre par le feu. » Elle battit des paupières, les yeux soudain humides. « Des gens, changés en ombre. Comme ça. »

Seth passa le bras autour de son épaule.

« Allons-y, d'accord ? Plus vite on sortira de là, mieux ça vaudra. »

Justin avait pris soin de laisser des marques sur le trajet afin qu'ils puissent revenir en arrière facilement : à chaque coin de rue, il dessinait une flèche dans un mur à l'aide d'un caillou pointu. Ils n'avaient pas besoin de reparler de l'avertissement de Nabot : aucun d'entre eux n'avait envie d'être encore là à la tombée de la nuit.

Tatyana semblait aussi mal à l'aise que les autres. Normalement, la compagnie d'une alliée aussi vigoureuse les rassurait, mais cette fois, ils n'étaient pas face à des bandits ou des assassins. Ils ne savaient même pas *ce* qui les attendait. Peut-être les fantômes n'existaient-ils que dans l'imagination de ceux qui répandaient ces rumeurs ; peut-être pas. Ils n'avaient pas envie de le vérifier.

D'après les images d'Andersen, leur destination suivante était une grande place publique. Ils ne pouvaient pas la voir, même en hauteur, donc ils parcoururent les rues environnantes. Ils restèrent groupés, n'ayant aucun désir de se séparer. Ils arrivèrent bientôt devant une gigantesque mosaïque qui couvrait tout un mur. Elle représentait des gens et des chats en train de courir, en proie à la terreur ; au-dessus de la ville, bras tendus, planait Tall Jake. Son visage était à moitié caché par le col de son manteau, mais la mosaïque était si détaillée qu'ils pouvaient voir la cicatrice sur sa joue, souvenir d'une blessure infligée par le Fragment au cours de leur dernière bataille.

Seth repensa au contenu de son sac, le bibelot où était logé le Fragment. Et si la Reine des Chats ne savait qu'en faire ? Si tout cela n'était qu'une perte de temps ?

Mais Seth n'aimait pas beaucoup les *et si*. Il préférait agir plutôt que s'inquiéter. *Commençons par la trouver !*

« C'est l'histoire de la destruction de la ville ? demanda Kady en considérant la mosaïque.

— Probablement, répondit Seth. Ce sont les derniers

moments de l'Acropole. Après, les chats et leurs serviteurs ont tous disparu, et la ville est restée déserte. »

Tatyana grogna. Seth baissa les yeux. Elle fixait la mosaïque, babines retroussées.

« Qu'est-ce qui lui prend ? »

Justin les dévisagea tous les deux alternativement.

« Je n'arrive pas à croire que le tigre l'ait compris avant vous. » Il désigna d'un geste la scène devant eux. « Vous croyez vraiment que les habitants se sont arrêtés pour faire une dernière œuvre d'art alors qu'ils craignaient pour leur peau ?

— Que veux-tu dire ? »

Justin tapota la tête du smilodon.

« À mon avis, ce que Sac à Puces essaie de vous dire, c'est ça : si cet endroit est totalement désert, et si cette mosaïque représente les derniers moments de la ville, *qui l'a fabriquée ?* »

5

Ils trouvèrent la place, puis un autre bâtiment, mais eurent plus de difficulté avec le point de repère suivant. Il s'agissait d'un canal asséché, une ancienne voie navigable traversant la ville. Comme il se trouvait en dessous du niveau du sol, les compagnons ne pouvaient pas l'apercevoir d'en haut. Ils cherchèrent, encore et encore, mais le canal était au cœur d'un quartier de petites rues labyrinthiques, et ils se perdirent à plusieurs reprises. Le soleil déclinait, et leur humeur avec.

« Nous sommes déjà passés par là ! cria Kady.

— Non, insista Seth.

— Je reconnais cette mosaïque !

— Je suis certain que nous n'avons pas parcouru cette rue. Je n'ai jamais vu ces colonnes décorées.

— D'ailleurs, si nous étions passés par là, j'aurais mis une flèche, ajouta Justin.

— Peut-être y a-t-il deux mosaïques identiques ? suggéra Seth.

— Ben voyons. Tu en as déjà vu deux semblables depuis notre arrivée ? »

Seth dut admettre que non, mais il était sûr de ne pas connaître cette rue. Justin regarda le ciel.

« Dites, les copains, je suis désolé de vous dire ça, mais je pense que ce serait sage de se faire la malle dans… zéro minute.

— Non ! cria Seth. Nous n'avons plus que deux choses à trouver. Le canal conduit vers un pont. Nous prenons un tunnel sous le pont, et nous y sommes !

— Seth, Justin a raison. Nous pourrions passer des heures à chercher ce canal sans le trouver. Il pourrait être n'importe où, et la ville est gigantesque !

— Écoute, mec, on est tous crevés, et ça va être long de revenir sur nos pas. On retourne auprès de Nabot, et on repart demain matin. On pourra suivre les flèches jusqu'ici ; ça ira beaucoup plus vite. On sera de retour ici au milieu de la matinée, et ensuite on aura toute la journée pour trouver ton canal et ton pont. Sans se presser. OK ? »

Seth crispa les mâchoires. Après avoir marché toute la journée, il se sentait frustré. Ils étaient si près du but ! Justin et Kady se montraient raisonnables, mais leur manque de confiance le blessait. Ils ne le croyaient pas capable de les conduire vers la Reine des Chats avant le coucher du soleil. Ils ne voulaient pas prendre de risque.

« Je suis vraiment fatiguée, Seth, reprit Kady d'une voix plus douce. J'ai peur d'être coincée ici pendant la nuit. »

Seth haussa les épaules.

« Bon, très bien », se rendit-il, avec un ressentiment puéril. « Si vous êtes tous les deux de cet avis...

— Bon, c'est parti ! conclut Justin en frappant des mains. Tout le monde est d'accord. À moins que le fauve ne veuille ajouter quelque chose ? »

Il leva les sourcils à l'attention de Tatyana, qui lui rendit son regard, impassible, comme pour dire : *Tu peux te moquer de moi tant que tu veux, mais n'oublie pas que mes crocs sont aussi longs que ton avant-bras !*

Ils revinrent donc sur leurs pas en suivant les flèches de Justin. Malgré sa déception, Seth se sentait soulagé à l'idée de quitter bientôt les lieux. La sensation d'être épié s'intensifiait au fur et à mesure que le temps passait ; et l'idée de se retrouver autour d'un feu de camp, de manger et de dormir était la bienvenue.

Ils ne marchèrent pas longtemps avant que Justin ne s'arrête à un coin de rue.

« Hum…

— Quoi ?

— Il y a quelque chose de bizarre… »

Kady fronça les sourcils.

« Où est la flèche ?

— À ton avis, qu'est-ce que je cherche, grosse maligne ?

— Tu es sûr d'en avoir fait une ici ?

— J'en ai fait à chaque coin de rue depuis des heures ! Oui, je suis sûr ! »

Justin avait l'air en colère, mais Seth le soupçonnait de l'être davantage contre lui-même que contre Kady. Peut-être s'agissait-il d'un oubli. C'était facile à comprendre : cet endroit faisait tout pour vous distraire.

« Bon, pas grave, reprit Justin. Nous sommes passés par là il y a quelques minutes. Je m'en souviens.

— Moi aussi, confirma Kady.

— Pareil pour moi, dit Seth en levant le doigt. Nous venions de là.

— Il y aura une flèche au prochain coin de rue », se rassura Justin.

Il n'y en avait pas.

Justin donna un coup dans le mur, furieux.

« J'en ai fait une ici, pourtant !

— C'est par là, dit Kady en montrant une rue sur la

gauche. Je me souviens de cette mosaïque représentant un marché.

— Attends, attends, fit Seth en regardant à droite. Tu te trompes, c'est par là. Je me rappelle ce bâtiment couvert de lierre.

— Ce n'est pas vrai ! Je reconnais la mosaïque !

— Peut-être, mais je reconnais le lierre !

— Tous les lierres se ressemblent ! »

Justin montra Tatyana.

« Et elle ? Elle ne saurait pas retrouver le chemin ? Les chats sont censés être doués pour ça, non ? »

Tatyana se contenta de se lécher la patte de sa langue métallique.

« Ce n'est pas un pigeon voyageur, Justin, dit Kady. Les chats peuvent se perdre comme tout le monde.

— Bon, alors, à droite ou à gauche ? » demanda Seth. Il aurait voulu qu'Alicia soit là. Elle aurait su où aller, elle. « Justin, à toi de trancher. »

Justin regarda à droite, à gauche, mais il était évident qu'il n'avait aucun souvenir. Finalement, il lâcha :

« À gauche. »

Kady sourit, triomphante, et Justin lança un regard d'excuse à Seth.

« Tous les lierres se ressemblent », répéta-t-il en haussant les épaules.

Une demi-heure plus tard, ils étaient complètement perdus. Personne ne reconnaissait plus aucune rue, aucune mosaïque, et il n'y avait plus de flèches nulle part. Ils avaient chaud à force de se dépêcher, et l'angoisse commençait à leur étreindre le cœur. Le soleil descendait de plus en plus vite ; le temps leur était compté.

« Bon, arrêtons d'essayer de refaire la route à l'envers, proposa finalement Kady. Les flèches ont disparu, ou alors nous les avons perdues ; d'une manière ou d'une autre, nous ne réussirons pas à repasser par le même chemin qu'à l'aller.

— D'accord, dit Justin. Choisissons une direction et tenons-nous-y. Nous finirons bien par sortir de la ville. »

Kady grimpa en haut d'une colonne pour voir au-delà des toits.

« Par là ! cria-t-elle. Ça n'a pas l'air très loin ! »

Elle avait tort. Quand elle grimpa sur une autre colonne une demi-heure plus tard pour se repérer, elle eut l'impression qu'ils n'avaient pas progressé. Mais la sortie de la ville semblait néanmoins proche, aussi se remirent-ils en marche. Une heure plus tard, Kady dut admettre qu'elle s'était probablement trompée. La magie qui régnait sur la ville faussait les distances.

Seth leva les yeux vers le ciel. Le soleil touchait presque l'horizon. Les ombres s'étaient allongées, et ils baignaient dans une lumière dorée annonçant le crépuscule.

« Il faut qu'on trouve un refuge. La nuit tombe. »

RRRRRMMMMBLLE
RRMMMM
RRMMMMBLE
RRRMMMM
RRRRMMM

FERME LES VOLETS, KADY.
IL VAUT MIEUX QUE PERSONNE NE VOIE LA LUMIÈRE.
C'EST QUOI, CES BRUITS BIZARRES?
DES MINI-TREMBLEMENTS DE TERRE?
ON DIRAIT PLUTÔT LES GROSSES PIERRES UTILISÉES DANS LES MOULINS, POUR MOUDRE LA FARINE.
DES MEULES?
C'EST ÇA.
ÇA ME FAIT PEUR.
BAH, QUOI QUE CE SOIT, C'EST DEHORS, ET NOUS SOMMES DEDANS.
POURVU QUE ÇA RESTE COMME ÇA!

JE VAIS PARTIR.
QUAND NOUS AURONS FAIT CE QUE NOUS VOULONS FAIRE,
QUAND TALL JAKE SERA VAINCU,
JE RENTRERAI CHEZ MOI, CHEZ MES PARENTS.
TU ES SÛRE ?
JE SUIS SÛRE.
JE NE SUIS PAS COMME TOI, SETH. JE N'AIME PAS LE DANGER.
JE N'AIME PAS LE DANGER, IL ME TOMBE DESSUS, C'EST TOUT !
SI, TU ADORES ÇA. TU TE SENS PLUS VIVANT FACE AU DANGER.

JE N'ARRÊTE PAS DE PENSER À MES PARENTS, À LEUR DOULEUR QUAND JE SUIS PARTIE, À CE QU'ILS DOIVENT RESSENTIR MAINTENANT.
RRRMMM
RRRMMM
JE NE VEUX PAS ÊTRE LE CHEF DE RAVAGE.
JE VEUX ALLER À L'ÉCOLE, JE VEUX QUE MA MÈRE ME PRÉPARE MON PETIT-DÉJ, JE VEUX PRENDRE DES DOUCHES CHAUDES TOUS LES MATINS.
JE VEUX GRANDIR, AVOIR UNE CARRIÈRE, CONDUIRE UNE VOITURE.
PEUT-ÊTRE MÊME AVOIR DES ENFANTS, UN JOUR.
TOUT ÇA N'A RIEN D'ENNUYEUX. C'EST AGRÉABLE.
TOI, TU VAS RESTER ICI, PAS VRAI?
MÊME SI NOUS TROUVONS LA REINE DES CHATS ET VAINQUONS TALL JAKE, TU VAS RESTER ICI.
OUI.
JE VAIS RESTER ICI.

RRRRRRRRMBLE
EH !
ÇA, C'ÉTAIT À L'INTÉRIEUR !
ON DIRAIT QUE ÇA VIENT D'EN BAS.
GRRRRRRR
EXPLIQUEZ-MOI POURQUOI NOUS ALLONS VERS LE BRUIT AU LIEU DE NOUS TIRER ?
PARCE QUE NOUS NE SAVONS PAS CE QUE C'EST.
ET J'AIME BIEN SAVOIR CE QUI ME FAIT CAVALER.
EH, REGARDEZ !
JE NE ME RAPPELLE PAS QUE C'ÉTAIT LÀ.

TU NE TE RAPPELLES JAM...
OULÀ!
ÇA, C'ÉTAIT FORT!
RRRMMMMBLE
JUSTIN!
LA MOSAÏQUE!
ELLE BOUGE!

MALICE
RRRRRRMMMBBBLE
AAAAAAAH!
Grendel

JUSTIN!
NON!
RRRRRRMMBBBLE
LE POUVOIR!
ÇA RECOMMENCE, COMME QUAND J'AI TUÉ LE MONSTREMORT!
WHOOOM!

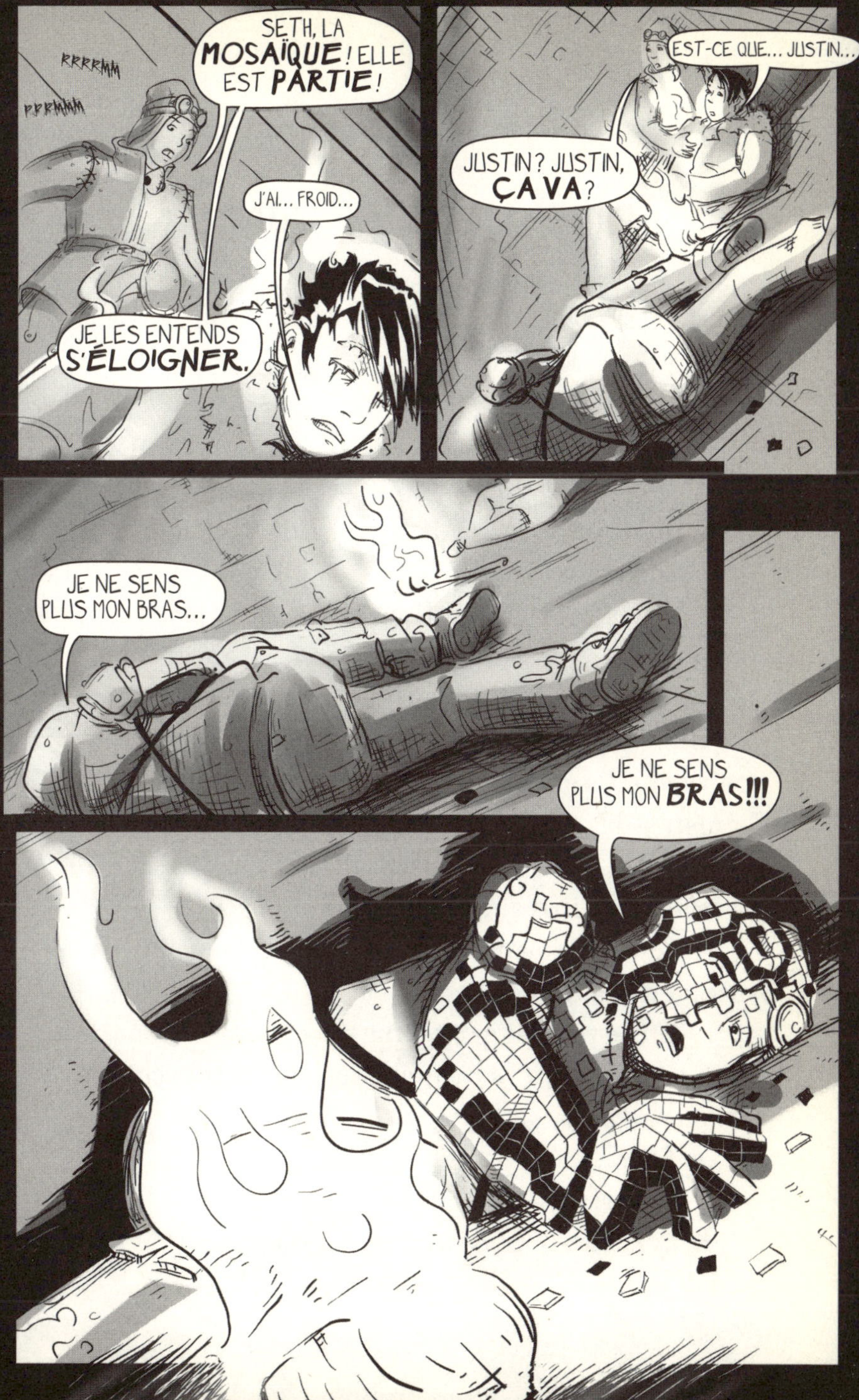
RRRRMM
PPRMMM
SETH, LA MOSAÏQUE ! ELLE EST PARTIE !
J'AI... FROID...
JE LES ENTENDS S'ÉLOIGNER.
EST-CE QUE... JUSTIN...
JUSTIN ? JUSTIN, ÇA VA ?
JE NE SENS PLUS MON BRAS...
JE NE SENS PLUS MON BRAS!!!

Les murs vivants

1

« On ne peut pas sortir, Seth ! protesta Kady. C'est trop dangereux ! »

Seth ne l'écoutait pas. Il avait passé son épaule sous le bras de pierre de Justin et l'aidait à avancer vers la sortie du bâtiment. Justin trébuchait, boitait, à peine capable de garder la tête levée. Kady et Tatyana les suivaient. Ils entendaient à l'extérieur le grondement sinistre des murs vivants, ces mosaïques monstrueuses se déplaçant dans la ville.

« Il a besoin d'aide ! cria Seth.

— Attends jusqu'au matin ! Ils ne bougent pas pendant la journée.

— Tu ne vois pas que ce truc sur son bras s'étend de plus en plus ? D'ici à ce qu'il fasse jour, il sera changé en mosaïque !

— Mais…

— La ferme ! »

Kady se tut, frappée par son agressivité.

Seth n'était pas réellement en colère contre elle. Ce n'était pas sa faute si Justin était dans un tel état. C'était lui qui l'avait incité à venir dans cet endroit maudit. Si Justin mourait, ce serait sa faute à lui.

Il avait déjà perdu un ami à cause de Malice. Il n'avait pas l'intention que ça se reproduise.

Il ouvrit la porte, et ils sortirent dans les rues de l'Acropole, au clair de lune. Le bruit était plus fort à l'extérieur, comme si on faisait rouler d'énormes pierres autour d'eux, ou comme si les glissements de terrain se succédaient dans les environs. Voilà donc ce qui était arrivé aux habitants de l'Acropole. C'était ainsi que Tall Jake avait puni les adorateurs de la Reine des Chats. Ces créatures avaient jailli des murs au cours de la nuit et les avaient tous avalés.

Au moins, ils savaient à présent pourquoi ils n'avaient cessé de se perdre pendant la journée. Les mosaïques se déplaçaient. Elles avaient effacé les flèches de Justin au fur et à mesure qu'il les traçait. Elles voulaient s'assurer que les intrus seraient encore là à la tombée de la nuit, pour pouvoir s'emparer d'eux dans le noir.

Seth fit une pause sur le pas de la porte et regarda des deux côtés de l'avenue. Partout, des ombres bougeaient.

Il tremblait encore, ébranlé par sa rencontre avec le mur vivant. Le pouvoir de l'Omission l'avait laissé gelé et épuisé. Il avait ressenti une terrible sensation de vide, de désolation. Être touché par l'Omission équivalait à s'exposer à la solitude infinie et glacée de l'espace.

Il ne savait pas comment il avait fait pour l'utiliser. Ça avait jailli hors de lui. Il n'y avait plus qu'à espérer que les murs vivants auraient désormais suffisamment peur de lui pour le laisser circuler dans l'Acropole, car en toute honnêteté, il ne pensait pas réussir à manipuler ce pouvoir deux fois de suite.

Le bras de pierre de Justin pesait lourd sur son épaule. Le garçon respirait de manière saccadée, avec effort, et pouvait à peine lever les pieds. Étant lui-même considérablement affaibli, Seth ne savait pas jusqu'où ils pourraient aller ensemble.

Néanmoins, il se refusait à envisager la défaite. Il *fallait* qu'il fasse quelque chose. Il lui était impossible de rester assis à regarder son ami se changer en pierre.

Il s'engagea dans la rue avec Justin. Kady les suivait de près, effrayée. Tatyana cheminait à ses côtés en grondant doucement.

« Où veux-tu aller ?

— Il faut qu'on trouve le canal, répondit Seth. Il faut qu'on emmène Justin jusqu'à la Reine des Chats. Peut-être pourra-t-elle l'aider. »

Kady comprenait à présent à quel point son plan était désespéré.

« Le canal pourrait être n'importe où ! s'exclama-t-elle. Nous avons marché plus d'une heure depuis ton dernier repère. Sans compter qu'on n'y voit rien ! Nous ne le trouverons jamais !

— Nous allons essayer.

— Tu ne peux pas le traîner dans toute l'Acropole dans cet état. Tu vas le tuer !

— Je vais le *sauver* ! » rugit Seth, si férocement que Kady fit un pas en arrière.

Elle lui lança un regard inquiet. Seth reconnaissait cette expression signifiant *Tu es fou. Tu ne te conduis pas raisonnablement*. Peut-être avait-elle raison. Tant pis. La seule chose qui comptait, c'était d'essayer de sauver son ami. Qu'importe qu'il n'y ait qu'une chance sur un million de trouver le canal dans le noir. Une sur un million valait mieux que rien.

« Eh, vous deux, chuchota Justin d'une voix enrouée, pas la peine de vous battre pour moi. Il y aura du Justin pour tout le monde ! »

Il sourit, faiblement. Même dans cette situation, il trouvait encore la force de plaisanter.

« Écoutez-moi, vous autres ! hurla Seth dans la nuit. Ne vous approchez pas de nous ! Si quelqu'un essaie de nous arrêter, il subira le même sort que l'autre, tout à l'heure ! C'est compris ? »

Il y eut un grondement furieux tout autour d'eux, si fort que le sol trembla. Tatyana s'accroupit et découvrit ses crocs. Mais aucune attaque ne s'ensuivit. Les murs vivants se méfiaient.

« Prends son autre bras », ordonna Seth, et Kady

passa le bras de Justin autour de son épaule. « On y va. »

Seth se mit en route à une vitesse cruelle, arpentant places et avenues. Justin chancelait entre eux. Tournant autour du petit groupe, Tatyana bondissait à droite et à gauche, grognait sauvagement, les protégeait de son mieux. Les murs vivants restaient hors de vue, si l'on exceptait leurs rapides mouvements dans la nuit et cet horrible bruit de pierre broyée.

Ne pas s'arrêter, pensa Seth. Son dos et ses jambes souffraient sous le poids de Justin, mais il serra les mâchoires et ne ralentit pas. *Ne pas s'arrêter.*

Justin devenait de plus en plus lourd et les aidait de moins en moins. Même avec le soutien de Seth et de Kady, il n'arrivait pas à mettre un pied devant l'autre. Sa tête oscillait sur ses épaules, et ses yeux se fermaient tout seuls.

« Justin ! cria Seth. Reste avec nous ! Avance ! »

C'était impossible. Ses dernières forces l'avaient quitté. Ils le traînèrent dans une autre rue, mais leur marche était de plus en plus lente, et Kady ployait sous son poids.

« Eh, mec… murmura-t-il. Mec, arrête. Je suis fichu. Pose-moi par terre.

— Non ! cria Seth. Non ! Je…

— Pose-le », ordonna Kady, les yeux pleins de larmes.

Seth s'affaissa, vaincu. Quelque chose dans la voix

de son amie l'avait atteint. C'était sans espoir ; il le comprenait à présent. Il n'y avait plus rien à faire.

Il assit doucement Justin contre une colonne. La tête du garçon tomba en avant. Il luttait encore, conscient qu'il ne pourrait pas remporter cette bataille. Seth remarqua que les petits fragments de pierre recouvraient désormais son épaule, rencontrant ceux qui descendaient le long de son cou. Son ami se desséchait peu à peu, se changeait en pierre.

Seth fut envahi par une rage d'une intensité inconnue. Il était totalement impuissant. La frustration lui donnait envie de pleurer. Mais les larmes ne lui venaient jamais facilement ; il renfermait toujours ses émotions à l'intérieur.

« Je suis désolé, chuchota-t-il. Tellement désolé.

— De quoi ? souffla Justin.

— De t'avoir amené ici. C'est à cause de moi que tu… »

Justin l'interrompit d'un rire ressemblant davantage à une toux.

« Ne… ne te vante pas trop, mec. Je fais ce que je veux. Je suis ici… parce que j'en avais envie. » Il prit une inspiration sifflante. « Tu sais… ce qui m'attendait, chez moi ? Un frère criminel… un père qui me flanquait des raclées à la… à la moindre occasion… Pas d'éducation… Une vie entière… à essayer de joindre les deux bouts. » Il s'efforça de sourire. « On a vécu de sacrées aventures, ensemble, hein ? »

Seth prit sa main de chair et la serra dans la sienne. L'étreinte de Justin était terriblement faible.

Ce n'est pas possible. Ce n'est pas possible. Je ne veux pas que tu meures.

« Tu ne vas pas sortir les violons, hein ? marmonna Justin. Je n'aime pas les adieux. »

À quelques pas de là, Kady sanglotait. Tatyana frotta sa tête contre l'agonisant.

« Eh ben... Ça doit... ça va vraiment mal... si même le minet en conserve... me fait des mamours... »

Il cligna des yeux, puis les ferma et poussa un long soupir. Son menton tomba sur sa poitrine.

2

Seth demeura immobile. Il se sentait engourdi, paralysé, plus encore qu'après sa rencontre avec l'Omission. Son visage restait incrédule. Il attendait que Justin rouvre les yeux, se secoue, rigole de sa mauvaise blague. Mais ce n'était pas une plaisanterie. Justin ne plaisanterait plus jamais. Ne râlerait plus jamais.

Seth était si sonné qu'il ne prêtait aucune attention au bruit. Ce n'est que lorsque Kady poussa un cri qu'il détacha son regard du visage immobile de son ami.

« Quoi ? demanda-t-il, agressif.

— Marlowe ! C'est Marlowe ! Mon chat ! »

En effet, c'était lui. Marlowe, le chat qu'elle avait

recueilli chez ses parents. Un beau mâle gris moucheté, assis au milieu de la rue, miaulant à leur intention. Quand Seth leva les yeux, il leur tourna le dos et parcourut quelques mètres en courant, puis s'arrêta et leur lança un regard d'expectative par-dessus son épaule.

Kady s'essuya les yeux d'un revers de main.

« Il veut qu'on le suive ! »

Qu'on le suive où ? se demanda Seth. Soudain, un éclair de compréhension traversa son esprit. *La Reine des Chats !* Marlowe pouvait les conduire jusqu'à la Reine des Chats ! Ce qui signifiait...

« Justin ! » hurla-t-il. Il s'agenouilla devant son ami et le secoua. « Justin ! On peut trouver la Reine des Chats ! Ne lâche pas prise ! »

Justin ne se réveillait pas. Seth posa un doigt sur sa gorge. Le pouls battait encore, faiblement.

« Il n'est pas mort ! Il n'est pas encore mort ! Justin, réveille-toi. Réveille-toi ! »

Il termina sa phrase en lui assenant une grande gifle du côté qui ne s'était pas encore changé en pierre. Justin ne bougea pas tout de suite, puis son visage se tordit lentement en une grimace de douleur.

« Aïe ! se plaignit-il.

— Aide-moi à le relever ! » cria Seth à Kady. Elle se précipita vers lui, et ensemble, ils le remirent debout. « Mets-le sur mon dos !

— Il est trop lou...

— *Je m'en fiche !* »

Il s'agenouilla, et Kady poussa Justin avec effort, de manière à ce qu'il tombe sur son dos. Avec son bras de pierre, il pesait terriblement lourd. Seth attrapa ses jambes et se releva en haletant.

« C'est... un peu... mieux... murmura Justin.

— Accroche-toi. Ce n'est pas encore fini.

— Je crois... que je préférerais presque...

— Je suis sérieux, Justin. Si tu meurs, je te tue ! »

Ils suivirent le chat, aussi vite que possible. Marlowe avançait de quelques mètres, puis s'arrêtait pour vérifier qu'ils le suivaient et attendait qu'ils l'aient rattrapé avant de repartir.

Ensemble, ils traversèrent l'Acropole. Le grondement des murs vivants et les mouvements dans le noir ne cessaient pas, mais Seth ne leur prêtait aucune attention. Il se concentrait sur l'effort de mettre un pied devant l'autre. Après avoir réussi à soulever Justin, il s'était habitué au poids et avait décidé qu'il y arriverait. Mais ses muscles n'étaient pas de cet avis ; ses jambes tremblaient, et il sentait ses forces l'abandonner.

Toutefois, il refusait de s'arrêter. Quelles que soient les difficultés, et même s'il risquait de finir handicapé à la suite de cet effort, il continuerait. On pouvait obliger son corps à faire bien des choses quand on ne se souciait pas des conséquences.

Dents serrées, il continua.

Le voyage fut-il long, ou le parut-il seulement ? Seth ne songeait pas au-delà du prochain but immédiat. *Je dois juste aller jusqu'au tournant*, se disait-il. Une fois là, voyant qu'il y avait une autre rue devant lui, il se redisait : *Juste jusqu'au prochain tournant*. Et ainsi de suite.

« Tu es encore là ?

— Plus ou moins, dit Justin. Toi, ça va ?

— Je crois que tu es en train de me donner une hernie.

— Voilà à quoi ça sert d'avoir des potes ! »

Cependant, la voix de Justin était un peu plus forte, et Seth fut envahi par l'espoir. Il redoubla d'efforts. Même si la douleur dans ses jambes et son dos menaçait de le faire hurler, il augmenta l'allure.

Je… ne… m'arrêterai… pas !

Soudain apparut devant lui un fossé de pierre incrusté dans une rue, de la taille et de la profondeur d'une petite rivière. Le canal !

Quelques marches permettaient d'y descendre. Juste à côté était assis un chat noir qui lui était familier : Andersen. Seth aurait juré qu'en se posant sur le garçon qui lui avait volé ses souvenirs, le regard du chat se chargea de dédain.

Seth descendit les marches une à une, prenant bien garde à ne pas tomber en avant. Andersen les regarda passer, puis descendit à son tour d'un bond quand ils atteignirent le fond.

Dans ce renfoncement, on n'entendait plus le grondement des murs vivants. Seth suivait les deux chats et Kady ; Tatyana fermait la marche. Les muscles de ses jambes protestaient, le bas de son dos s'enflammait, et il avait l'impression que les os de sa colonne vertébrale rentraient les uns dans les autres. Il était si fatigué qu'il ne savait même plus où il était. Seule la douleur l'empêchait de s'endormir debout.

Un pied devant l'autre. Encore un pas. Encore un.

Devant lui se dressait un pont qu'il reconnut, avec un tunnel en dessous.

Je dois juste aller jusqu'à ce tunnel.

Il avançait toujours, pas après pas. Une fois devant le tunnel, il vit que le canal descendait légèrement dans le noir. C'était une pente douce, mais dans l'état où il était, cela accroissait terriblement ses difficultés. Tout le poids reposait sur ses cuisses, et il fallait qu'il contrôle le moindre de ses mouvements pour freiner.

Je dois juste descendre jusqu'en bas.

Il marchait comme en transe. Kady lui cria quelque chose, mais quoi ? D'après son ton, probablement des encouragements. Il faisait presque totalement noir, mais les deux lampes vertes des yeux de Tatyana montraient le chemin.

Enfin, une lumière apparut devant eux. Le sol redevint plat. C'était tellement plus facile ainsi que Seth aurait souri s'il en avait eu la force.

La route était fermée par une énorme grille ronde, semblable à celle d'un égout. Des plantes s'enroulaient autour. Les chats se glissèrent entre les barreaux et, derrière eux, la grille s'ouvrit avec un grincement. Seth fut heureux de ne pas devoir s'arrêter : il n'aurait probablement pas pu repartir.

Ils avancèrent encore, peut-être vingt mètres, peut-être cent. Il ne manquait plus que quelques pas avant la fin du tunnel.

Je dois juste arriver au bout.

Il y arriva. Et déboucha dans le temple de la Reine des Chats.

3

Le tunnel donnait sur une énorme pièce souterraine, de la forme d'un amphithéâtre grec, mais encore plus impressionnant. De grandes marches de pierre s'élevaient en demi-cercle ; de l'eau s'y écoulait en petits ruisseaux jusqu'à rejoindre un étang circulaire au centre. D'énormes arbres exotiques entouraient la pièce d'eau. Ils poussaient directement dans le sol de pierre, sans terre, sans soleil. De leurs branches pendaient des globes luisants. La lumière était également fournie par deux longs fossés pleins de charbons ardents, d'où montait une chaleur étouffante, et qui tintaient tout de rouge.

Et puis il y avait les chats. Des chats partout, de

toutes les sortes, de toutes les tailles, allongés sur les marches, buvant dans la marre, perchés sur les branches des arbres. La plupart étaient de races inconnues, parfois plus grands que des lions, mais jamais plus petits que des chats de gouttière. Il y avait là des chats longs et minces de la taille d'un guépard, avec une fourrure rouge et jaune flamboyante et une crinière épineuse. D'autres, blancs, dépourvus de poils, bondissaient de branche en branche comme des écureuils. D'autres, à l'instar des caméléons, ne pouvaient être discernés qu'en mouvement et devenaient invisibles quand ils restaient immobiles. D'autres encore, énormes et pourvus de longs crocs, évoquaient des félins préhistoriques – comme Tatyana.

Allongée devant l'étang, tel un sphinx noir, se trouvait leur reine.

Elle était gigantesque, mesurant peut-être trois mètres de haut une fois debout. On aurait dit une panthère, mais très mince, élégante, féminine. Ses yeux étaient d'un noir profond, encore plus obscurs que sa fourrure. Des métaux précieux ornaient son corps comme une armure magnifique : de l'or, de l'argent, des rubis. Elle portait des boucles d'oreilles, des bracelets et un collier qui aurait pu appartenir à un dieu aztèque. Elle avait été adorée autrefois et ne semblait pas l'avoir oublié.

Seth remarqua à peine tout cela. Il avança lentement, trop épuisé pour éprouver de la joie ou de la peur. Il tomba à genoux, et Kady l'aida à déposcr dou cement Justin sur le sol de la pièce. Toujours à genoux, incapable de se relever, il leva des yeux implorants vers la Reine des Chats.

« Aidez-le. S'il vous plaît. »

Justin était allongé par terre, les yeux fermés, et respirait à peine. La Reine des Chats se tourna vers Kady, comme si elle attendait quelque chose.

Il fallut quelques secondes à Kady pour comprendre. Elle s'agenouilla à côté de Seth.

« Je vous en prie. »

La Reine des Chats se leva lentement dans un tintement de métal précieux. Elle se pencha sur eux. Son énorme tête s'approcha de Justin, qu'elle renifla. Puis elle le souleva doucement dans son énorme patte et se mit à le lécher comme un chaton.

Seth regarda avec stupeur la langue rouge et râpeuse caresser le corps de son ami. Au début, il crut qu'elle allait le dévorer ; mais il s'aperçut bientôt qu'à chaque passage de la langue, des fragments de pierre se détachaient de la peau de Justin. Les morceaux de mosaïque tombaient par terre les uns après les autres.

Quand elle eut terminé, elle le reposa avec précaution. Le garçon avait le bras et le visage rouges et trempés de salive, mais il ne portait plus de trace de pierre.

Kady courut vers lui et prit sa tête dans ses bras.

« Justin ! Est-ce que ça va ? Justin ! »

Justin entrouvrit les yeux et fronça le nez.

« Pourquoi est-ce que je sens le thon ? » demanda-t-il.

Kady éclata de rire. Un sourire naquit sur le visage de Seth. Le soulagement fut trop fort pour lui. Il s'évanouit.

Trois sur six

1

Quand Seth se réveilla, il entendait la pluie et sentait une odeur de terre mouillée et de feuilles. Des hululements et des pépiements s'élevaient au loin. Le vent était froid sur sa peau ; il avait mal partout.

Il ouvrit les yeux et constata qu'il était installé sur un matelas de fortune, sous un surplomb rocheux au-delà duquel il pouvait voir la forêt. On l'avait enroulé dans des couvertures humides et étendu sur une sorte de civière faite de branchages et de toile.

Tatyana dormait à ses pieds. Justin et Kady, qui lui tournaient le dos, discutaient à voix basse en regardant tomber la pluie. Kady rit à une plaisanterie de Justin et lui décocha un coup de coude. Puis elle se tourna vers Seth, et son visage s'illumina.

« Seth ! Tu es réveillé ! »

Aussitôt, Tatyana se leva d'un bond et lui prouva sa joie par des coups de tête affectueux.

« Oui, oui, je suis réveillé ! grogna-t-il en essayant

de se défendre. Mais j'ai l'impression d'avoir été écrabouillé par un hippopotame. Justin, tu as quelques kilos en trop !

— Toi aussi ! répliqua l'autre en souriant. Tu as vu ce brancard sur lequel tu roupillais ? On a passé la nuit à transporter ta carcasse à travers la forêt ! »

Seth s'assit. Justin s'accroupit près de lui et lui tendit la main :

« Je te dois gros, mec. Tu m'as sauvé la vie. »

Seth prit sa main et la tira pour lui donner une accolade. Justin se raidit tout d'abord, puis se détendit et lui rendit son embrassade. Quand Seth le lâcha, il avait l'air gêné.

« Regarde, il rougit ! » se moqua Kady.

Justin toussota.

« Ces démonstrations entre hommes, c'est pas mon truc. Allez, à ton tour ! »

Kady se précipita sur Seth et lui passa les bras autour du cou. Seth la serra contre lui et cacha son visage dans son cou. Il avait soudain désespérément envie de la garder contre son cœur, de ne jamais plus la lâcher.

Elle recula, peut-être surprise par la force de son étreinte, et le regarda avec étonnement.

« Pourquoi sommes-nous ici ? » demanda Seth, la prenant de vitesse.

« On a dû filer de l'Acropole, répondit Justin. Les chats aussi. Ce n'était plus un endroit sûr. J'avais de la toile et des cordes dans mon sac, donc nous avons fabriqué un brancard avec les branches des gros arbres du temple. Les chats ont refusé de te prendre sur leur dos. Il paraît que ce serait *dégradant*.

— Ils ne nous portent pas dans leurs cœurs », renchérit Kady. Tatyana se frotta contre elle. « Sauf elle, bien sûr.

— Pourquoi ? Qu'avons-nous fait ?

— Nous avons trahi leur cachette. Apparemment, Grendel nous observait, la nuit dernière. C'est la Reine des Chats qui nous l'a dit. Tall Jake sait donc que nous sommes venus à l'Acropole à sa recherche. Il va envoyer ses troupes démolir la ville dans l'espoir de la trouver. Ils sont probablement déjà là.

— Grendel nous regardait ? Je ne... je ne m'en suis pas rendu compte. D'un autre côté, toute la ville me faisait une drôle d'impression...

— Sûrement la magie qui flottait dans l'air. Cela dit, je suis étonnée que les murs vivants n'aient pas averti Tall Jake de la présence de la Reine des Chats avant notre arrivée. »

Justin haussa les épaules :

« Pourquoi ? Ce sont des monstres. Si ça se trouve, ils ne peuvent pas parler. Et Tall Jake n'a sûrement pas remis les pieds ici depuis qu'il a jeté un sort sur l'Acropole.

— La Reine des Chats a donc été contrainte d'abandonner son temple ? demanda Seth.

— Exact.

— Par notre faute ?

— Exact.

— Oh.

— Elle veut te voir dès ton réveil.

— Je peux petit-déjeuner, d'abord ?

— Ce sera déjà bien si ce n'est pas *nous*, le petit déjeuner, lança Justin.

— Il vaut mieux ne pas la faire attendre, dit Kady. Elle est un peu… hautaine. C'est une reine, tu sais. Très "prosternez-vous devant moi".

— Je n'aime pas ça, se plaignit Justin. Je n'ai envie de m'agenouiller devant personne.

— Eh bien, tu vas le faire quand même, car nous avons besoin d'elle, et elle t'a sauvé la vie, après tout ! » répondit sévèrement Kady.

Seth essaya de s'asseoir, mais un spasme dans le dos lui coupa le souffle.

« Avant de m'agenouiller, il va falloir que je réussisse à me relever ! »

2

La Reine des Chats et son escorte s'étaient abritées de la pluie dans une grotte dont l'entrée était dissimulée par du lierre et des buissons. Même dans ce cadre rustique, la Reine avait réussi à s'entourer d'un peu de luxe : des veines de métal luisant rayaient les parois de la caverne et réfléchissaient la faible lumière de l'après-midi. La Reine était assise dans une pose royale, entourée de dizaines de chats de toutes les tailles et de toutes les races. Des tigres argentés aussi grands que des chevaux montaient la garde devant elle.

Kady, Seth, Justin et Tatyana se frayèrent un chemin parmi les félins. Des mouvements paresseux agitaient la pénombre. Les animaux faisaient leur toilette, bâillaient, se déplaçaient nonchalamment. Seth aperçut Andersen et Marlowe qui ne les quittaient pas des yeux. Il comprit soudain ce qu'une proie devait ressentir devant un fauve : une atmosphère de danger presque désinvolte flottait dans l'air, comme si les chats risquaient de mettre leurs visiteurs en pièces à tout moment, pour peu qu'ils daignent s'en donner la peine.

La Reine des Chats les regardait froidement s'approcher. Les gardes les laissèrent passer. Seth vit le bibelot contenant le Fragment juste à côté de l'une de ses énormes pattes.

« Vous le lui avez donné ? chuchota-t-il à Kady.

— Elle l'a pris. Ce n'est pas comme si j'avais pu l'en empêcher. »

Tatyana se coucha sur le sol devant la Reine, dans une position de soumission. Kady et Justin s'agenouillèrent, avec une moue peu enchantée de la part de ce dernier. Seth se baissa avec effort sur un genou : il était raide comme une poutre, et ses cuisses lui faisaient souffrir le martyre.

Une voix résonna dans leur tête. Elle était douce, comme un ronronnement, mais teintée d'un vague mépris. Les mots semblaient pénétrer directement dans leur esprit sans passer par leurs oreilles.

« La fin a commencé. Et c'est vous qui l'avez commencée. »

Voyant que personne d'autre ne répondait, Seth prit la parole :

« Nous ne voulions pas montrer votre repaire à Tall Jake. Vos chats, Andersen et Marlowe, nous ont aidés. Nous avons pensé…

— *Oui, j'ai eu la bonté d'envoyer mes soldats vous aider. Celui que vous appelez Andersen, en particulier, est l'un de mes plus loyaux sujets. Il a traversé de nombreux royaumes et de nombreuses histoires. »* Elle les regarda avec une froideur accrue : *« Mais cela ne signifie pas que je souhaitais que vous veniez.*

— Dans ce cas, pourquoi les avez-vous envoyés nous guider dans l'Acropole ? »

Seth se demanda fugitivement s'il aurait dû faire preuve de plus de révérence, mais il ignorait comment on devait s'adresser à une reine.

« Quand je les ai envoyés, vous aviez déjà été vus. Et vous étiez en possession du Fragment. Il vaut mieux que ce soit moi qui le garde.

— Mais Marlowe m'avait déjà aidé avant. Il m'a conduit vers le Fragment, à Hathern.

— *Il a attendu jusqu'à ce que Tall Jake et ses alliés se convainquent que tu ne représentais aucune menace et que tu avais perdu la mémoire. Ensuite, en effet, il t'a conduit vers le Fragment. Nous espérions que tu nous le rapporterais discrètement. Mais le Fragment a répondu au pouvoir de l'Omission que tu portais en toi et s'est ranimé. Tall Jake a senti l'éveil de son ancien ennemi et t'a poursuivi. Par la suite, sachant que tu étais en possession du Fragment, il a suivi ta trace. Je voulais qu'on me l'apporte, mais me mettre directement en contact avec toi était trop dangereux : je craignais que tu ne conduises Tall Jake vers moi. Ce qui est précisément ce qui s'est passé.* »

Seth fit la grimace.

« Désolé. » Il passa la main dans les cheveux. « Vous savez comment l'utiliser ? »

Elle eut un petit rire supérieur.

« Si tu veux savoir par là si je suis capable de libérer le Fragment de sa prison, la réponse est oui. Mais personne "n'utilise" le Fragment. C'est une force incontrôlable.

— Quand allez-vous le libérer, alors ?

— Quand le moment sera venu. Le Fragment rêve de vengeance, et il n'est pas réputé pour être raisonnable. Il se lancerait immédiatement contre Tall Jake. Je ne le délivrerai que lorsque nous serons tous prêts.

— C'est-à-dire ?

— Quand nos forces se seront rassemblées, nous affronterons Tall Jake sur le champ de bataille. »

Justin leva la tête, un sourcil arqué.

« Vous quoi ? » demanda-t-il avec brusquerie. Les gardes de la Reine se mirent à gronder ; il s'éclaircit la voix et se corrigea avec un regard nerveux : « Vous quoi, *Majesté* ?

— Tu n'es pas sortable ! » chuchota Kady, furieuse.

La Reine des Chats se déplaça légèrement à la recherche d'une meilleure position. Le sol de la grotte n'offrait pas le confort auquel elle était habituée.

« *Doigt de Corbeau est mort, et le Stropiat a disparu. Mais avec mon armée de chats, les adorateurs de l'Omission, le Fragment et les quelques combattants que vous pourrez rassembler, nous avons une chance de reconquérir ce royaume. Certes, les chats n'ont pas l'habitude de collaborer avec d'autres ; mais vous ne m'avez pas laissé le choix. Séparément, nous faillirons. Ensemble, peut-être pas.*

— L'Omission ? répéta Seth. Comment la trouverez-vous ?

— *Oh, elle nous écoute en ce moment même.* » La Reine des Chats leva la tête. « *N'est-ce pas, ma chère ?* »

Seth sentit la température de la grotte s'abaisser brusquement. Les cheveux se dressèrent sur sa nuque. Les ténèbres s'épaissirent ; une ombre traversa la caverne, révélant l'Omission.

Il reconnut en elle la statue qu'il avait admirée dans le temple au fond des Oubliettes. Sa peau était argentée et émettait une lumière froide semblable à celles des étoiles lointaines. Ses pupilles blanches évoquaient la glace de l'hiver. Ses cheveux épais, noirs, étaient rassemblés derrière une coiffe de plumes. Elle était vêtue comme une chasseresse, et armée de l'arc élégant que Seth avait utilisé pour détruire le Monstremort.

« OUI, J'ÉCOUTE », confirma-t-elle d'une voix ressemblant à un vent dans des stalactites.

La Reine des Chats la regarda avec sévérité.

« Tu m'as causé de sérieux désagréments.

— IL FALLAIT QUE QUELQU'UN TE FORCE LA MAIN. SANS CELA, TU N'AURAIS JAMAIS AGI.

— *Tu as donc utilisé ces enfants ? »*

L'Omission eut un petit sourire, comme s'il s'agissait d'une plaisanterie qu'elle aurait été la seule à comprendre.

« OH, JE LEUR AI À PEINE DONNÉ UN COUP DE POUCE ICI ET LÀ. ILS SONT REMARQUABLEMENT PLEINS DE RESSOURCES. SURTOUT CELUI-CI, LE COMBATTANT QUE JE ME SUIS CHOISI. »

Elle s'approcha de Seth et posa sa main sur son épaule. Un froid intense envahit peu à peu tout le corps du garçon. Quand elle retira sa main, le froid disparut, et avec lui les douleurs et courbatures qu'il avait récoltées la veille.

« LEVEZ-VOUS TOUS, ordonna-t-elle. JE NE RESSENS PAS LE BESOIN DE FORCER MES SUJETS À S'AGENOUILLER POUR ME SENTIR SUPÉRIEURE. »

La Reine des Chats gronda sourdement sous l'insulte, et l'atmosphère de la grotte se tendit. Cependant, personne ne contredit l'Omission. Ils se levèrent donc. Seth était ahuri de ne plus sentir ses muscles protester à chaque mouvement.

« Que m'avez-vous fait ?

— JE T'AI ÔTÉ TA DOULEUR. C'EST LÀ MA FONCTION, MON

GARÇON. JE SUIS LE VIDE, LE CHAGRIN, LE DÉSERT, LE NÉANT. J'ASPIRE LA DOULEUR ET JE LA GARDE EN MOI. C'EST LÀ CE QUE J'AI À OFFRIR À MES SUJETS : LA GUÉRISON. »

La Reine des Chats ricana.

« Faites attention. Elle prend d'abord votre douleur, et vous prendra ensuite tout entier. »

Seth secoua la tête.

« Ce n'était pas ma question. Je voulais savoir ce que vous m'avez fait la dernière fois, dans votre temple. Depuis, j'ai… d'étranges pouvoirs.

— CES POUVOIRS NE T'APPARTIENNENT PAS. CE SONT LES MIENS. JE ME CACHAIS EN TOI. » Elle posa la main sur la poitrine de Seth, au-dessus de son cœur. « LÀ-DEDANS. »

Seth la regarda sans comprendre.

« TALL JAKE EST PUISSANT, ET MA DERNIÈRE BATAILLE CONTRE LUI M'A CONSIDÉRABLEMENT AFFAIBLIE. J'ÉTAIS FORCÉE DE ME TERRER DANS MON TEMPLE EN RUINE, À L'INTÉRIEUR DE MA STATUE, SOUS LA SURVEILLANCE DU MONSTREMORT. JUSQU'À CE QUE TU ARRIVES. »

Elle le regarda dans les yeux. Elle était très belle, comme une sculpture, et il sentait le poids de son regard. Il ressentait le désir de lui plaire. Mais il y avait également en elle quelque chose de terriblement inhumain qui l'effrayait.

« JE ME SUIS CACHÉE EN TOI, ET TU M'AS DÉLIVRÉE DE MA PRISON. JE SUIS RESTÉE AVEC TOI DEPUIS. IL ÉTAIT TROP DANGEREUX POUR MOI DE ME MONTRER À L'AIR LIBRE, ET JE

SAVAIS QUE TALL JAKE NE ME DÉCOUVRIRAIT PAS TANT QUE JE ME CACHERAIS DANS UN AUTRE CORPS.

— C'était vous ? Ce… ce que je sentais, la manière dont j'ai arraché Justin à la mosaïque… c'était vous ? » Soudain, il sentit la colère monter en lui. « C'est vous qui m'avez montré ce qui se trouvait dans l'esprit d'Andersen, pas vrai ? La route à suivre dans l'Acropole. Vous vouliez que je montre la cachette de la Reine des Chats à Tall Jake !

— J'ÉTAIS AVEC TOI, SETH. JE TE SURVEILLAIS ET T'AIDAIS.

— Vous ne m'avez pas beaucoup aidé quand cette goule a essayé de me dévorer, dans la gare de triage ! »

Elle pencha légèrement la tête sur le côté et le regarda avec amusement, comme un enfant en train de faire un caprice. Il eut honte.

« DANS VOTRE MONDE, NOUS AVONS PEU DE POUVOIR, CAR PEU DE GENS CROIENT EN NOUS. JE NE POUVAIS PAS INTERVENIR.

— Je ne comprends pas, intervint Kady. Quel est le rapport avec les gens qui croient en vous ?

— LA FOI CONSTITUE UNE PUISSANCE REMARQUABLE QUI PEUT FAIRE PRENDRE CORPS À L'IMAGINAIRE.

— Expliquez-vous, exigea Justin. Avec des mots simples, si possible.

— TRÈS BIEN. MAIS LA REINE DES CHATS FERAIT MIEUX DE SE BOUCHER LES OREILLES. ELLE PRÉFÈRE CROIRE À L'ILLUSION PLUTÔT QU'À LA RÉALITÉ. ELLE PENSE QUE MALICE A TOUJOURS EXISTÉ, ET QUE VOTRE MONDE VIT SIMPLEMENT DE MANIÈRE PARALLÈLE AU NÔTRE. ELLE A TORT.

— *J'ai déjà entendu tout ce que tu vas dire*, déclara froidement la Reine des Chats. *Et ce sont encore et toujours des mensonges.* »

L'Omission rejeta la tête en arrière et rit.

« JE VOIS QUE TU N'AS PAS CHANGÉ. TRÈS BIEN. ÉCOUTE DONC. PEUT-ÊTRE APPRENDRAS-TU QUELQUE CHOSE MALGRÉ TOUT. »

Elle se tourna vers les adolescents. Seth sentit son sang refroidir lorsqu'il croisa son regard.

« NOTRE MONDE DÉBUTA AVEC GRENDEL. LUI, ET LUI SEUL. J'IGNORE D'OÙ IL VIENT. J'IGNORE CE QU'IL EST EXACTEMENT. J'IGNORE S'IL FAUT LE QUALIFIER DE DIEU OU DE DÉMENT. MAIS IL POSSÈDE UN ESPRIT EXTRAORDINAIRE. UN ESPRIT QUI PEUT CONSTRUIRE UN MONDE ET EN REPRÉSENTER LE MOINDRE DÉTAIL AVEC UNE PRÉCISION ÉTONNANTE. IL DESSINA, PEIGNIT, CROQUA, ESQUISSA PENDANT SI LONGTEMPS. FINALEMENT, LE MONDE QU'IL AVAIT IMAGINÉ FUT SI PARFAIT, ET IL Y CRUT AVEC UNE TELLE CONVICTION, QUE CELUI-CI DEVINT RÉEL. CE MONDE PRIT CORPS ET ÉCHAPPA À SON CONTRÔLE. »

La Reine des Chats posa la tête entre ses pattes.

« *Mensonges*, dit-elle simplement. *Ce monde naquit dans le sein de la Première Chatte.*

— AVEZ-VOUS LA PREUVE QUE CETTE PREMIÈRE CHATTE EXISTE ?

— *Je n'ai pas besoin de preuve. J'y crois.*

— PUISQU'IL N'Y A AUCUNE PREUVE EN FAVEUR DE L'UNE NI DE L'AUTRE, POURQUOI CROIRE TA VERSION PLUTÔT QUE LA MIENNE ?

— *Parce que la mienne est correcte.*

— ET MOURRAIS-TU POUR CETTE PREMIÈRE CHATTE ? TUERAIS-TU POUR ELLE, SI ELLE TE LE DEMANDAIT ?

— *Bien entendu. Sans hésiter.* »

L'Omission se tourna vers son auditoire :

« VOUS VOYEZ À QUEL POINT LA FOI PEUT ÊTRE DANGEREUSE. »

La Reine des Chats découvrit les crocs, mais ne dit rien d'autre.

« Mais… et Tall Jake ? demanda Kady. Il existe pour de vrai, non ? Je l'ai entendu parler dans notre monde !

— QUAND TALL JAKE NOUS LIVRA COMBAT ET CONQUIT MALICE, IL N'EUT BIENTÔT PLUS QU'UNE OBSESSION : COMPRENDRE D'OÙ IL VENAIT. IL ÉTAIT LE MAÎTRE DE CE ROYAUME, MAIS SE SENTAIT ENCORE À LA MERCI DE QUELQU'UN D'AUTRE. IL UTILISA DONC SES CONNAISSANCES ET SON ART DE LA SORCELLERIE POUR RENCONTRER SON CRÉATEUR. » Elle leva un sourcil ironique. « D'APRÈS MES ESPIONS, IL FUT PASSABLEMENT DÉÇU.

— Mais comment est-il possible qu'un être imaginaire apparaisse dans le monde réel ?

— POSSIBLE OU IMPOSSIBLE, C'EST CE QUI ARRIVA. TALL JAKE APPARUT DANS LE GRENIER DE CROUCH HOLLOW. J'AI CRU COMPRENDRE QU'IL SORTIT DE SON PROPRE PORTRAIT. À L'ÉPOQUE, CE N'ÉTAIT QU'UNE OMBRE, UN FANTÔME QUI HANTA LE GRENIER JUSQU'À CE QUE SCRATCH LE TROUVE.

— Scratch, murmura Seth. Ce tas de lard zozotant. Un jour, je lui rentrerai dedans.

— TALL JAKE AVAIT BESOIN DE CROYANTS. PLUS IL Y AVAIT DE GENS QUI LE CRAIGNAIENT, PLUS SON POUVOIR S'ACCROISSAIT. ICARUS SCRATCH COMPRIT QU'UNE RUMEUR BIEN DIRIGÉE POURRAIT S'AMPLIFIER JUSQU'À DEVENIR RÉALITÉ. ILS CONCLURENT DONC UN MARCHÉ. ILS PRIRENT POUR CIBLE LES JEUNES, CAR LEURS ESPRITS SONT BIEN PLUS OUVERTS QUE CEUX DES ADULTES. LES ENFANTS ONT BESOIN DE CROIRE. VOILÀ COMMENT NAQUIT LA BANDE DESSINÉE.

— Mais pourquoi enlève-t-il des adolescents ?

— PARCE QUE SANS CELA, PERSONNE NE S'INTÉRESSERAIT À CETTE HISTOIRE. SI MALICE N'ÉTAIT QU'UNE BANDE DESSINÉE DE PLUS, QUI S'EN SOUCIERAIT? OR, C'EST UN LIVRE DANGEREUX. UN SECRET TERRIBLE. UN TERRITOIRE INTERDIT. SCRATCH A COMPRIS QUE CELA PASSIONNERAIT LES LECTEURS DE VOIR DES GENS RÉELS LUTTER POUR SURVIVRE. SINON, CE N'AURAIT ÉTÉ QU'UNE BANDE DESSINÉE PARMI D'AUTRES, ET ELLE AURAIT ÉTÉ BIEN VITE OUBLIÉE. »

Seth était horrifié.

« Vous voulez dire que si les gens n'aimaient pas autant voir les malheurs des autres, Tall Jake n'agirait pas ainsi ? »

L'Omission ne lui répondit que par un petit sourire.

Seth n'arrivait pas à en croire ses oreilles. Tous ces adolescents morts uniquement pour nourrir l'appétit des lecteurs de *Malice*... La tête lui tournait.

« Le rituel... lança-t-il faiblement.

— AH, OUI. UN INGRÉDIENT POUR CHACUN DES SIX. UNE PLUME DE CORBEAU POUR DOIGT DE CORBEAU, UNE BRINDILLE

POUR LE STROPIAT, DES POILS POUR LA REINE DES CHATS. »
La Reine plissa les yeux en signe d'agacement. « MOI, C'EST LA LARME, POUR LA PERTE ET LE CHAGRIN. TALL JAKE A BESOIN D'UNE MÈCHE DE CHEVEUX POUR LOCALISER SES VICTIMES. ENFIN, LE FEU REPRÉSENTE LE FRAGMENT, LE GRAND DESTRUCTEUR.

— Mais pourquoi ce rituel ? Que signifie-t-il ?

— RIEN.

— Rien ?

— LE RITUEL FAIT PARTIE DE LA FOI. IL LUI CONFÈRE UN ORDRE, UNE LOGIQUE. IL LA REND GRAVE, IMPORTANTE, PUISSANTE. DU MOMENT QU'ON FAIT LE RITUEL, INUTILE DE SE DEMANDER CE QU'IL SIGNIFIE RÉELLEMENT ; CE QUI COMPTE, C'EST QU'IL A L'AIR DE SIGNIFIER QUELQUE CHOSE. »

Seth n'en pouvait plus. On aurait dit une mauvaise plaisanterie. Scratch s'était joué d'eux en véritable expert. Il savait exactement quoi faire pour attirer le lectorat. Cette simple idée le rendait furieux.

« Que se passera-t-il si nous ne faisons rien ? interrogea Kady.

— TALL JAKE SERA BIENTÔT ASSEZ FORT POUR ENVAHIR VOTRE MONDE AVEC SON ARMÉE. TOUT CE QUE VOUS AIMEZ SERA DÉTRUIT. » Il y avait une étrange note de plaisir dans sa voix, d'attirance pour cette désolation. Elle se tourna vers Kady. « Y COMPRIS TES PARENTS. »

Kady pâlit. Elle baissa les yeux. Quand elle parla, sa voix était douce, mais ferme.

« Que devons-nous faire ?

— *Retournez parmi les vôtres,* ordonna la Reine des Chats. *Passez le mot à tous ceux qui s'opposent à Tall Jake. Ils sont nombreux. Dites-leur qu'une bataille aura bientôt lieu, et que s'ils ne se joignent pas à nous, ils ne connaîtront jamais d'autre occasion.*

— Et vous croyez que Tall Jake se battra contre nous ? demanda Seth. Quand et comme nous le voudrons ?

— *Il y sera contraint. Nous prendrons pour cible la Maison des Morts, le siège de son pouvoir. Il ne peut pas y renoncer.*

— Vous nous préviendrez le moment venu ? demanda Kady.

— *Je vous enverrai Andersen. Il vous dira où aller.*

— Il ne parle pas ! objecta Justin. Comment va-t-il nous le dire ? En langue de chat ? »

La Reine des Chats soupira et reposa sa tête sur ses pattes.

« Allez-vous-en, étranges petites créatures. Vous me fatiguez. L'un de mes sujets vous guidera vers la lisière de la forêt. »

Ils étaient congédiés. Ils retraversèrent la cave au milieu des félins, et se dirigèrent vers leur camp de fortune.

« En langue de chat », répéta Seth en secouant la tête.

Les deux garçons éclatèrent de rire, et Kady leva les yeux au ciel.

LA MAISON DES MORTS

Préparatifs

1

Pendant le long trajet du retour, ils furent plus silencieux que d'habitude. Chacun était plongé dans ses propres pensées. Quand ils parlaient, c'était surtout au sujet de la bataille à venir. Comment se déroulerait-elle ? Comment pourraient-ils y contribuer ? Ils n'étaient pas soldats. Kady déclara qu'elle ne laisserait Ravage s'en mêler que s'ils trouvaient un moyen de se défendre contre les régulateurs et les monstres de la Maison des Morts. Justin manifesta sa hâte de se castagner. Seth ne dit pas grand-chose.

Il songeait à ce qui se passerait ensuite. Kady semblait avoir oublié ce qu'elle avait dit pendant leur nuit à l'Acropole ; pas lui. Elle voulait rentrer à la maison. Pas de négociation. Elle ne lui avait même pas demandé ce qu'il en pensait. C'était bien Kady, résolue, obstinée.

Cela le blessait profondément. Pourquoi ne comprenait-elle pas à quel point leur vie habituelle était ennuyeuse ? Pourquoi l'idée de se lever tous les matins à la même heure, d'aller jour après jour en cours ou au travail, ne lui pesait-elle pas ? À Malice, inutile d'avoir des bonnes notes, de faire carrière. Malice était un monde plein de surprises, de merveilles, de dangers, contrairement au leur.

Néanmoins, elle voulait partir. Il avait du mal à l'avaler. Il lui en voulait de l'obliger ainsi à choisir entre elle et Malice.

Ils avaient laissé le Fragment chez la Reine des Chats. Seth était content de s'en être débarrassé. Ils avaient fourni une arme puissante aux ennemis de Tall Jake ; quoi qu'il arrive à présent, ils auraient au moins mené cette tâche à bien. Ils avaient marqué un point.

Cependant, ce n'était pas terminé. Ce ne serait pas terminé tant qu'ils ne viendraient pas à bout de Tall Jake, tant que les lecteurs de la bande dessinée seraient encore en danger, tant qu'il y aurait d'autres morts comme celle de Luke.

Il pensait aussi à Alicia. Avait-elle reçu son appel ? Avait-elle agi ? Probablement pas. Il avait apprécié sa compagnie, mais c'était une fille disciplinée, qui ne faisait rien de dangereux ou d'interdit. Elle s'était certainement empressée d'effacer son message aussitôt après l'avoir écouté.

Ils suivirent leur nouveau guide – un jaguar – à travers la jungle. La marche était pénible, et ils devaient parfois se frayer un chemin à la hache. Justin plaisantait au sujet de Nabot : les attendait-il encore, avait-il tourné les talons dès qu'ils avaient disparu ? Dans un cas comme dans l'autre, ils avaient économisé la moitié du salaire promis. Cette idée le réjouissait.

Seth, lui, ne se réjouissait de rien. Il éprouvait une étrange sensation de perte. À cause de Kady ? À cause de la fin proche ? Ou y avait-il une autre raison ? Il avait porté l'Omission en lui pendant des mois, et à présent, elle l'avait quitté. Plus de sixième sens, plus de soudaines flambées d'énergie. Il avait l'impression qu'on lui avait ôté quelque chose. Son beau visage froid dansait devant ses yeux comme un portrait.

Étrangement, elle lui manquait.

2

Ils furent reçus avec joie à la Bathysphère. Nombreux étaient ceux qui avaient craint de ne jamais les revoir. Justin eut beaucoup de succès avec son histoire d'attaque de mosaïque, et fut ravi de susciter l'attention. Quelques filles commençaient même à le trouver intéressant depuis qu'il avait frôlé la mort.

Une fois l'excitation passée, la réalité se rappela à eux. La plupart avaient hâte de s'attaquer à Tall Jake, même si certains étaient secrètement terrifiés. En compagnie de Dylan et de Scotty, Kady se prépara à contacter les autres groupes de rebelles. Dylan était convaincu que la nouvelle réjouirait tous ceux qui rêvaient de vengeance contre Tall Jake. Tout le monde à Malice avait perdu au moins un ami emmené à la Maison des Morts, un parent tué par un régulateur. Tout le monde avait connu quelqu'un dans un village rasé et détruit. Tall Jake s'était fait de nombreux ennemis.

« Mais comment pouvons-nous nous battre ? demanda Kady.

— On ne peut pas vraiment aller à la guerre armés de bâtons, ajouta Justin.

— Venez voir, dit Dylan. J'ai quelque chose à vous montrer. »

Dylan, Kady et Justin s'enfoncèrent dans les profondeurs de la Bathysphère. Dylan ouvrit une porte pressurisée et les fit entrer dans une petite pièce.

« Voici ma salle du trésor ! » annonça-t-il.

Kady demeura bouche bée. La pièce était remplie de toutes sortes d'objets. Des casques de régulateurs, des armures visiblement non conçues pour des êtres humains, des morceaux de métal. Des automates, des cylindres à vapeur, des machines démontées. Des gamelles, des boîtes de conserve sur des étagères, des cartons empilés contre les murs.

« Où as-tu trouvé tout ça ? » s'écria Justin en se précipitant à l'intérieur, son âme de mécanicien au septième ciel.

« Échangé, acheté, mendié, volé, déclara fièrement Dylan. Ça fait un bail que j'ai des contacts avec les gangs des environs, et il y a plein de marchands en ville. Il suffit de leur apporter ce qu'ils veulent, et ils vous donnent ce que vous voulez. Fastoche.

— Donc, quand les régulateurs viendront nous massacrer, nous les arrêterons… en leur lançant des morceaux de ferraille à la figure ? hasarda Kady.

— Eh, ce n'est pas de la ferraille ! » protesta Justin en se redressant brusquement derrière un tas de pignons et d'embrayages.

« Tu te souviens des crameurs que nous avons utilisés au Terminus ? demanda Dylan. Ce n'étaient pas nos seules armes. On a attaqué et dévalisé un train de marchandises, il y a quelques mois. On y a trouvé plein de choses.

— Je me rappelle ! s'exclama Justin. Vous aviez fait sauter les rails. C'est à ce moment-là que la circulation a été bloquée. J'étais à la Tour de l'Horloge avec Seth, à l'époque. »

Dylan haussa les épaules.

« Peut-être. En tout cas, nous avons trouvé ça. »

Il prit quelque chose accroché à un mur. On aurait dit une lance médiévale, mais plus courte et sans extrémité pointue. Faite de métal sombre, elle était reliée par des câbles à un gros cube muni de bretelles visiblement destiné à être porté sur le dos.

« C'est quoi ? Un lance-flammes ? demanda Justin, plein d'espoir.

— Malheureusement, non. Ce sont des lances électriques. Il y en a douze en tout, ce qui correspond à peu près au nombre de membres de Ravage qu'on peut lâcher sur un champ de bataille. Les autres feraient mieux de rester ici, à mon avis.

— À quoi ça sert ? » demanda Justin.

Il enfila un sac sur le dos, ramassa une lance et examina la gâchette qui pointait sous la poignée.

« Ça envoie une décharge électrique qui assomme.

— Pour combien de temps ?

— Pendant l'attaque du train, un garçon s'est tiré sur le pied sans le faire exprès. Il est resté évanoui pendant environ vingt-quatre heures.

— Pourquoi ne nous en sommes-nous pas servis au Terminus ? l'interrogea Kady.

— Ce ne sont pas des armes très discrètes, tu sais. Pas exactement le genre de truc que tu peux planquer sous tes vêtements.

— Je n'arrive pas à croire que tu ne m'aies pas parlé de tout ça avant ! »

Dylan haussa les épaules.

« Tu préparais ton voyage à l'Acropole. Ça ne m'est pas venu à l'idée. »

Il y eut soudain un éclair accompagné d'un sifflement assourdissant. Kady et Dylan sursautèrent et se protégèrent les yeux. Quand ils osèrent regarder ce qui s'était passé, ils virent une caisse étinceler d'énergie bleutée. Justin était en train de reposer la lance délicatement.

« Oups ! Bon, au moins, maintenant, on sait qu'elles fonctionnent ! »

3

Kady passa quinze jours à sillonner Malice en compagnie de Dylan pour battre le rappel des rebelles. Quand elle revenait, c'était uniquement pour la nuit, et elle se consacrait alors à vérifier l'avancement des préparatifs. Seth la vit très peu pendant cette période. Il passait tout son temps avec Justin, le moral à zéro.

Il lui fallut plusieurs jours avant de comprendre pourquoi il était ainsi abattu. Au début, il crut que c'était dû à la crainte de la bataille. Certes, il fallait bien admettre que cette perspective l'effrayait ; mais ce n'était pas la raison de sa déprime. La perte de l'Omission, cette impression qu'il lui manquait quelque chose ? Non. L'attitude de Kady ? Même cela n'expliquait pas tout.

Ce fut finalement Justin qui mit le doigt dessus :

« Mec, tu as le cafard parce que tu as peur que ça s'arrête. Tu voudrais que tout reste comme avant. Qu'est-ce qui se passera si on bat Tall Jake ? »

Ils étaient assis dans un petit laboratoire de la Bathysphère. Justin se tenait devant son établi tandis que Seth, assis sur le rebord d'une fenêtre, regardait les poissons du lac. Justin avait pris l'habitude d'emprunter des objets cassés au « trésor » de Dylan et d'essayer de les réparer.

« Effectivement, que se passera-t-il ? demanda

Seth. Ils arrêteront de faire la BD. Plus de BD, plus de gens qui croient en Malice. S'il n'y a plus de lecteurs, est-ce que Malice va disparaître ?

— Je ne suis pas un savant, mais l'Omission nous a dit que Malice existait *avant* la bande dessinée. C'est Grendel qui a créé cet univers. Alors bon, si Grendel mourait, là je ne sais pas ce qui se passerait ; mais à mon avis, Malice ne peut pas disparaître comme ça. Ce monde existe, maintenant. Pour de bon. Tu vois ce que je veux dire ? »

Seth hocha la tête, sans conviction. À présent qu'il avait trouvé sa place, il ne supportait pas l'idée que tout s'arrête. Il redoutait l'avenir.

Scotty prit en charge l'entraînement des lanciers. Personne ne savait quel serait leur rôle dans la bataille, mais autant être prêts à tout. Comme l'avait dit Dylan, il n'y avait que douze membres de Ravage sur lesquels on pouvait réellement compter, y compris Kady, Seth, Justin et Scotty lui-même. Tatyana se joindrait à eux, bien sûr. Les autres étaient trop jeunes, trop peureux, ou trop chétifs pour pouvoir courir avec une énorme batterie sur le dos.

Scotty les entraîna pendant des heures, jusqu'à ce que sa batterie soit à plat et qu'il doive la recharger au générateur de la Bathysphère. Ça valait mieux que de ne rien faire.

Kady allait et venait, mais un fossé s'était creusé entre elle et Seth. Elle était très occupée. Elle ne lui proposa pas de l'accompagner dans ses expéditions, et il ne le lui demanda pas. Tous deux sentaient que quelque chose les séparait, et ils ne voulaient pas s'appesantir là-dessus.

Un jour, Andersen arriva. Il apportait un message dans son collier. Scotty le prit, le lut, puis hocha gravement la tête.

Le moment était venu.

Avant l'aube

1

Plusieurs jours plus tard, Seth était assis sur une corniche, face à une plaine ravagée et desséchée au centre de laquelle se dressait la Maison des Morts.

L'aube poignait et le ciel virait au bleu, mais les étoiles brillaient encore et la lune regardait Malice de son visage vide et idiot. Une brume jaunâtre s'était levée pendant la nuit, écrasant la plaine sous un manteau épais empestant l'œuf pourri. Parfois, un souffle de vent agitait le brouillard, et on pouvait distinguer des ombres remuantes dessous.

Sous la protection des nuages, l'armée de Tall Jake se rassemblait.

La Maison des Morts pointait hors de la brume. C'était une construction noire et tentaculaire de fer, d'acier, de tuyaux. Une usine monstrueuse crachant de la fumée par ses nombreuses cheminées. Elle avait été édifiée sur plusieurs niveaux, avec plusieurs bâtiments reliés entre eux par des ponts. Un énorme mur de métal l'entourait. Une lueur d'un rouge profond en irradiait : l'éclat de nombreux feux que l'on devinait à travers les fissures de la carapace. Le toit était hérissé de canons.

On aurait dit la forge du diable.

La corniche sur laquelle était assis Seth s'étendait au pied d'une série de collines à moitié affaissées. Quelque part derrière lui, l'armée attendait. Une armée de chats, d'humains et de Sorcis, le peuple de l'Omission. En tout, des milliers de personnes. Trop pour pouvoir attaquer Tall Jake par surprise : ses espions avaient eu vent de leurs préparatifs. Assez pour le vaincre ? En regardant la Maison des Morts, Seth en doutait.

Ils attaqueraient au matin. Cette idée le terrifiait. Il avait peur pour lui, mais encore plus pour les autres. Et si Justin mourait ? Ou Kady ? Il ne pourrait pas supporter de les perdre.

Kady l'avait accusé d'adorer le danger. Peut-être était-ce vrai. Ou peut-être n'avait-il jamais vraiment cru, au fond, qu'il courait des risques. Comme s'il ne pouvait rien arriver à quelqu'un de suffisamment courageux et intelligent. Secrètement, il se croyait invincible. Tous les vrais héros le sont.

Mais cette fois-ci, il allait participer à une guerre. Une fois sur le champ de bataille, il ne maîtriserait plus rien. Il ne serait qu'un combattant parmi des milliers. Le fait qu'il vive ou qu'il meure était aussi hasardeux qu'un lancer de dés.

Il entendit un bruit de pas derrière lui et se retourna. C'était Kady, toujours accompagnée de Tatyana. Elle avait l'air fatiguée, mais sourit en le voyant.

« Ah, tu es là, dit-elle. Je n'arrivais pas à dormir.

— Y a-t-il quelqu'un qui y arrive ?

— Je n'en suis pas sûre. »

Elle se tint debout à côté de lui. Tatyana se frotta contre sa jambe pour réclamer une caresse. Il la gratta derrière l'oreille, et elle ronronna bruyamment.

Kady observait la plaine, la mer de nuages nauséabonds, la terrible Maison des Morts.

« Qu'y a-t-il là-dessous ? Qu'est-ce qui nous attend sous la brume ?

— Je préfère ne pas le savoir », répondit Seth.

Ils gardèrent le silence pendant quelques minutes. Seth avait envie de parler, mais il ne savait pas comment formuler ses pensées, même si c'était peut-être sa dernière chance. Il aurait voulu lui dire tant de choses. Mais il n'avait jamais été doué pour trouver ses mots, pour exprimer ses sentiments. Ce qu'il disait sonnait toujours faux. Mieux valait se taire.

« Elles veulent te voir, annonça finalement Kady.

— Qui ?

— L'Omission et la Reine des Chats. »

Seth se leva.

« Allons-y. »

Kady lui lança un regard interrogateur, comme si

elle savait que quelque chose n'allait pas mais hésitait à lui poser des questions. Un regard qui signifiait *Parle-moi, Seth. Que t'arrive-t-il ?*

Mais il se tut.

Ils remontèrent la colline jusqu'au camp. Des sentinelles sorcis les regardèrent s'approcher tout en cliquetant et crépitant entre elles. Ces Sorcis faisaient un drôle d'effet à Seth. Il les avait vus pour la première fois dans les Oubliettes, d'abord sous forme de statues, puis de cadavres. Il ne savait toujours pas à quoi ils ressemblaient sous leur étrange armure. Ils possédaient des membres frêles, des genoux pliant à l'envers comme les pattes arrière des chevaux, des longs crânes enserrés dans des casques lisses en métal noir. Ils portaient des piques pourvues de lames de chaque côté, et communiquaient dans un horrible langage grésillant et crissant ponctué de stridulations et de cris aigus.

Ils dépassèrent les sentinelles et traversèrent le camp. Des centaines de tentes avaient été dressées, essentiellement destinées aux humains. Ceux-ci s'étaient regroupés autour de feux, nettoyaient et aiguisaient leurs armes, discutaient à voix basse de la bataille à venir. Kady avait fait du bon travail en rassemblant autant de monde. Ravage était un groupe d'adolescents, mais la plupart des ennemis de Tall Jake étaient des adultes. Des milliers d'entre eux étaient venus dans l'espoir de prendre leur revanche. Ils formaient une armée peu glorieuse et disparate, composée de tribus descendues des montagnes, de milices villageoises, d'intellectuels de la Cité ; mais ils partageaient tous la même cause.

Kady avait pris soin de leur expliquer que l'armée serait dirigée par l'Omission, la Reine des Chats et le Fragment. Ces nombreux groupes commandés par autant de chefs n'auraient jamais pu se mettre d'accord pour obéir à l'un d'entre eux. Mais l'Omission et la Reine des Chats avaient adopté Kady comme leur messagère parmi les forces humaines. Elle était donc devenue leur capitaine officieuse, même si personne ne l'aurait admis : aucun adulte n'aurait apprécié d'être dirigé par une gamine.

Justin les vit passer et se joignit à eux.

« Je peux vous suivre ? Ça me barbe d'attendre d'être coupé en morceaux par les zombies de Tall Jake.

— Oui, j'imagine à quel point ça doit être ennuyeux », répondit Kady sans sourire.

2

Ils trouvèrent la Reine des Chats et l'Omission à l'intérieur d'un cercle antique de pierres dressées. Les pierres, érodées par le temps et inclinées vers l'avant, avaient été érigées au sommet d'une colline désertique. L'orage avait fendu et noirci certaines d'entre elles. Une demi-douzaine de chats patrouillaient tout autour.

Ils s'arrêtèrent à quelques pas du cercle. Kady se tourna vers Seth et posa la main sur son bras. Son regard était étrangement suppliant.

« Tu n'es pas obligé de faire ce qu'elles te demandent, Seth.

— Tu me connais. Le Preux Chevalier, hein ? » Il se rendit compte qu'il avait adopté un ton amer, et que le voir se moquer ainsi de l'affectueux surnom qu'elle lui avait donné ne pouvait que la blesser. Il détourna le regard, regrettant ses paroles. « Je ferai ce qu'il faudra. »

Il avança vers le cercle. Les autres restèrent où ils étaient. Les chats le regardèrent, mais le laissèrent passer.

La Reine des Chats était assise dans la position d'un sphinx. Elle avait remplacé ses nombreux bijoux par une magnifique armure. L'Omission ressemblait à une superbe statue, aussi froide que la glace.

La Reine des Chats le regarda avec l'air d'attendre quelque chose. Il lui rendit son regard.

« Tu devrais être à genoux.

— Vraiment ? » répliqua Seth.

Il était d'humeur provocante. Ils allaient peut-être tous mourir dans quelques heures ; pourquoi se serait-il agenouillé devant elle ? Ce n'était pas sa reine. En fait, il ne se serait probablement pas non plus agenouillé devant sa propre reine.

La Reine des Chats se détourna, agacée. L'Omission, en revanche, lui adressa un fin sourire. Sans qu'il sût pourquoi, son approbation lui fit plaisir.

« SETH, TU AS DÉBARRASSÉ MON TEMPLE DU MONSTRE-MORT ET TU NOUS AS RAPPORTÉ LE FRAGMENT. J'AI UNE DERNIÈRE REQUÊTE À TE PRÉSENTER. »

Il attendit en silence.

« CETTE BATAILLE N'EST PAS DE CELLES QUE NOUS POUVONS ÊTRE CERTAINS DE GAGNER. TALL JAKE POSSÈDE UN AVANTAGE IMPORTANT : NOUS L'AFFRONTONS SUR SON TERRITOIRE. LA MAISON DES MORTS EST UNE FORTERESSE PRESQUE IMPÉNÉTRABLE. SI LA CHANCE TOURNE EN NOTRE FAVEUR, IL PEUT S'Y RETIRER ET UTILISER SES CANONS. LA PRENDRE D'ASSAUT SERAIT DONC NÉCESSAIREMENT… COÛTEUX.

— Quel est votre plan ?

— LA DÉTRUIRE PENDANT QUE SON ATTENTION EST PORTÉE AILLEURS. MAIS POUR CELA, NOUS AVONS BESOIN DE TON AIDE. »

Seth comprit immédiatement de quoi elle parlait.

« L'usine. Vous étiez avec moi à Birmingham, quand Alicia et moi sommes entrés dans la Maison des Morts par accident.

— EXACT. NUL NE CONNAÎT CE PASSAGE. TALL JAKE SAIT QUE TU AS RÉUSSI À Y PÉNÉTRER, BIEN SÛR – IL A LU LA BANDE DESSINÉE – MAIS IL IGNORE COMMENT. »

Elle lui tendit un engin de la taille d'une brique de lait. Seth le prit. C'était un fouillis de tubes métalliques muni d'un cadran, de toute évidence un minuteur. Deux fioles étaient enserrées au milieu des tubes.

L'une dégageait une lumière blanche éblouissante ; l'autre était si noire que Seth avait l'impression d'être aspiré par l'obscurité.

« L'UNIVERS EST FORMÉ DE BIEN DES ÉLÉMENTS DIFFÉRENTS. CERTAINS NE SONT PAS FAITS POUR SE RENCONTRER. SINON... »

Elle souffla dans ses mains et étala les doigts pour mimer une explosion.

« Vous voulez que je fasse sauter la Maison des Morts ? »

L'Omission hocha la tête.

« NOUS NE POUVONS PAS VOYAGER DANS TON MONDE. NOUS DEVIENDRIONS FAIBLES, PRESQUE IMPUISSANTES. NOUS NE POUVONS PAS NON PLUS ENVOYER L'UN DES NÔTRES, CAR IL FAUT UNE FORCE IMMENSE POUR ENVOYER DANS UN MONDE DES ÊTRES QUI N'Y SONT PAS RATTACHÉS. SEULS LES CHATS ONT LE POUVOIR DE PASSER D'UN UNIVERS À L'AUTRE ET D'UNE HISTOIRE À L'AUTRE AVEC FACILITÉ, ET UNIQUEMENT LES PLUS PETITS ET LES PLUS AGILES D'ENTRE EUX. »

La Reine des Chats se rengorgea.

« MAIS IL EST BIEN PLUS SIMPLE DE T'ENVOYER, TOI, SETH, CAR TU APPARTIENS À CE MONDE, ET IL TE RÉCLAME. TU DOIS DONC EMPORTER CET ENGIN DANS LA VIEILLE USINE ET PÉNÉTRER AVEC DANS LA MAISON DES MORTS. CELLE-CI SERA VIDE : TOUTES LES FORCES DE TALL JAKE SONT RASSEMBLÉES À L'EXTÉRIEUR. TU PLACERAS LA BOMBE AU CŒUR DU BÂTIMENT, DANS LA SALLE DES MACHINES, ET TU T'ENFUIRAS PAR LE

MÊME CHEMIN. SI NOUS DÉTRUISONS LA MAISON DES MORTS, TALL JAKE SERA CONSIDÉRABLEMENT AFFAIBLI. NOS POUVOIRS COMBINÉS EN VIENDRONT ALORS PEUT-ÊTRE À BOUT. »

Seth regarda fixement ce qu'il tenait dans ses mains. Son cœur s'était serré.

« Vous me demandez de retourner dans mon monde ?

— JE TE DEMANDE DE NOUS AIDER À VAINCRE TALL JAKE. »

Ce n'était pas la seule chose qu'elle lui demandait. Même s'il parvenait à accomplir sa mission, il lui faudrait s'enfuir par l'usine, et ressortir à Birmingham. Sans billet pour revenir à Malice.

Et s'il n'arrivait pas même à pénétrer dans la Maison des Morts ? Si Tall Jake avait fermé le passage, ou si ça ne fonctionnait pas deux fois de suite ? S'il était coincé dans son monde ? Cette idée l'effrayait encore plus que la bataille.

Mais alors même qu'il y réfléchissait, il était conscient de ne pas avoir le choix. Ce n'était pas pour lui qu'il devait agir, mais pour Luke, Colm, et tous ceux qui étaient morts à cause de Tall Jake. Pour tous ceux qui avaient fait le rituel mais n'avaient pas encore été enlevés, comme Alicia et Philip Gormley. Pour tous les parents, les amis, les frères et sœurs dont la vie avait été brisée par la disparition d'un être cher. Et il était le seul à pouvoir le faire – le seul à connaître le chemin.

Parfois, il détestait cette voix en lui qui le forçait à toujours agir pour le mieux. Mais il était ainsi.

« Je vais dire au revoir à mes amis. »

L'Omission le regarda dans les yeux.

« JE SAIS COMBIEN CETTE DÉCISION TE COÛTE, SETH. RAPPELLE-TOI QUI JE SUIS. JE PEUX T'ÔTER TA DOULEUR. »

Il fut un instant tenté d'accepter. Il aurait voulu oublier Luke, arrêter de se faire du souci pour ses parents, ne plus se sentir en colère ou désemparé en songeant à Kady.

Mais ç'aurait été un aveu de défaite, et Seth s'y refusait. D'ailleurs, il y avait quelque chose d'inquiétant dans cette offre. Il se rappelait les paroles de la Reine des Chats, dans la grotte : *« Faites attention. Elle prend d'abord votre douleur, et vous prendra ensuite tout entier. »*

« Je préfère continuer à souffrir, merci. C'est ce qui donne de la valeur au bonheur. »

Il sortit du cercle de pierre et se dirigea vers ses amis qui l'attendaient.

« Alors ? lui demanda Justin.

— Elles veulent que j'aille faire exploser la Maison des Morts.

— Qu'as-tu répondu ? » demanda Kady.

Il eut l'impression qu'elle avait déjà pris connaissance de ce projet et espérait qu'il refuserait. Au moins, elle tenait à lui.

« J'ai accepté. »

Justin se frotta les mains.

« Cool. Quand est-ce qu'on part ? »

Seth secoua la tête.

« Je dois y aller seul. Je ne peux pas te demander de m'accompagner. C'est trop dangereux.

— Pff. Qui te dit que tu dois me le demander ?

— Il faut sortir de Malice. Retourner dans notre monde. Ce ne sera pas forcément possible de revenir. »

Cette nouvelle donnée fit réfléchir Justin, mais il retrouva rapidement sa bonne humeur.

« Tu es la seule personne que je connaisse qui a encore plus envie que moi de rester à Malice. Si tu crois qu'on a une chance, ça me suffit. »

Seth souriait en dépit de lui-même.

« Justin, je ne peux pas te...

— Écoute, mec, déclara fermement Justin en pointant un doigt sur lui, je viens avec toi, que ça te plaise ou non. Tu n'as plus qu'à t'y faire. »

Le sourire de Seth s'élargit, et il serra brusquement Justin contre lui. Justin agita maladroitement les bras.

« Eh, oh, tu me fais un peu trop de câlins ces derniers temps, mec. Je commence à m'inquiéter, tu sais. »

Seth n'avait pas pu se retenir. Il ne s'était pas rendu compte à quel point il n'avait pas envie d'y aller seul. Justin l'avait accompagné à la Tour de l'Horloge, dans les Oubliettes, à l'Acropole. Ensemble, ils pouvaient venir à bout de n'importe quelle tâche. Justin était le genre d'ami qu'il avait toujours rêvé d'avoir : un soutien indéfectible, solide comme un roc. Les garçons comme lui n'étaient pas si nombreux.

Justin se dégagea et se retourna vers Kady. Elle les regardait tristement.

« Je ne peux pas venir avec vous. On a besoin de moi ici.

— Je sais », dit Seth.

Il avait l'impression qu'ils passaient leur temps à se faire des adieux, et cette fois, il n'avait pas le courage d'essayer de trouver quelque chose d'inspiré à dire.

« Bon, alors à bientôt.

— Au revoir. »

Tatyana s'approcha pour donner un coup de tête dans la jambe de Seth. Il s'agenouilla et posa son front contre le sien.

« Reste avec Kady, et prends bien soin d'elle. Débrouille-toi pour qu'elle survive à la bataille, d'accord ? »

Le smilodon baissa la tête comme pour acquiescer. Seth se releva et, après un dernier regard à Kady, il retourna à l'intérieur du cercle avec Justin.

« Pouvons-nous y aller à deux ? demanda-t-il à l'Omission.

— OUI.

— On n'a pas besoin d'armes ? demanda Justin, songeant aux lances électriques.

— ELLES SONT TROP FRAGILES. ELLES NE RÉSISTERAIENT PAS AU VOYAGE. »

Justin jura à mi-voix, puis conclut :

« Bon, ben on essaiera de ne pas se faire prendre !

— Nous souviendrons-nous de tout, dans notre monde ? demanda Seth. Je ne veux pas me retrouver de nouveau amnésique !

— NE VOUS INQUIÉTEZ PAS DE ÇA. »

Seth et Justin échangèrent un regard. Justin haussa les épaules.

« C'est parti !

— Nous sommes prêts, déclara Seth.

— OUI, VOUS L'ÊTES. »

Avant de comprendre ce qu'elle avait voulu dire par là, ils avaient disparu.

3

Ce fut comme se réveiller brusquement. Seth retint sa respiration, leva la tête et vit qu'il était ailleurs.

Il lui fallut quelques minutes pour reconnaître l'usine abandonnée de Birmingham. Il était debout sur un sol inégal à l'intérieur de la clôture. L'air était différent de celui de Malice : plus lourd, plus pollué, avec de subtils relents de pétrole et de gaz d'échappement. Le soleil allait bientôt se lever, et les lampadaires de la route proche traçaient une ligne lumineuse jusqu'au halo qui surmontait la ville.

Debout à ses côtés, Justin examinait les alentours avec une expression dégoûtée.

« Beurk. C'est encore plus moche que dans mon souvenir.

— Il faut reconnaître que ce n'est pas le plus beau coin d'Angleterre.

— Ça, c'est sûr. » Justin cracha par terre. « On dirait que tu connais ce coin, non ?

— J'y suis déjà venu, avec la fille dont je t'ai parlé, Alicia. » Seth eut une idée. « Je devrais l'appeler, pour voir si tout va bien. Tu crois que nous avons le temps ?

— Non. Ils comptent sur nous, là-bas. On y va ?

— D'accord. Mais toi, tu n'aimerais pas profiter de ton passage ici pour faire quelque chose ? Appeler quelqu'un, envoyer un message ? Si on avait le temps, je veux dire ? »

Justin donna un coup de pied dans un caillou.

« Je veux juste retourner là-bas le plus vite possible, mec.

— Moi, j'aimerais bien parler à mes parents. Juste pour leur dire que je vais bien. »

Mais il n'osait pas les appeler. Pas après la dernière fois. Si Tall Jake les avait enlevés, il valait mieux que Seth ne le sache pas. S'il apprenait qu'ils étaient retenus en otages, il se sentirait obligé d'aller à leur secours – ce qui était précisément ce que Tall Jake attendait de lui.

Justin comprit où allaient ses pensées et lui donna une tape affectueuse dans le dos.

« Regarde le bon côté des choses, mec. Combien de gens ont l'occasion de faire exploser une forteresse, à part dans les jeux vidéo ? »

Seth se mit à rire.

« Je n'ai jamais beaucoup aimé les jeux vidéo, mais je vois ce que tu veux dire.

— Nous serons des héros !

— Des *vrais* héros, renchérit Seth. Pas comme ceux qui finissent par faire de la publicité pour de la mousse à raser ou des chaînes de fast-food. »

Justin ramassa un tuyau brisé sur le sol et le soupesa.

« Et puis ça vaut mieux que d'attendre d'être mangé par des zombies. Tu te trouves une arme ? »

Seth examina le sol jusqu'à ce qu'il mette la main sur un pied de chaise venu de Dieu sait où. Il le tendit à Justin.

« Tu me le gardes ? Je dois porter ça. »

Il désigna la bombe fournie par l'Omission. La lueur émise par la fiole blanche éclaira son visage.

« Mets-la dans ton sac, suggéra Justin.

— Non, nous allons avoir besoin de la lumière. Il fait noir, là où on va.

— Super », dit Justin, sarcastique. Il glissa le pied de chaise dans sa ceinture. « Prêt ?

— Prêt.

— Alors, c'est parti. »

La Maison des Morts

1

Kady se sentait mal.

Le soleil se levait au-dessus de la plaine sèche, fendillée. Sur la colline, une armée de plusieurs milliers de guerriers s'était rassemblée. Kady en faisait partie, ainsi que les membres de Ravage. Elle portait une lourde batterie sur le dos et une lance électrique à la main. Elle sentait l'odeur acerbe des Sorcis, la sueur des humains, le musc des félins, et avait l'impression d'être perdue dans la foule.

La Maison des Morts, grise et sale, était éclairée par la lumière naissante. La brume jaunâtre qui l'entourait se dissipait peu à peu sous la chaleur du soleil. En dessous, des silhouettes s'agitaient ; on distinguait parfois une ombre énorme, comme le flanc d'un grand navire traversant un banc de brouillard. Puis l'image disparaissait, et seule restait la promesse de la bataille.

Comment s'était-elle retrouvée là ? Elle aurait tout donné pour être chez elle, enroulée dans une couverture, avec une bonne tasse de chocolat chaud biologique issu du commerce équitable sans sucre ni matière grasse, ou pour être en train de lire un livre, immergée dans un bon bain, ou pour pouvoir surfer sur Internet pendant des heures, ou pour avoir l'occasion de bavarder avec ses copines.

Elle avait des parents qui l'aimaient, une vie plaisante. Certes, un peu monotone parfois, mais ça valait bien mieux que d'attendre d'être submergée dans une guerre. Elle n'était pas soldate, encore moins capitaine. En bonne fille moderne, elle n'affrontait jamais de pire danger que celui de se brûler en mangeant une pizza trop chaude après l'avoir réchauffée au four à micro-ondes. Et où était Seth ? Affecté à une autre mission. Encore une fois dans un monde différent. Cette idée l'attristait, et plus encore la certitude qu'elle ne voulait pas rester à Malice et qu'il ne voulait pas rester en Angleterre. S'ils allaient contre leur désir, aucun des deux ne serait heureux. Ce n'était pas juste. La vie n'était pas juste. Et ni l'un ni l'autre ne pouvait rien y faire.

Une ondulation agita les rangs, l'interrompant dans ses pensées. Elle leva les yeux et le vit. Là-bas, sur le toit de la Maison des Morts, une silhouette était apparue. Même à cette distance, elle attirait le regard comme un aimant. Haute, maigre, vêtue d'un manteau au col relevé et d'un tricorne.

Tall Jake.

Des chuchotements effrayés parcoururent l'armée. La simple vue de Tall Jake avait perturbé tout le monde.

Puis un grand cri s'éleva de la plaine. Une rafale soudaine agita les couettes de Kady. Le vent balaya le terrain et souleva la brume.

Kady pâlit.

Face à elle se trouvait l'armée de Tall Jake – ou plus exactement, sa horde. Un chaos terrible de monstres issus de la Maison des Morts. De la chair collée à de la chair dans d'horribles combinaisons. Des zombies ricanant avec quatre bras qui se terminaient par des cisailles. D'énormes hommes aveugles et grotesques dont les membres avaient été remplacés par des tentacules. De gigantesques chiens écorchés, tout de muscles et de crocs. Et parmi eux, les uniformes et les casques sombres des régulateurs.

Mais ce n'était pas le pire. Il y avait aussi les géants. Kady en avait entendu parler. Elle en avait même vu un, dans les Oubliettes : le Monstremort. Les créations dont Tall Jake s'enorgueillissait le plus, les plus affreux monstres de la Maison des Morts : les mastodontes.

Ils mesuraient trois mètres de haut, ou six, ou huit, grands comme des dinosaures, avec de nombreuses gueules béantes et de multiples yeux. De l'un d'eux, au corps ramassé, pointaient deux longs cous de serpent avec deux têtes. Un autre n'était qu'une boule d'yeux et de bouches, un corps rond sur des pattes de crabe. Un troisième ressemblait à une mante religieuse munie d'une tête de cheval en décomposition. Des abominations, comme si quelqu'un avait pris les kits de construction de la nature, avait tout mélangé, puis avait tout remonté n'importe comment. Des expériences de chairs et d'os. Les jouets vivants de Tall Jake.

Kady faillit faire demi-tour et partir en courant. L'armée entière recula un peu, comme si la même idée était venue à tout le monde. Comment combattre de telles créatures ?

C'est alors que la Reine des Chats poussa un rugissement qui fit trembler la terre sous leurs pieds. Ce bruit leur infusa de la force. La Reine des Chats était puissante, elle aussi ; sa voix le prouvait. Son cri fut répété par ses félins, et la plaine frémit sous leur colère. Puis s'éleva le cri terrifiant des Sorcis, un horrible crissement coupant l'air comme une scie, tandis que ces étranges guerriers en noir levaient leurs armes vers le ciel.

Les humains de tout âge reprirent courage et hurlèrent à leur tour, de toute la force de leurs poumons. Kady sentit une vague enfler et comprit qu'elle ne pourrait pas l'arrêter. Elle leva sa lance électrique et cria à son tour, sans même pouvoir entendre sa voix sous le bruit assourdissant.

Les premiers rangs s'élancèrent en direction de la Maison des Morts. Le reste de l'armée suivit, dévalant la colline comme une coulée de lave. Kady fut forcée de se mettre à courir à son tour, sous peine d'être piétinée. Elle chargea, emportée par l'élan général.

La bataille avait commencé.

2

Une odeur d'huile de moteur, de viande, de brûlé. Des bruits de machines, des battements, des crissements.

Cette fois-ci, Seth s'était préparé à se retrouver dans la Maison des Morts. Il ne retrouva pas du premier coup le chemin suivi dans les tunnels sous l'usine et ne remarqua pas non plus à quel moment précis le béton se changeait en métal crasseux ; mais il ne fut pas surpris. Il dit simplement :

« Nous y sommes. »

Ils prirent un tournant et se retrouvèrent dans la lumière d'une ampoule électrique encagée. De grandes cuves étaient alignées contre le mur, avec des hublots permettant de regarder à l'intérieur. Seth n'en avait pas besoin. Il connaissait leur contenu.

« Déjà ? » demanda Justin tandis que Seth rangeait la bombe dans son sac à dos. « Je n'ai rien senti. Je m'attendais à une lumière mystique, comme dans *Stargate*, ou un truc du genre.

— *Stargate* ? demanda Seth sans comprendre.

— Toi, il faut vraiment que tu regardes un peu plus la télé ! » Justin posa les mains sur les hanches et examina le couloir. « Une visite éclair dans notre monde, puis retour à Malice. Ça me va.

— Reste sur tes gardes. C'est un sale coin. »

Il tendit la main, et Justin lui remit le pied de chaise ramassé devant l'usine.

« Pire que les Oubliettes ? Ça m'étonnerait. Au moins, ici, je peux *voir* ce qui essaie de me bouffer. »

Seth lui donna une tape sur l'épaule.

« Allez, viens. »

Il avait retrouvé sa bonne humeur. Le badinage de Justin réussissait toujours à lui remonter le moral. Ou peut-être était-il tout simplement soulagé d'être là. Il avait craint d'être coincé dans son monde, de découvrir que le passage vers Malice avait été fermé. Mais jusqu'ici, tout se déroulait comme prévu.

Je préfère être dans la Maison des Morts plutôt qu'à Birmingham. Kady penserait que je suis complètement cinglé.

C'était ce qui faisait leur différence.

La Maison des Morts était plus silencieuse que dans son souvenir. Les couloirs étaient déserts. Seuls quelques bruits de machines résonnaient dans les couloirs ; occasionnellement, des explosions leur parvenaient du dehors. Ils avancèrent lentement, tendant l'oreille à chaque tournant, sans percevoir aucun mouvement.

Tout le monde est dehors, pensa Seth. *Et Kady aussi.*

« Tu entends les canons ? » demanda Justin.

La bataille avait donc déjà commencé. Seth accéléra.

« Dépêchons-nous.

— Qu'est-ce qu'on cherche, exactement ? » demanda Justin, tandis qu'ils descendaient un autre couloir sordide où chaque recoin abritait des squelettes de rats couverts de poussière.

« L'Omission m'a dit de trouver la salle des machines. Le cœur de la Maison des Morts. C'est là qu'il faut mettre la bombe.

— Ah, bon. Donc il faut descendre. »

Seth ouvrit de grands yeux.

« Comment sais-tu ça ?

— Je l'entends. Elle est juste en dessous. »

Seth s'efforça d'écouter, sans pouvoir discerner quoi que ce soit parmi les bruits des machines et ceux de la bataille.

« Tu es sûr ?

— Bien sûr que je suis sûr. Tu dois apprendre à écouter, mec. »

Soudain, Seth l'agrippa par le bras, le tira par une porte ouverte et lui plaqua la main sur la bouche. Quelques secondes plus tard, quelque chose passa en voletant dans le couloir. C'était un animal de plus d'un mètre de large, nageant dans l'air comme une raie, avec une large bouche ornée de dents courtes mais pointues. Il dépassa leur cachette et disparut au fond du couloir.

Seth lâcha Justin et s'autorisa à respirer.

« Je ne l'ai pas entendu venir ! s'exclama Justin.

— Tu dois apprendre à écouter », déclara Seth en souriant, ce qui lui valut une bourrade.

La traversée de la Maison des Morts fut une expérience éprouvante. Ils avaient désormais compris que les créatures de Tall Jake n'étaient pas toutes sur le champ de bataille. Des zombies à la démarche traînante hantaient les couloirs, engoncés dans des camisoles de force, la tête enfermée dans des cages. Certains semblaient à peine conscients de ce qui les entourait ; d'autres avaient l'air violents. Seth et Justin les évitèrent tous soigneusement.

À un moment donné, ils découvrirent un large puits circulaire entouré d'une passerelle. Il faisait trop sombre pour qu'ils puissent voir le fond, mais ils entendaient quelque chose d'énorme respirer. Ils battirent en retraite lorsqu'un long tentacule visqueux jaillit des profondeurs et faillit se refermer sur Seth.

Sur le toit, les canons ne cessaient de tirer. Seth s'efforçait de ne pas imaginer les boulets s'écrasant sur l'armée de la Reine des Chats. Kady et Tatyana se battaient dans la plaine, ainsi que Scotty et Dylan. Il serra les mâchoires. Tall Jake *devait* être vaincu. Il ne devait pas faillir à sa mission.

L'étonnante capacité de Justin à percevoir les bruits de machines leur fut de nouveau utile. Il entendit le vrombissement d'un ascenseur et entraîna Seth dans cette direction. C'était un monte-charge taché de sang et de traces de doigts crasseuses. Justin passa une main sur la paroi et la considéra avec dégoût.

« Il faut vraiment qu'on fasse sauter ce truc, marmonna-t-il.

— Tu crois que cet ascenseur conduit à la salle des machines ?

— Il n'y a qu'un seul moyen de le savoir. »

Justin saisit un levier et l'abaissa. Le monte-charge tressauta, puis commença à descendre.

3

Kady avait l'estomac noué, une boule dans la gorge, et les tempes battantes. Malgré tout, elle continua à courir, sans trop savoir comment. Autour d'elle, le tonnerre des bruits de pas, les grondements des félins, les cris des humains et, par-dessus tout, les crissements suraigus des Sorcis, comparables à ceux d'un micro trop proche d'un haut-parleur.

Elle regarda à droite puis à gauche et vit des visages effrayés et excités, des babines retroussées, des yeux pleins de fièvre. La folie de la charge. Elle serrait sa lance électrique si fort qu'elle en avait mal aux jointures.

Elle n'avait jamais rien ressenti d'aussi épouvantable.

La horde de Tall Jake se précipitait dans leur direction, comme un seau de tripier renversé. Derrière eux résonnaient les canons. Chaque explosion soulevait des corps démantelés ; les trous ainsi creusés dans l'armée étaient rapidement comblés par les autres rebelles.

Les chats avaient pris la tête et dévalaient la pente. Ils étaient plus grands, plus forts et plus rapides que les humains. Les régulateurs du premier rang utilisèrent leurs fusils. Des chats tombèrent, roulèrent sur la plaine poussiéreuse, s'immobilisèrent. Il y avait une telle foule qu'il était impossible de rater sa cible. Mais d'autres fauves bondissaient par-dessus les corps de leurs compagnons et couraient de plus belle.

Les régulateurs reculèrent et les ogres les remplacèrent sur le front avant, armés d'énormes gourdins et d'épées effilées. Ils attendirent la charge de pied ferme. Les deux armées se heurtèrent dans un grand remue-ménage de corps ensanglantés. Griffes et crocs entrèrent en action. Les ogres rugirent et abattirent leurs armes. Peaux et fourrures se tachèrent de rouge.

Kady avait plongé dans le chaos sans pouvoir ralentir. Des corps s'agitaient, se battaient tout autour d'elle. Kady se tourna de tous les côtés, paniquée. Elle ne savait pas où aller, quoi faire. Une masse de crocs et de muscles jaillit à sa droite. Elle pointa sa lance dans cette direction, ferma les yeux et appuya sur la gâchette. Il y eut un sifflement ; quand elle ouvrit ses yeux, le monstre était abattu sur le sol, couvert d'étincelles.

Les Sorcis la rattrapèrent, puis la dépassèrent. Elle se retrouva entourée de grands scarabées noirs. Ballottée d'un côté et de l'autre, elle ne voyait plus aucun membre de Ravage, ni même un autre être humain. Une explosion toute proche la couvrit de poussière.

Oh mon Dieu, sortez-moi de là ! Sortez-moi de là !

Elle se retourna et se retrouva face à un zombie à l'air affamé dont les mains avaient été remplacées par des masses hérissées de piquants. Il lui sauta dessus. Elle leva sa lance, mais il lui fit lâcher prise d'un grand geste du bras. Son autre bras se dressa au-dessus de sa tête, et…

… et soudain, Tatyana apparut, véritable avalanche de métal et de fureur. Ses yeux rayonnaient, rouge vif. Elle écrasa le zombie sous son poids, lui donna un grand coup de patte, et son adversaire cessa de bouger.

Kady se précipita vers elle et lui passa les bras autour du cou.

« Reste avec moi, supplia-t-elle. Je t'en prie. »

Tatyana sembla acquiescer. Kady ramassa sa lance électrique, et elles replongèrent ensemble dans la mêlée.

4

Les portes du monte-charge s'ouvrirent sur un air chaud et puant. Le bruit était assourdissant : cliquetis des pistons, sifflement de la vapeur, craquements du feu. Il n'y avait pas de lampe, mais le rouge flamboyant des fourneaux derrière les grilles projetait des ombres démoniaques, changeantes et distordues. Les bras d'énormes machines tournaient et pompaient. Partout, du bruit, du mouvement, étourdissant.

Justin passa la tête hors de l'ascenseur.

« On a dû descendre trop bas : on est dans les feux de l'enfer !

— Non, ça doit être ça, dit Seth. Essayons de trouver un bon endroit pour déposer la bombe. »

Ils sortirent de l'ascenseur et commencèrent à circuler entre les fourneaux. Seth avait les nerfs à vif. La lumière dansante des flammes faisait naître des formes dans la pénombre. Dans un tel bruit, ils n'entendraient jamais quelqu'un s'approcher d'eux. Pour se rassurer, il brandit son pied de chaise, même s'il soupçonnait qu'il ne lui servirait pas à grand-chose. Ne restait plus qu'à espérer ne pas être vus.

Une éruption de vapeur remplit soudain le passage. Il était à plus d'un mètre de la chaudière, mais ressentit néanmoins la brûlure. Il fit un pas en arrière et heurta Justin, qui le tira pour l'éloigner de là. La vapeur continua à s'échapper pendant une trentaine de secondes avant de se dissiper, laissant l'allée trempée.

« Ça m'étonnerait que ces trucs soient conformes aux règles de sécurité ! » lança Justin.

Seth avait encore les joues et la main échaudées. Justin alla examiner la soupape par où avait jailli la vapeur.

« Viens voir ça !

— Ce n'est pas dangereux ?

— Plus maintenant. »

Seth s'approcha, et Justin lui désigna un manomètre à côté de la soupape. Une grande partie de la jauge était colorée de vert, mais une section rouge indiquait un danger. La pression était désormais très basse, et l'aiguille largement dans la zone verte.

« Quand ça passe au rouge, la machine crache de la vapeur, expliqua Justin. Il devrait y avoir quelqu'un pour surveiller tout ça. Ils doivent tous être occupés à se battre. »

Il y eut un son métallique dans une allée toute proche. Quelque chose était tombé par terre.

« Pas tous, corrigea Seth.

— Ça pourrait être n'importe quoi », le rassura Justin. Il désigna le manomètre : « Il faut qu'on fasse gaffe. »

Ils s'enfoncèrent dans la salle des machines, en vérifiant systématiquement les écrans. Seth voulait déposer la bombe au centre de la pièce, pour s'assurer qu'elle fasse un maximum d'effet. Il ne s'agissait pas simplement d'abîmer la Maison des Morts : il fallait la détruire. Ils ne disposaient que d'une seule chance, et devaient en tirer parti. Mais combien de temps ses nerfs pourraient-ils encore résister ?

Justin le saisit par le bras et pointa du doigt. Loin devant eux, un fourneau projetait une lueur rouge dans l'allée. L'ombre de la grille était visible. Quelqu'un passa devant ; une silhouette tordue, énorme, pesante.

« Laisse tomber l'idée de trouver le meilleur endroit pour poser la bombe. On la met n'importe où et on file ! »

Seth était d'accord. Il s'accroupit à côté d'une

rangée de conduits et sortit l'engin de son sac. La fiole blanche brillait avec ardeur ; la noire absorbait la lumière. Il y avait un minuteur au milieu des tubes de métal, mais Seth ne reconnaissait pas les chiffres gravés dessus. Par sécurité, il tourna à fond. Quand il lâcha le bouton, un tic-tac se déclencha. Il remit la bombe dans son sac pour dissimuler la lumière, puis glissa le sac derrière les tuyaux, hors de vue.

Ce faisant, il sentit un obstacle. Il y avait autre chose derrière les tubes. Il tâtonna et referma les doigts sur une petite boîte en métal noir.

« Qu'est-ce que c'est ? demanda Justin en regardant par-dessus son épaule.

— Aucune idée », dit Seth en enfonçant davantage le sac.

Que faisait une boîte en métal à cet endroit ? Il tira le loquet, l'ouvrit. Juste à ce moment-là, Justin posa la main sur son épaule.

« Heu, mec. On a un problème. »

Le ton de sa voix alerta Seth. Son ventre se noua.

Debout au milieu de l'allée, indistinct dans la pénombre rougeâtre, se tenait un ogre : la même brute massive et tordue qui l'avait poursuivi lors de sa dernière visite à la Maison des Morts. Sa forme était vaguement humaine – vaguement. Trois mètres de haut ; des veines gonflées sur son cou de taureau ; des petits yeux qui luisaient dans l'ombre. Il brandissait une barre de métal longue comme une jambe.

Ses lèvres découvrirent des dents pourries et il poussa un grognement menaçant.

Seth et Justin baissèrent les yeux sur les armes pathétiques qu'ils tenaient à la main. Échangèrent un regard. Puis se mirent à courir.

Ils s'enfuirent dans le labyrinthe formé par les fourneaux et les chaudières. Des feux, des machines, du bruit : tout contribuait à leur faire perdre le sens de l'orientation. Tout en courant, Seth attrapa ce qui se trouvait dans la petite boîte en métal, le fourra dans sa poche, et jeta la boîte de côté.

Ombre, flammes, ombre, flammes, et la puanteur et la chaleur de la salle des machines.

Soudain, quelque chose s'interposa entre eux et la lumière. L'ogre les avait contournés et leur barrait le passage. Seth ralentit de son mieux, s'arrêta, recula. L'ogre abattit sa barre de métal, et Seth sentit le souffle de l'air lorsque celle-ci passa à un centimètre de son visage. Justin le tira par le bras. L'ogre voulut les poursuivre, mais il trébucha et tomba sur un genou. Justin et Seth rebroussèrent chemin.

« J'ai une idée ! » cria Justin, hors d'haleine.

Il ralentit en approchant de l'une des chaudières.

« Qu'est-ce que tu fais ? Cours ! » cria Seth.

Justin examina quelque chose, secoua la tête.

« Pas celle-là. »

Il repartit à toute allure. Puis ils arrivèrent devant une autre chaudière, et Justin ralentit à nouveau. Seth regarda par-dessus son épaule. L'ogre enragé n'était plus très loin.

« Pas celle-là.

— Arrête de t'arrêter !

— La prochaine, c'est la bonne, je le sens ! »

Ils tournèrent et se trouvèrent face à une autre chaudière. Justin sourit.

« L'aiguille est dans le rouge !

— Quoi ?

— Laisse tomber. Recule ! »

Il donna un grand coup dans la soupape avec la barre de fer qu'il n'avait pas lâchée. Seth se dépêcha de se ranger sur le côté. Les pas de l'ogre étaient si proches qu'ils pouvaient les entendre malgré le bruit des machines.

Justin frappa à nouveau, assez fort pour cabosser la chaudière.

« Allez ! » cria-t-il.

L'ogre déboucha dans l'allée, les aperçut, et se précipita en avant avec un grondement. Juste à ce moment, Justin donna un troisième coup, et cette fois-ci le métal céda et la chaudière explosa en un énorme bouillonnement de vapeur.

Seth bondit en arrière, les yeux et la peau brûlés. Il avait réussi à saisir Justin et à le tirer en même temps. Tous deux reculèrent le plus loin possible du nuage bouillant et clignèrent des yeux pour s'éclaircir la vue, les yeux pleins de larmes.

L'ogre fut cueilli en plein dans l'explosion. Il cria

et essaya de reculer, énorme silhouette se débattant dans la brume rouge. Aveuglé, il ne réussit qu'à se cogner contre un mur. Pendant de longues, d'horribles secondes, il se roula par terre en hurlant, puis, finalement, s'immobilisa.

Quand la vapeur se dissipa, l'ogre demeura inerte, trempé et luisant. Justin sourit. Son visage était encore rouge brique.

« Et voilà comment on cuit un ogre ! »

Seth essuya ses larmes d'un revers de manche. Il se sentait lui-même des affinités avec un homard.

« Pas mal. Je n'aurais jamais cru que tu étais calé en cuisine.

— Oh, c'est l'un de mes nombreux talents. » Justin repensa soudain à la bombe et redevint sérieux. « Bon, il ne s'agit pas de traîner. On n'a pas beaucoup de temps. Tu sauras retrouver le chemin de l'usine ?

— Nous ne retournons pas à l'usine.

— Ah bon ?

— Non. Nous allons sortir d'ici et nous rendre sur le champ de bataille.

— Tu es sérieux ?

— Kady est là, dehors. Et puis… tu as vraiment envie de rentrer à la maison ? »

Justin secoua la tête et sourit.

« Je savais bien que tu ne me décevrais pas, mec. Malice pour toujours ! » Il lui donna une tape amicale dans le dos. « On y va ! »

UN ORAGE SE DÉCLENCHE.
L'HEURE A SONNÉ!
KRAKOOM

KRAKOOM
L'HEURE A SONNÉ.
KRAK

MALICE
FOOOOM!
Grendel

LE FRAGMENT.
JE ME SOUVIENS DE TOI, MON VIEIL ENNEMI.
CETTE FOIS, NOUS ALLONS RÉGLER NOS AFFAIRES.
JE CONVOQUE UN DRAGON DE NUAGES ET D'ÉCLAIRS !
DÉTRUIS-LE !

BAW HOOM!
KADY ? ÇA VA ?
ÇA VA, UNE EXPLOSION PASSÉE PAS LOIN, C'EST TOUT.
JE VAIS JUSTE ÊTRE SOURDE PENDANT UN MOMENT.
J'AI CRU QUE TU ÉTAIS BLESSÉE !
HEIN ?
REGARDE ! LE FRAGMENT ! IL SE BAT AVEC UNE ESPÈCE DE DRAGON DE BRUME !
MIEUX VAUT TARD QUE JAMAIS !
LAISSE TOMBER, NOUS AVONS NOS PROPRES PROBLÈMES.

RRAAARRR!!!!
AAAAAA

EH ! OÙ ALLEZ-VOUS, TOUS ?
ON NE PEUT PAS SE BATTRE CONTRE ÇA.
ILS S'ENFUIENT ! FAIS QUELQUE CHOSE !
QUOI ?
JE NE SAIS PAS, C'EST TOI LE CHEF !
NON ! C'EST VOUS QUI M'AVEZ DÉSIGNÉE ! MOI, JE N'AI RIEN DEMANDÉ !
MAIS TU AVAIS DÉJÀ COMMANDÉ, AVANT JAN !
JE VOUS AVAIS ORGANISÉS, MAIS LÀ, C'EST LA GUERRE.
C'EST UN GUERRIER QU'IL VOUS FAUT.

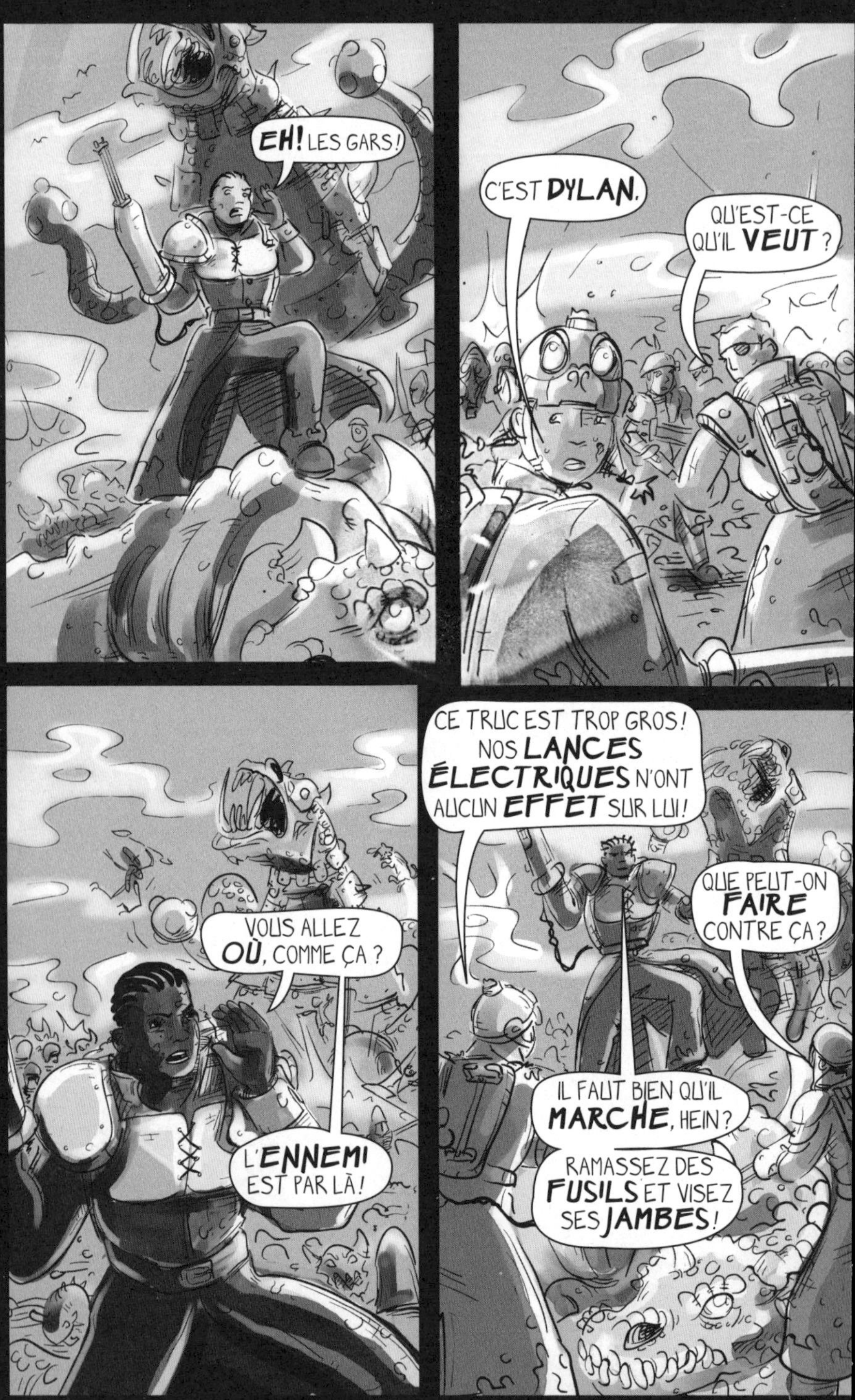
EH! LES GARS!
C'EST DYLAN.
QU'EST-CE QU'IL VEUT ?
VOUS ALLEZ OÙ, COMME ÇA ?
L'ENNEMI EST PAR LÀ!
CE TRUC EST TROP GROS! NOS LANCES ÉLECTRIQUES N'ONT AUCUN EFFET SUR LUI!
QUE PEUT-ON FAIRE CONTRE ÇA ?
IL FAUT BIEN QU'IL MARCHE, HEIN?
RAMASSEZ DES FUSILS ET VISEZ SES JAMBES!

VOUS FAITES PARTIE DE RAVAGE, NON?
VOUS VOULEZ MONTRER À TALL JAKE DE QUOI VOUS ÊTES CAPABLES ? LUI MONTRER CE QUE VOUS VALEZ ?
C'EST VOTRE CHANCE ! VOUS CROYEZ QUE C'EST LE MOMENT DE DÉTALER ?
IL A RAISON.
ON PEUT PRENDRE LES FUSILS DES RÉGULATEURS MORTS.
ALLONS-Y, DÉTRUISONS CE TRUC !
CHARGEZ !
JE CROIS QUE TU VIENS D'ÊTRE REMPLACÉE.
TU VIENS ?

RRAAARRRRR!
VISEZ BIEN LES JAMBES!
ACK-ACK
ACK-ACK
THUNK
THUNK
SQUEEEEEE!!
THOOM
IL TOMBE!

FAITES **ATTENTION** ! IL EST ENCORE **DANGEREUX** !
AH OUAIS ?
MOI AUSSI.
ACK-ACK-
ACK-ACK-
SQUEEEEE

DY-LAN! DY-LAN! DY-LAN!
DY-LAN! DY-LAN! DY-LAN!
DY-LAN! DY-LAN! DY-LAN!
DY-LAN! DY-LAN! DY-LAN!

BEURK! ON ÉTAIT OBLIGÉS DE SORTIR PAR LES ÉGOUTS?
CE QUI COMPTE, C'EST QU'ON SOIT SORTIS!
J'AI L'IMPRESSION D'ÊTRE DANS LES POUBELLES D'UN MACDO.
ARRÊTE DE RÂLER, IL FAUT QU'ON SE BOUGE.
ON N'A PLUS BEAUCOUP DE TEMPS.
AH OUI, LA BOMBE!
COURS!

TICK
TICK
TICK
BWHOOOOOM!

OUAIS!
J'ADORE LES EXPLOSIONS!
À L'ATTAQUE!
LA MAISON DES MORTS EST DÉTRUITE!

MON DOMAINE !
VOUS ME LE PAIEREZ !
VOUS ME LE PAIEREZ TOUS !
SHHHRAAAKKK !

IL EST ENCORE PUISSANT, MÊME SANS LA MAISON DES MORTS.
PEUT-ÊTRE TROP POUR LE FRAGMENT.
Mais pas pour nous trois ensemble.
FINISSONS-EN.
ROOOAAAAARR!!

AAAAAAAA!
SHHHRAAAAKKOOMM!!!

BWHOOM!
ILS S'ENFUIENT !
TALL JAKE EST VAINCU !
EN AVANT !

Où est-il?
SES FORCES SE DISPERSENT. NOUS AVONS GAGNÉ.
Mais où **est**-il?
IL A DISPARU.
FAIS VENIR LES ENFANTS.

WAOUH ! TU AS VU TALL JAKE ? JE CROIS QU'ILS L'ONT MASSACRÉ ! JE CROIS...
JUSTIN...
JE ME SENS BIZARRE...
TRÈS BIZARRE...
SETH !
MERDE.

JE DISPARAIS! AIDEZ-MOI! AU SECOURS!
KADY, LÂCHE TATYANA, OU ELLE VA DISPARAÎTRE...
...AUSSI.
BRAVO.

TU ES VIVANTE !
TOI AUSSI !
EH, MOI AUSSI, JE SUIS VIVANT ! NE VOUS RÉJOUISSEZ PAS TOUS EN MÊME TEMPS !
MIAOU !
LA FERME, TOI.
TALL JAKE A DISPARU, MAIS IL N'EST PAS MORT.
IL S'EST REFUGIÉ DANS VOTRE MONDE, OÙ NOUS NE POUVONS LE SUIVRE.
VOUS, SI.
HEP, UNE SECONDE !
VOUS VOULEZ QU'ON TUE TALL JAKE ? NOUS ? VOUS ÊTES CINGLÉES !

TALL JAKE EST AFFAIBLI. IL EST BLESSÉ. ET DANS VOTRE MONDE, IL N'A QU'UN DIXIÈME DE SON POUVOIR HABITUEL.
VOUS DEVEZ L'ACHEVER. C'EST NOTRE SEULE CHANCE.
NOTRE CHANCE? ET VOUS? CE N'EST PAS VOUS QUI DEVIEZ VOUS CHARGER DE LUI?
NOUS L'AVONS FAIT. NOUS L'AVONS CHASSÉ DE MALICE.
SUPER. ALORS MAINTENANT, C'EST NOTRE PROBLÈME?
PAS NOTRE PROBLÈME.
NOTRE RESPONSABILITÉ.
TU SAIS CE QUE TU ES EN TRAIN DE DIRE, MEC?
COMMENT ON VA REVENIR À MALICE, CETTE FOIS?
ON NE PEUT PLUS PASSER PAR LA MAISON DES MORTS, ELLE EST DÉMOLIE!

JE SAIS, PEUT-ÊTRE QUE TOUS LES PASSAGES SONT FERMÉS, MAINTENANT QUE TALL JAKE EST PARTI.
MAIS ÇA NE CHANGE RIEN. NOUS SOMMES LES SEULS À POUVOIR FAIRE ÇA.
LAISSE TOMBER ! OUBLIE NOTRE MONDE ! QUELQU'UN D'AUTRE S'EN OCCUPERA !
ON PEUT RESTER ICI TOUTE LA VIE, SI ON VEUT !
POURQUOI TU VEUX RISQUER TOUT ÇA ?
JE NE VEUX PAS, JE LE DOIS.
TU N'AS QU'À RESTER, TOI.
TU SAIS BIEN QUE JE NE VAIS PAS TE LAISSER TOMBER COMME ÇA, FILS DE...
ET ELLE ? ET TATYANA ?
ELLE PEUT VENIR AUSSI ?

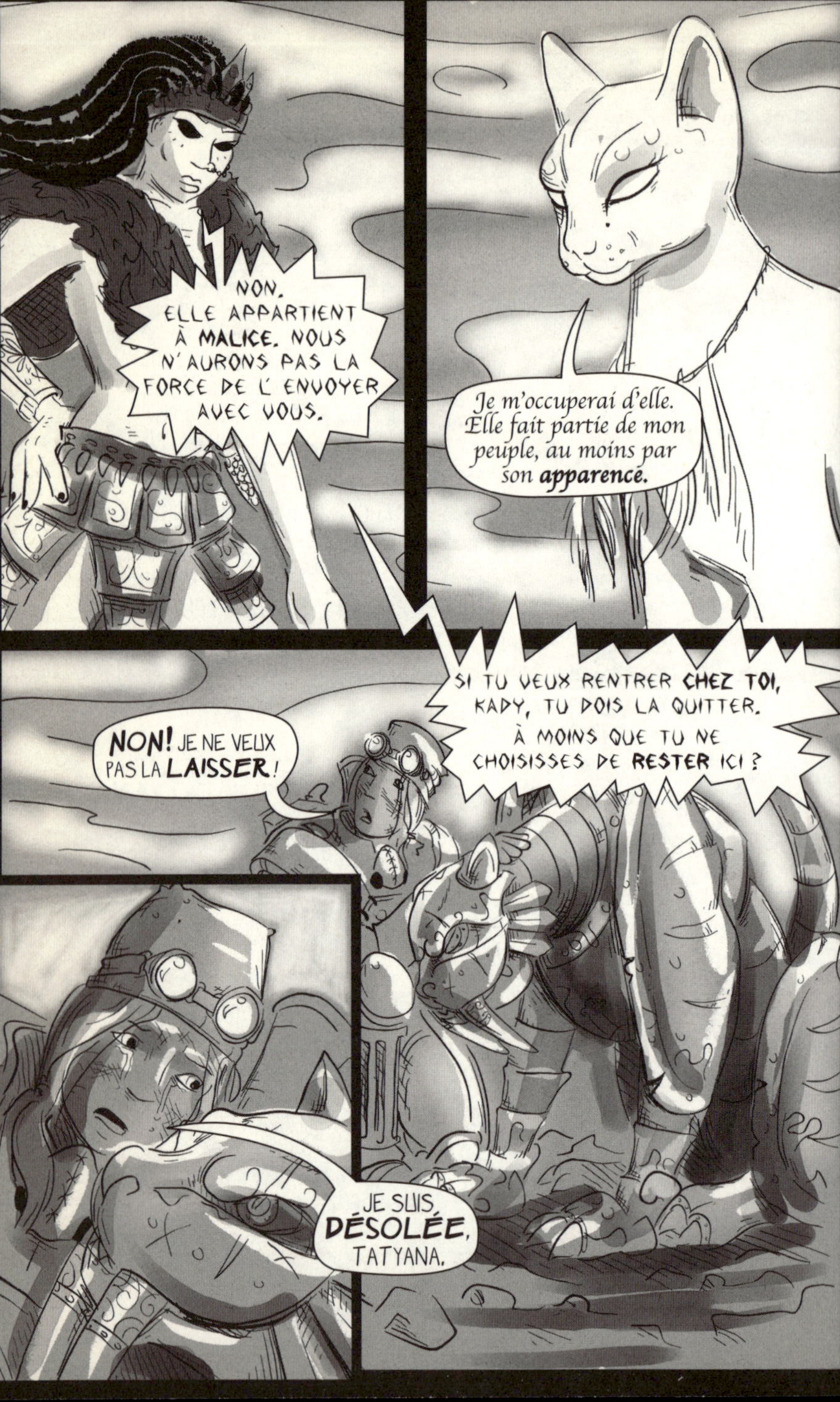
NON. ELLE APPARTIENT À MALICE. NOUS N'AURONS PAS LA FORCE DE L'ENVOYER AVEC VOUS.
Je m'occuperai d'elle. Elle fait partie de mon peuple, au moins par son apparence.
SI TU VEUX RENTRER CHEZ TOI, KADY, TU DOIS LA QUITTER. À MOINS QUE TU NE CHOISISSES DE RESTER ICI ?
NON! JE NE VEUX PAS LA LAISSER!
JE SUIS DÉSOLÉE, TATYANA.

TU ME MANQUERAS, SAC À PUCES.
ON REVIENDRA, D'ACCORD ? ATTENDS-NOUS. JE NE SAIS PAS COMMENT, MAIS UN JOUR, ON REVIENDRA.
PRRRRR PRRRRR
TU DEVRAIS PEUT-ÊTRE RESTER, KADY. ET RAVAGE ? QUE VONT-ILS FAIRE, SANS CHEF ?
ILS ONT TROUVÉ UN AUTRE CHEF. ILS N'ONT PAS BESOIN DE MOI.
NOUS SOMMES PRÊTS. ALLONS-Y.
NE FAILLISSEZ PAS À CETTE MISSION, ENFANTS. VOTRE MONDE EN DÉPEND.
ADIEU.

Retour dans le grenier

1

Quelques secondes d'obscurité, et ils se retrouvèrent dans leur monde.

Seth regarda autour de lui, déstabilisé par le changement de décor. Une seconde plus tôt, il avait été entouré par les ruines fumantes de la Maison des Morts, en plein air, sous le soleil fragile de Malice. À présent, il était à l'intérieur d'une grande pièce poussiéreuse dont la peinture s'écaillait. Les fenêtres étaient couvertes de fil de fer barbelé. Une télévision, également protégée, était posée sur une petite table, et des chaises à moitié défoncées lui faisaient face.

À ses côtés, Kady et Justin se montraient tout aussi perplexes.

« Où sommes-nous ? demanda Kady. Dans un hôpital ?

— On dirait la vieille salle de télé du Centre, commenta Justin.

— Dans une prison, peut-être ? »

Seth, lui, avait déjà compris. Il avait visité cet endroit autrefois, en rêve. À l'époque, il n'avait vu que le grenier, mais il reconnaissait la sensation que lui avait procurée ce lieu.

« Crouch Hollow. »

Kady se gratta la nuque.

« C'est logique. L'Omission a dû nous envoyer à la suite de Tall Jake, et où aurait-il pu se réfugier sinon dans sa base d'opérations ? »

Quelque chose attira son regard. Elle s'approcha de la porte, s'accroupit et ramassa un bouton. Après l'avoir examiné, elle le lança à Seth.

« Un bouton de manteau, décréta-t-elle.

— Celui de Tall Jake ?

— Je ne suis pas certaine : je ne l'ai jamais vu de près. Mais il y a des chances.

— Il a dû passer par là, donc. »

Seth se dirigea vers la porte, mais Justin l'arrêta.

« Dites, je ne voudrais pas jouer les mauviettes, mais quand on l'aura trouvé, on fera quoi ? Même si c'est vrai qu'il n'a plus qu'un dixième de son pouvoir habituel, ça suffit largement pour nous transformer tous en hamburgers si ça lui chante.

— Je ne sais pas. On verra bien. »

Justin leva les yeux au ciel.

« Super. Je me sens mieux, maintenant qu'on a un plan ! »

Ils sortirent de la pièce et empruntèrent un couloir.

Partout, des grilles, des barreaux, mais aussi des fuites d'eau, des portes qui grinçaient. En l'absence de chauffage, le froid régnait.

Seth comprenait l'inquiétude de Justin. Ce dernier avait raison : ils avaient besoin de mettre au point un plan avant d'affronter Tall Jake. Mais il ne voulait pas s'arrêter pour réfléchir : il y avait trop de choses auxquelles il ne voulait pas songer.

Et s'il détruisait Malice en détruisant Tall Jake ? S'il n'arrivait jamais à y retourner ? Comment pourrait-il se réhabituer à mener une vie normale, à aller en classe ?

Malice l'avait privé de son meilleur ami, mais lui en avait offert un nouveau en la personne de Justin. Et ce n'était pas tout. Malice lui avait donné de *l'espoir*. L'espoir d'un monde d'aventures, un monde différent de celui-ci. Un monde non pollué, un monde où les gens se parlaient au lieu de communiquer par Internet, un monde où il restait des choses à découvrir.

Ce n'était pas un monde parfait – le mal y côtoyait le bien, comme partout –, mais il était neuf. Seth avait toujours eu l'impression de naître dans un monde où tout avait déjà été fait ; à Malice, en revanche, tant d'aventures n'attendaient que lui !

Ils passèrent devant une rangée de cellules. Les portes étaient percées de petites fenêtres rondes, pour qu'on puisse surveiller l'intérieur des pièces. La plupart étaient entrouvertes, mais l'une d'elles était fermée. Seth jeta un coup d'œil par la vitre. La chambre était vide.

Du moins le crut-il jusqu'à ce qu'un visage apparaisse à quelques centimètres du sien, assez vite pour le faire sursauter.

Il bondit en arrière en étouffant un cri de surprise. Mais sa stupéfaction redoubla quand il reconnut la personne derrière la vitre.

« Alicia ! »

Il tira le verrou, ouvrit la porte et se retrouva face à elle. Elle était plus maigre que dans son souvenir, les cheveux en désordre, épuisée et effrayée.

« Que fais-tu ici ?

— Et toi ?

— C'est moi qui ai posé la question le premier !

— J'ai eu ton message. »

Son message. Bien sûr. Le message qu'il avait laissé sur son portable. Elle avait fait ce qu'il lui avait demandé et s'était retrouvée emprisonnée ici. Une fois de plus, Seth avait réussi à impliquer un innocent, comme il l'avait fait avec Kady, en dépit de ses bonnes intentions. À présent, au moins, il pouvait essayer de la délivrer.

Elle examina ses deux compagnons avec perplexité. Seth fut soudain conscient que leurs tenues, mélanges de vêtements provenant des deux mondes, devaient sembler bizarres. Kady agita la main.

« Bonjour !

— Oh, pardon, dit Seth, se rappelant soudain les bonnes manières. Alicia, je te présente Justin et Kady.

— Tu les as trouvés ? demanda Alicia avec un premier sourire. Tant mieux !

— Mais pourquoi es-tu enfermée dans cette cellule ?

— On m'a surprise en train de fureter ici, il y a... je ne sais pas... deux semaines, trois ? Mes parents doivent être... » Elle avait l'air bouleversée. « Quelqu'un a-t-il un téléphone ?

— Nous arrivons tout droit de Malice, expliqua Justin. Pas facile de les recharger, là-bas.

— Attends, tu veux dire que ça fait plusieurs semaines qu'on te garde prisonnière ? s'étonna Kady. Pour quelle raison ? Pourquoi ne se sont-ils pas plutôt débarrassés de toi ?

— Grendel, répondit simplement Alicia.

— Grendel ? Le dessinateur de *Malice* ?

— Lui-même. Il n'est pas comme vous l'imaginez. C'est... c'est un peu comme un enfant. Ils le maltraitent horriblement. Mais il s'est attaché à moi. Je crois qu'ils avaient l'intention de, heu... de se débarrasser de moi, comme tu dis, mais Grendel a piqué une crise quand ils m'ont emmenée. Il a refusé de dessiner, et il n'y a pas eu moyen de le convaincre. Or, ils tenaient absolument à savoir ce que vous maniganciez, à Malice ; ils m'ont donc ramenée dans le grenier et m'ont laissée là-bas, et Grendel a recommencé à travailler. C'était sa manière à lui de me protéger, je pense. Depuis, chaque jour, ils m'emmènent là-haut. Il dessine, je dessine. Il est content.

— Charmant, commenta Justin, sarcastique. Adorable. Bon, maintenant qu'on s'est tout dit, on se remet à notre affaire ?

— Quelle affaire ? demanda Alicia, ignorant son ton narquois.

— Nous sommes venus combattre Tall Jake, expliqua Seth. Il est blessé, affaibli. Il a été chassé de Malice, et nous avons été chargés de l'achever.

— Mais comment ? Vous ne pouvez pas simplement lui sauter dessus. Il vous tuerait.

— Ah, vous voyez ! s'exclama Justin. Je vous l'avais bien dit !

— Sans compter que Scratch et Miss Benjamin sont ici, eux aussi. »

En entendant mentionner Miss Benjamin, Kady pâlit.

« Seth, il vaudrait mieux réfléchir un peu…

— Et si on brûlait la baraque ? suggéra Justin avec un enthousiasme soudain.

— Non ! s'écria Alicia. Grendel est dans le grenier !

— Et alors ? C'est peut-être ton meilleur copain, mais pas le mien. Pour moi, il fait partie de la clique.

— C'est faux ! Il est innocent ! Il ne sait pas ce qu'il fait ! »

Justin ouvrit la bouche pour répliquer, mais Seth leva la main :

« Attendez. J'ai une idée. Peut-être qu'il n'est pas nécessaire de nous en prendre à Tall Jake. »

Justin croisa les bras et attendit qu'il développât sa pensée.

« Tu crois qu'on pourrait faire sortir Grendel d'ici ? demanda Seth à Alicia. Tu réussirais à le convaincre de venir avec toi ?

— Peut-être... Oui, sûrement. Oui, je suis sûre qu'il me suivrait.

— Quelle est ton idée, Seth ? demanda Kady.

— Enlever Grendel. Plus de Grendel, plus de BD. Plus de BD, plus personne pour croire en Tall Jake. Les lecteurs passeront à autre chose, et il perdra tout son pouvoir.

— Excellente idée ! approuva Alicia. J'ai entendu dire que, tout au début, il était à peine plus qu'un fantôme.

— L'Omission m'a dit la même chose, confirma Seth. Sans la bande dessinée, il s'affaiblirait de plus en plus et finirait par disparaître.

— Donc, on s'en prendrait à la BD au lieu de s'en prendre au gars... médita Justin. C'est moins palpitant, mais on ne risque pas de se faire tuer. Ça me va.

— Tu sais où est Grendel ? demanda Kady à Alicia.

— Dans le grenier. Suivez-moi ! »

2

Alicia savait désormais comment monter l'escalier sans danger.

« Il faut s'assurer que les deux portes ne soient pas fermées en même temps, expliqua-t-elle. J'ai vu comment procédaient Scratch et Miss Benjamin. Il y en a un qui tient la porte ouverte en bas pendant que l'autre va ouvrir celle d'en haut.

— Sinon, que se passe-t-il ? interrogea Kady.

— Des choses… désagréables. »

Alicia pressa l'interrupteur, et la pénombre s'éloigna, cliquetante et ondulante comme un essaim de cafards. Justin fronça les sourcils.

« J'ai déjà entendu ce bruit. La nuit où Tall Jake est venu me chercher.

— Qu'est-ce que c'est ? demanda Kady.

— Je ne sais pas. »

Alicia frissonna en se rappelant l'horrible moment où les créatures avaient grimpé sur ses cheveux, son nez, sa langue, la noyant presque. Le haut des marches semblait bien loin. Une ampoule unique brillait, suspendue à un fil électrique.

« Je vais passer la première. Il me connaît. Faites bien attention à ne pas laisser la porte d'en bas se refermer, d'accord ?

— Promis », répondit Seth en bloquant le battant de son corps.

Tout en gravissant les marches, Alicia s'étonna de ce qu'elle était en train de faire. Pourquoi agissait-elle ainsi ? Ça faisait des semaines qu'elle était emprisonnée. Sa première pensée aurait dû être de s'enfuir.

L'ancienne Alicia aurait pris ses jambes à son cou à la seconde où la porte s'ouvrait.

Mais l'ancienne Alicia ne connaissait pas Tall Jake, Malice… Grendel. C'était une fille très différente de celle qui montait à présent l'escalier.

Elle atteignit la dernière marche. Les ombres, vaincues, demeurèrent dans les coins. Elle posa son oreille sur le battant, n'entendit rien, l'ouvrit.

Le grenier était tel qu'elle l'avait laissé la veille. La lumière matinale passait à travers les lucarnes et éclairait peintures et brouillons éparpillés sur le sol. Grendel était assis devant son chevalet et dessinait. Comme en transe, il grattait, grattait, grattait une case avec sa plume d'acier favorite.

Elle fit signe aux autres de monter. Ils étaient arrivés à mi-chemin quand la porte d'en bas se referma. Alicia sentit que la porte qu'elle avait ouverte essayait de lui échapper à son tour, mais elle la tint fermement jusqu'à ce que tout le monde soit entré.

Tous les trois regardèrent Grendel avec étonnement.

« Il ne nous voit pas ? demanda Kady.

— Quand il dessine, c'est comme s'il n'était pas là, répondit Alicia. Il ne vous remarquera pas avant d'avoir fini.

— Il observe Malice et dessine ce qu'il voit », constata Seth.

Justin s'approcha avec précaution, d'un air dégoûté. Alicia sentit la colère monter en elle. Visiblement,

Justin était incapable de voir au-delà des malformations de Grendel, de ses traits difformes, de son corps maltraité.

« C'est lui ? demanda Justin. L'homme qui a créé Malice ? C'est ce type ?

— Oui. C'est lui », dit Alicia sur un ton qui le mettait au défi d'ajouter quoi que ce soit. Justin comprit et se tut.

« Que faisons-nous ? demanda Seth. Pouvons-nous le convaincre de nous suivre ?

— Il va falloir attendre jusqu'à ce qu'il ait terminé. Il ne bougera pas avant.

— Et ça va prendre longtemps ? demanda Justin, ennuyé.

— Ça prendra le temps que ça prendra ! »

Alicia avait très vite décidé que Justin ne lui plaisait pas. Il l'avait agacée depuis le début.

Elle s'approcha de Seth, qui observait, impressionné, les illustrations qui envahissaient le grenier, appuyées contre des murs ou dressées sur des chevalets. Des dessins au crayon ou au charbon côtoyaient d'énormes peintures. L'une d'elles représentait un paysage de Malice, une vallée sous un ciel nuageux ; l'image était si réelle qu'on aurait pu plonger à l'intérieur. À côté se trouvait un portrait grandeur nature de Tall Jake. Alicia haïssait ce tableau. Elle avait toujours l'impression qu'il la surveillait.

« Voilà donc le portrait de Tall Jake, constata Seth.

L'Omission m'a dit qu'il était sorti de ce tableau, dans ce grenier. C'est comme ça qu'il est venu dans notre monde pour la première fois. »

Alicia en eut la chair de poule.

« Merci d'avoir essayé de faire quelque chose, continua Seth. Je suis sûr que ça n'a pas été facile de recevoir ce message. »

Elle lui adressa un petit sourire.

« Il y a des choses… des choses qu'on ne peut tout simplement pas ignorer. »

Elle se tourna vers Grendel, et Seth suivit son regard. Kady se tenait debout derrière lui et, par-dessus son épaule, examinait son dessin.

« C'est vrai », répondit Seth.

Mais il regardait Kady et non Alicia.

« Eh ! cria Kady, tout excitée. Venez voir ! »

Ils s'approchèrent. Grendel arrivait à la fin d'une page et ajoutait quelques détails à la dernière case. Alicia tendit le cou pour comprendre ce qui avait intéressé Kady à ce point. Les images représentaient des scènes de violence qui ne lui plaisaient pas beaucoup.

« C'est ce qui est arrivé après ! s'exclama Kady. Après notre départ, je veux dire. Regardez, il y a Dylan et Scotty. Et Tatyana ! » Elle se pencha pour mieux y voir. « Les forces de Tall Jake se dispersent. Les nôtres les poursuivent et les détruisent. » Elle se retourna avec un grand sourire. « Nous avons gagné !

— Vraiment ? »

Alicia fut saisie de froid au son de cette voix. On aurait dit le grattement d'ongles trop longs à l'intérieur du couvercle d'un cercueil.

Contournant un écran de tableaux, Icarus Scratch et Miss Benjamin apparurent. Et hors de l'ombre, comme une coagulation non de sang mais de ténèbres, se dressa une silhouette qu'elle avait espéré ne jamais voir. Une silhouette qu'elle n'avait jamais aperçue que de loin, ainsi que dans un horrible portrait.

Tall Jake lui-même.

Traversées

1

Tall Jake. Seth le regarda fixement, immobile. Tall Jake était là, juste devant eux.

Rien que le voir semblait anormal. C'était comme un gouffre par lequel étaient aspirées lumière et vie. Un élément disloqué, fracturé, incongru. Pas vraiment réel.

Mais ce n'était pas le Tall Jake que Seth avait découvert dans la bande dessinée, ce haut personnage qui avait assisté, impassible, à la mort de son ami Luke. Son tricorne avait disparu, révélant son crâne chauve, blanc et ridé, d'où pendaient de rares mèches ternes semblables à des vers grouillants. Son visage était encore plus horrible : sur un côté, la peau était plissée et fondue comme de la cire, suite à sa première bataille contre le Fragment. Il portait également des blessures nouvelles. Son long manteau était froissé et déchiré, et il marchait un peu recourbé, une main plaquée contre ses côtes.

Toutefois, aussi mal en point fût-il, il inspirait encore la peur. Ses yeux – des pupilles jaunes en forme d'étoile dans des flaques de rouge – flamboyaient de haine. Ses lèvres retroussées révélaient de longues dents blanches.

« Vous m'avez posé bien des problèmes.

— Petits espions, voleurs ! glapit Scratch. Sales gamins vicieux ! »

Seth était terrifié, mais d'autant plus décidé à ne pas le montrer.

« Comment avez-vous su que nous viendrions ? demanda-t-il d'une voix ferme.

— Je ne serais pas devenu le maître de Malice si je n'étais pas capable de prévoir les agissements de mes ennemis.

— Vous n'aviez pas prévu l'explosion de la Maison des Morts », lança Justin sur un ton de défi.

Tout en parlant, il regardait autour de lui à la recherche d'une issue, tandis que Scratch et Miss Benjamin s'approchaient dangereusement. Tall Jake posa son terrible regard sur lui.

— Non, admit-il lentement. Je ne l'avais pas prévu. »

Les quatre compagnons s'étaient regroupés en un petit cercle près de Grendel. Le grattement de la plume ne s'était interrompu à aucun moment.

« Que savez-vous de l'Omission ? demanda Tall Jake. Ou de la Reine des Chats ? Croyez-vous qu'elles dirigeront Malice mieux que moi ? Vous imaginez-vous que vous avez déclenché une ère de paix et de démocratie ? Pauvres idiots. Vous vous êtes mêlés de choses que vous ne comprenez pas.

— J'ai compris que vous avez enlevé plein de gens et que vous les avez tués ! cria Seth, furieux. Et que vous avez causé la mort de mon ami Luke ! »

Tall Jake ricana derrière le col de son manteau.

— Pourquoi votre race refuse-t-elle toujours de prendre ses responsabilités ? Vous rejetez systématiquement la faute sur un autre...

— *C'était* votre faute !

— Non. Je n'ai enlevé que ceux qui m'ont appelé. Il était parfaitement clair depuis le début que ceux qui feraient le rituel seraient emmenés. Pourtant, vous avez été si nombreux à m'appeler. Vous aimez prendre des risques, n'est-ce pas ?

— Ça n'excuse pas la manière dont vous les avez tués !

— Je ne suis pas en train de m'excuser. Mais je ne les ai pas tués. Je les ai testés, comme ils le désiraient. Certains n'ont pas survécu. D'autres, tels que vous, s'en sont sortis. » Il était désormais assez proche pour que Seth puisse sentir l'odeur qui se dégageait de lui. Une odeur de cadavre. « Votre race doit être bien désespérée pour être autant attirée par mes pièges et mes dangers. »

Seth sentit la rage l'envahir. Toutes ces explications le mettaient hors de lui. Mais le pire, c'est que cet assassin n'avait pas complètement tort. À aucun moment il n'avait triché. Tous ceux qui avaient été emmenés à Malice avaient su à quoi s'attendre. Simplement, la plupart d'entre eux n'y croyaient pas. Était-ce leur faute ?

Non. Ça n'avait pas d'importance. C'était mal ! Voilà tout !

« Les humains ont un tempérament de voyeurs, n'est-ce pas ? Vous appréciez le risque d'un pari, d'un jeu. Vous jouissez de voir d'autres se ridiculiser. Vous adorez contempler la souffrance d'autrui. Voilà pourquoi vous lisez la bande dessinée et m'insufflez de plus en plus de force. Bientôt, je serai assez puissant pour prendre le pouvoir dans votre monde. » Il se pencha en avant avec un sourire hideux. « Je ne fais que répondre à votre demande. Vous donner ce que vous méritez. »

Seth songea brusquement à ses parents, avachis devant la télévision, s'abrutissant devant des programmes stupides tandis que leurs vies s'écoulaient goutte à goutte. Les choses se passaient-elles réellement ainsi ? Le monde était-il stupide, ennuyeux, violent et injuste uniquement parce que c'était ainsi que les humains l'avaient façonné ? *Avons-nous réellement ce que nous méritons ?*

« Je vois que tu comprends mon point de vue. Nous ne sommes pas si différents, toi et moi. »

Seth voulut se récrier, le démentir. Non ! Il ne serait jamais comme Tall Jake ! Ils n'avaient rien en commun ! Mais il n'en eut pas le temps. Juste à ce moment, avec un cri d'attaque, Justin se jeta sur Tall Jake armé d'un cutter.

D'où le tenait-il ? Probablement l'avait-il ramassé parmi le matériel artistique éparpillé ici et là, et dissimulé lorsque Scratch, Miss Benjamin et Tall Jake avaient fait leur apparition. Quoi qu'il en soit, il ne réussit même pas à s'approcher à moins d'un mètre de Tall Jake.

Il y eut un cliquetis, le tapement de milliers de petites pattes griffues, puis une ombre épaisse se déversa comme du goudron depuis l'intérieur du manteau de Tall Jake. Des tentacules de ténèbres parcoururent l'espace entre Tall Jake et Justin ; elles s'agrippèrent à ses membres, à son visage, s'étalèrent peu à peu partout sur sa peau. Le garçon tomba par terre, se débattit, mais ses jambes étaient immobilisées, et l'obscurité se frayait un chemin entre ses lèvres, à l'intérieur de ses narines, de ses yeux. Il essaya de crier, mais ne put que gargouiller.

« Arrêtez ! » cria Seth.

Ne sachant quoi faire d'autre, il voulut donner un coup de poing à Tall Jake. Mais ce dernier le vit venir, et la substance noire qui torturait Justin s'enroula également autour de ses bras. Seth se sentit agrippé par une poigne glaciale et fut rejeté en arrière. En un instant, les ombres le recouvrirent. Elles fourmillaient sur sa peau, comme des millions d'insectes invisibles, quoique bruyants. Il essaya de s'épousseter, mais elles étaient déjà sous ses vêtements, dans son col, sur son menton. On criait dans le grenier. Ses lèvres s'écartèrent malgré lui et sa bouche fut bientôt pleine d'ombres grouillantes. Il toussa, toussa, mais il n'y avait plus d'air dans ses poumons. L'obscurité recouvrit ses yeux et il ne vit plus rien.

À l'aide ! Au secours ! Aidez-moi !

Mais personne ne pouvait l'aider.

Soudain, les ténèbres s'écartèrent, et il recouvra l'usage de la vue. Les insectes avaient disparu. C'était comme s'ils n'avaient jamais été là, comme un cauchemar qui s'évanouit au réveil. Mais Tall Jake se tenait debout devant lui. Le cauchemar était loin d'être fini.

Seth respira à grandes goulées. Le souvenir des ombres répugnantes vivant sous le manteau de Tall Jake lui donnait envie de vomir. À sa droite, Justin, couché sur le dos, semblait avoir du mal à reprendre sa respiration. Kady et Alicia pleuraient. La plume de Grendel avait cessé de gratter le papier.

« Ce ne sera pas aussi rapide, les enfants. Vous m'avez causé trop d'ennuis pour que je vous octroie une mort expéditive. »

Tall Jake tendit une main, puis referma brusquement le poing. Seth avait à peine eu le temps de reprendre son souffle quand il ressentit la pire souffrance qu'il eût jamais expérimentée. C'était comme si ses poumons, son cœur, ses intestins étaient écrasés, comprimés à l'intérieur d'un espace minuscule. Pire : il entendait Kady crier, elle aussi. Kady, ainsi qu'Alicia, et Justin. Tous les quatre étaient en proie à cette douleur insupportable.

Pas Kady ! Moi, mais pas elle !

Les mots ne franchirent jamais ses mâchoires crispées. La vague de torture suivante le vida de ses pensées, et sembla ne jamais vouloir se terminer.

Quand elle prit fin néanmoins, tous quatre demeurèrent brisés, échoués sur la plage de l'agonie. Les oreilles de Seth tintaient, et ses yeux refusaient de lui montrer une image nette. Il demeura allongé sur le dos, regard fixé sur le pâle rectangle d'une lucarne. *Inspire. Expire.*

Il fut peu à peu conscient que des cris continuaient. C'était un son étrange, comparable à celui d'un animal blessé.

« Vas-tu te taire, espèce de mongol dégénéré ? » hurla Scratch.

Il s'adressait à Grendel. C'était Grendel qui criait. En tournant la tête, Seth découvrit que l'homme s'était agenouillé près d'Alicia et essayait maladroitement de lui bercer la tête, de la serrer contre lui. Son visage ressemblait à un masque horrifié.

Tall Jake ne lui prêta aucune attention. Il n'avait pas terminé.

« Vous m'avez chassé de mon monde, et je prendrai le vôtre. Je n'ai plus d'armée, mais il y a encore des gens qui croient en moi. Mon pouvoir s'accroît à chaque fois que mon nom est prononcé avec peur. Bientôt, personne, dans ce faible et morne royaume, ne pourra s'opposer à moi ! »

Seth s'était préparé, mais cela ne changea rien. Le supplice vida l'air de ses poumons. Il se recroquevilla sur le sol du grenier, mais la douleur venait de l'intérieur et il ne pouvait pas se protéger contre elle.

Nonnonnon ça ne peut pas continuer

Soudain, la torture cessa. Le soulagement fut merveilleux, miraculeux. Seth haletait, allongé sur le flanc. Il entendait les cris de Grendel près de lui. Il ouvrit les yeux et comprit pourquoi Tall Jake s'était interrompu.

Grendel martelait Tall Jake de ses poings. Malgré sa taille et son poids, cette attaque avait quelque chose de pitoyable : on aurait dit un petit enfant s'en prenant à son père. Les larmes coulaient sur les joues de Grendel, qui semblait en proie à une crise d'hystérie.

Il essaie de défendre Alicia.

Ses efforts furent inutiles. Tall Jake plissa le front, agacé.

« Nous avons trop cédé à tes caprices, demeuré. Apprends quelle est ta place ! »

Il attrapa Grendel par le poignet et le projeta à l'autre bout du grenier, comme s'il ne pesait rien. Grendel s'écrasa par terre sous une avalanche de pots de peinture et de tableaux brisés. Il resta couché, gémissant.

Scratch soupira et demanda à Tall Jake :

« Tue-les une bonne fois pour toutes, qu'on puisse se remettre au travail ! Nous avons encore un monde à conquérir, et tu dois me donner les îles Britanniques.

— Tu as raison. Torturer ces nullités n'est pas très satisfaisant. » Il contempla Seth et secoua la tête avec mépris. « Regarde-les. Comment ont-ils pu me poser autant de problèmes ? Enfin, ça n'a pas d'importance. C'est terminé, à présent. »

C'était leur dernière chance de tenter quelque chose, mais Seth était incapable d'agir. Il n'y avait rien qu'il puisse faire pour contrer Tall Jake. Il était trop fort.

Alicia avait raison. Nous ne sommes que des enfants. Comment pourrions-nous gagner ?

La douleur revint, encore pire qu'avant. Un martyre atroce, terrifiant, désespérant. Il ne pouvait plus respirer, plus réfléchir, plus regarder. Ce calvaire était insoutenable.

Je voulais... sauver tout le monde... la sauver, elle... et dire que j'ai presque réussi...

Il était à peine conscient des autres personnes dans la pièce. Ses amis, qui criaient et se tordaient, comme lui. Scratch et Miss Benjamin, qui se délectaient du spectacle. Et Grendel... Grendel qui se relevait inaperçu, traversait lentement le grenier, quelque chose à la main...

Il ne se dirigeait pas vers Tall Jake... mais vers son portrait.

Seth avait les yeux voilés. Il était sur le point de s'évanouir. S'il perdait conscience, la douleur cesserait… mais sa vie aussi.

Il serra les dents et résista. Et juste au moment où il croyait ne plus pouvoir tenir, la torture cessa et le grenier fut plongé dans le chaos.

2

Seth demeura étendu, harassé par la souffrance et par sa brusque interruption. Il avait été certain que la fin était proche. Il aurait juré que cette fois, Tall Jake ne s'arrêterait pas avant d'en avoir terminé. Et pourtant…

Autour de lui, des cris, des mouvements. Grendel rugissait. Scratch et Miss Benjamin l'accablaient d'insultes. Et un autre bruit…

Tall Jake. Tall Jake hurlait.

Seth rassembla ses forces et se mit à quatre pattes. Au début, il ne distinguait que des taches de couleur, mais quand sa vue revint, il commença à comprendre ce qui s'était passé.

Devant lui, Tall Jake titubait, les paumes plaquées sur ses yeux. Son visage avait une apparence étrange. La peau blanche et ridée avait été remplacée par quelque chose de noir, qui fumait. Des cris terribles sortaient de sa bouche, et il chancelait, aveuglé.

Plus loin, Scratch et Miss Benjamin luttaient contre Grendel devant le portrait de Tall Jake. Une large bande noire barrait le visage du portrait, et Grendel tenait à la main un pinceau dégoulinant.

Miss Benjamin et Scratch essayèrent de le retenir, mais il était plus fort qu'eux. Il repoussa violemment Miss Benjamin et passa une nouvelle fois le pinceau sur le tableau, cette fois à travers le torse. Sous les yeux de Seth, un trait aussi large qu'une trace de pneu apparut sur le corps de Tall Jake, noir et fumant comme un papier jeté dans le feu. Tall Jake hurla en se martelant la poitrine.

« Arrêtez-le ! Arrêtez-le ! »

Son créateur était en train d'essayer de l'effacer. Scratch et Miss Benjamin redoublèrent d'efforts, et cette fois, ils réussirent à arracher le pinceau des mains de Grendel.

Voyant que Grendel allait succomber, Seth regarda frénétiquement autour de lui en cherchant comment lui venir en aide. Il cherchait le cutter utilisé par Justin, mais ne le vit nulle part. La seule chose à portée de main était la plume de Grendel, cette plume à pointe d'acier qui avait gratté, gratté le papier pendant si longtemps.

Son corps était vide de forces. Se lever semblait une tâche impossible. Mais un autre son lui parvint. Kady pleurait. Couchée par terre, roulée en boule, elle sanglotait, la tête entre les mains.

Une rage soudaine s'alluma en lui. Tall Jake avait fait du mal à Kady. Nul n'avait le droit de lui faire du mal. Il se concentra sur sa haine, se releva en trébuchant, se baissa pour ramasser la plume.

Il y eut un bruit sourd. Scratch et Miss Benjamin avaient fait tomber Grendel par terre.

« Nous l'avons maîtrisé ! » cria Scratch victorieusement.

Tall Jake continuait à vaciller sur ses jambes, aveuglé.

« Je vais le tuer ! Où est-il ? Amenez-le-moi ! Je vais le tuer ! »

La main de Seth se referma sur la plume.

« Vous avez tué assez de gens comme ça. »

Il courut vers Tall Jake en tenant la plume à la main comme un poignard. Tall Jake l'entendit et se tourna vers lui. Seth plongea la plume sous son col, dans son cou, profondément.

Dans le grenier, tout s'immobilisa. Tall Jake resta debout, comme sous le choc. Ses yeux aveugles et brûlés semblaient fixés sur Seth. Scratch et Miss Benjamin retinrent leur respiration. Grendel lui-même cessa de lutter, comme s'il avait senti qu'il se passait quelque chose d'important.

Puis, autour de là où la plume était enfoncée, le corps de Tall Jake se mit à fumer, comme après les coups de pinceau de Grendel, à la manière d'un papier en proie aux flammes. Avec un grand cri, Tall Jake recula en oscillant, mais la fumée s'étendait déjà vers son visage, son bras, comme pour le dévorer. Il trébucha et tomba par terre, se débattit désespérément. Mais rien n'y fit. Son dos, ses jambes, tout son corps furent peu à peu consumés, de la tête aux pieds. Il eut beau crier, lutter, se rouler par terre, le processus était irréversible, et ses gestes devinrent de plus en plus faibles.

Puis il y eut un autre cri à l'autre bout de la pièce. Miss Benjamin regardait ses mains d'un air horrifié. Celles-ci se changeaient en poussière et se désintégraient sous ses yeux.

« Non ! C'est impossible ! Pas moi ! »

Ses protestations furent vaines. Le masque tomba, et la sévère Anglaise fut remplacée par le monstre ridé aux yeux de chèvre que Seth avait entrevu pendant l'orage à Hathern. Heureusement, ce fut bref. Elle disparut encore plus vite que son maître, et après un dernier gémissement, il ne resta plus d'elle qu'un tas de boue, de sang, de poussière.

Enfin, le silence régna. Là où Tall Jake était tombé, le sol était couvert de cendres. La pointe d'acier de la plume y brillait.

Seth baissa les yeux vers ce qui restait de son ennemi.

« Ça, c'était pour Luke. »

Justin se relevait, encore hébété. Kady était en train d'aider Alicia. Ils avaient tous du mal à en croire leurs yeux. Était-ce réellement terminé ? Tall Jake avait-il enfin disparu pour de bon ?

« Sales gosses ! cria soudain Scratch. Vous m'avez ruiné ! Pendant tout ce temps, j'ai dû prendre soin de ce crétin bavant, je l'ai nourri, j'ai imprimé cette maudite bande dessinée, tout ça pour rien ! Je serais devenu roi ! J'aurais dirigé le pays ! » Ses yeux fous étincelaient. Sa main serrait le cutter que Justin avait laissé tomber quelques minutes auparavant. « Je vais vous découper en morceaux ! »

Il bondit vers Seth, lame levée, mais ne fit pas trois pas avant d'être intercepté. Grendel l'attrapa par-derrière et lui bloqua les bras. Scratch jura et lutta, se tortilla et rugit, sans lâcher son arme. Grendel le tira en arrière, loin des quatre adolescents.

« Lâche-moi, espèce de singe difforme ! Je vais leur couper la gorge ! Lâche-moi ! »

Grendel l'ignora. Il continuait à le remorquer en direction de l'énorme paysage de Malice que Seth avait admiré en entrant dans le grenier. Scratch essayait de libérer son bras pour poignarder son agresseur, mais Grendel le serrait avec trop de force.

« Où m'emmènes-tu ? cria Scratch. Où vas-tu ? »

Grendel ne répondit pas. Son dos bossu frôlait presque le tableau. Il adressa un regard à Alicia, de l'autre côté de la pièce. Sous cet énorme front, dans ce visage tordu, ses yeux étaient tristes. Son regard était un adieu.

Dans un dernier effort, il bascula en arrière, entraînant Scratch dans sa chute. La toile ne se déchira pas, ne se renversa pas. Ils passèrent au travers, comme s'il s'était agi d'une fenêtre.

« Arrêêêêête ! » hurla encore Scratch.

Une seconde plus tard, les quatre adolescents étaient seuls.

Destinations

1

Encore sonnés, ils échangèrent des regards, parcoururent des yeux la pièce déserte meublée de tableaux silencieux. La terreur avait quitté la pièce, mais la vie aussi. Il n'y avait plus aucun pouvoir en ces lieux ; ce n'était qu'un vieux grenier glacial.

« Où sont-ils allés ? » demanda enfin Alicia.

Justin marcha lentement vers le paysage dans lequel Scratch et Grendel avaient plongé, et le toucha de la main. Ses doigts se heurtèrent contre la toile. Il se retourna et haussa les épaules.

« J'imagine qu'ils sont allés à Malice, répondit Kady.

— Mais comment ? » Derrière ses lunettes, les yeux d'Alicia étaient pleins de larmes.

« Je suppose… » commença Kady, puis elle se tut, consciente qu'elle n'avait aucune explication à lui offrir. Seth prit la parole :

« Grendel a créé un monde si réel que tout le monde pouvait y aller. Pourtant, il n'y avait jamais mis les pieds. Jusqu'à présent. » Il s'efforça de sourire à Alicia. « Il a fait ça pour nous protéger de Scratch. Pour *te* protéger. »

Alicia se mordit les lèvres, yeux fixés sur le paysage. Le tableau était exactement le même qu'auparavant.

« Bon, conclut Justin en se frottant les mains pour les dépoussiérer. Eh bien, c'est fini. »

C'était fini, mais aucun d'entre eux ne parvenait encore à l'admettre. Ils demeuraient debout, ahuris, apathiques. Tout semblait tellement normal.

Finalement, Kady hasarda :

« Nous devrions essayer de trouver un téléphone, ou sortir d'ici.

— Il faut faire attention, avertit Alicia. Il y avait un homme… enfin, une créature étrange… qui gardait la grille. Et je l'ai entendu dire qu'il y avait des bêtes dans la forêt. Et…

— Tu as vu ce qui est arrivé à Miss Benjamin ? l'interrompit Seth. Quand Tall Jake a disparu, tous ceux qu'il a créés ont disparu avec lui. Je ne pense pas qu'il faille s'inquiéter. »

Ils quittèrent le grenier et errèrent dans les couloirs de Crouch Hollow. Plus aucune menace ne flottait dans l'air. Les ombres avaient déserté les escaliers. Leurs pas résonnaient entre les murs de l'ancien asile, qui n'inspirait plus aucune peur : ce n'était qu'un vieux bâtiment.

« Que va-t-il se passer maintenant, à votre avis ? demanda Justin. À Malice, je veux dire ?

— Aucune idée, répondit Seth. Tout ce que je sais, c'est que plus aucun adolescent n'atterrira là-bas.

— Et ceux qui y sont déjà ? Scotty, Dylan, et les autres ?

— Je ne sais pas. Tant que Malice existe, ils iront bien, je pense. Tout va continuer comme avant, mais sans Tall Jake, sans régulateurs, ni rien. Dylan est le chef de Ravage, à présent. Et il y a encore de nombreux billets blancs cachés un peu partout dans Malice. Il n'y a aucune raison pour que les trains arrêtent de circuler juste parce que Tall Jake a disparu ; s'ils veulent revenir, ils n'auront qu'à prendre le train.

— Mais si Grendel est à l'intérieur de Malice, ce monde va forcément continuer à exister, non ? lança Justin. Même sans BD et sans lecteurs. Comment ça pourrait s'arrêter alors que celui qui l'a créé y est ? »

Il fronçait les sourcils dans son effort de formuler sa pensée.

« Tu crois vraiment ? Tu penses que Malice existera pour toujours ? » Seth sourit. « J'aime cette idée. »

2

Ils trouvèrent un téléphone à l'accueil, derrière le comptoir : un vieil appareil en plastique avec un cadran tournant à la place des touches. Kady porta le récepteur à son oreille et s'illumina en entendant la tonalité.

« Je dois appeler mes parents ! » s'écria-t-elle.

Elle commença à composer le numéro, mais Seth l'arrêta en posant la main sur la sienne.

« Attends, Kady.

— Quoi ?

— Réfléchis une seconde. Pense aux questions qu'on va nous poser. Les policiers. Tout le monde. Qu'allons-nous leur dire ?

— Quelle importance ? Nous leur dirons... »

Sa voix s'éteignit tandis qu'elle s'imaginait en train de parler à la police d'une BD clandestine, de Tall Jake... sans la moindre preuve.

« Nous n'avons rien fait de mal ! s'écria-t-elle, frustrée.

— Je sais. Mais si on leur parle de Malice, on va finir dans un endroit comme celui-ci. »

Kady raccrocha brutalement.

« Alors qu'est-ce qu'on dit, petit génie ?

— Rien. Rien au sujet de Tall Jake, de l'imprimerie, de la BD, et tout ça. C'est inutile. Scratch et Grendel sont partis, Tall Jake et Miss Benjamin sont morts. La bande dessinée disparaîtra sans qu'il soit nécessaire d'intervenir.

— Tu veux ne rien dire du tout ?

— Non, car on ne se souviendra de rien, déclara Seth. Comme tous les autres, ceux qui sont revenus amnésiques. Vous vous rappelez ? Tous ceux qui sont sortis de Malice sont rentrés chez eux sans savoir où ils étaient allés. Nous allons faire pareil. Sinon, tout le monde pensera que nous sommes devenus fous. »

À contrecœur, Kady accepta. Alicia aussi, même s'ils eurent du mal à la convaincre de mentir à ses parents. Justin se contenta de hocher la tête. Depuis qu'ils avaient quitté le grenier, il s'était peu à peu enfoncé dans le silence. Tendu, grave, il ne lançait même plus de plaisanteries.

« Pour que ça marche, reprit Seth, il nous faut rentrer chez nous sans faire appel à la police ou à des connaissances. Personne ne doit savoir où nous sommes allés. Il faut qu'on apparaisse devant chez nous comme venus de nulle part.

— Comment ? demanda Kady. Même si nous avions de quoi payer un taxi, nous ignorons où nous sommes ! Et aucun d'entre nous ne sait conduire.

— On pourrait faire du stop, proposa Justin.

— Non ! cria Alicia. On ne sait jamais sur qui on tombe ! »

Justin haussa les épaules.

« Après ce qu'on vient de vivre, tu crois que ça m'inquiète ?

— Il a raison, approuva Seth. C'est le seul moyen. Sinon, comment expliquer ce que nous faisions tous ensemble à Crouch Hollow ? Il faut qu'on rentre à la maison sans laisser de trace.

— C'est dangereux de faire du stop ! insista Alicia.

— Nous n'avons pas le choix.

— Nous sommes quatre, fit remarquer Kady.

— Non, trois, intervint Justin. Je crois que je vais rester encore un peu ici. »

Tout le monde le regarda avec étonnement.

« Tu veux rester ici ?

— Pourquoi pas ? Ce n'est pas pire qu'ailleurs. »

Sur ces mots, il sortit de la pièce, les épaules basses, et se renfonça dans les couloirs de Crouch Hollow.

« Qu'est-ce qui lui prend ? demanda Kady.

— Je vais lui parler », répondit Seth, et il suivit son ami.

3

Il rattrapa Justin au moment où celui-ci entrait dans un bureau aussi délabré que le reste du bâtiment, avec des archives en train de pourrir sur les étagères et des classeurs rouillés. Justin se mit à farfouiller dans les coins, à retourner des objets, à soulever des papiers. Seth l'imita.

« Qu'est-ce qu'on cherche ? »

Justin ne répondit pas. Il l'ignorait probablement lui-même.

« Tu n'as pas envie de rentrer chez toi, pas vrai ?

— Je n'irai pas, mec. Pas question. Je préfère coucher dans la rue.

— Je ne te laisserai pas faire ça.

— C'est sympa, mais tu vas faire quoi ? Je ne peux pas

m'incruster chez toi, hein ? Les services sociaux nous tomberaient sur le dos, et je serai de retour chez mon père aussi vite que ça. » Il claqua des doigts. « Et je te parie qu'il me filera une méga raclée pour compenser toutes celles qu'il ne m'a pas données cette année. »

Seth posa la main sur son épaule.

« Ce n'est pas ce que je voulais dire. Nous allons retourner à Malice. Je voudrais juste ramener Kady chez elle et vérifier que mes parents vont bien. » Il mit la main dans sa poche et en sortit deux billets blancs. Des billets pour Malice. « Ensuite, nous monterons dans un train. »

Justin demeura bouche bée.

« Tu as des billets ? D'où tu sors ça ?

— Je les ai trouvés dans la Maison des Morts, en plaçant la bombe.

— La boîte planquée derrière les tuyaux ! s'exclama Justin. J'avais oublié !

— Moi aussi. Je voulais te montrer les billets, mais l'ogre est arrivé, et après ça m'est sorti de la tête… Je suppose que Tall Jake les avait cachés là pour qu'un petit veinard mette la main dessus après avoir été lâché dans la Maison des Morts. » Il les examina, méditatif. « Vu qu'il y avait des billets cachés un peu partout dans Malice, je suis même assez étonné de ne pas en avoir trouvé plus tôt.

— Tall Jake ! J'ai toujours bien aimé ce type ! » Justin rayonnait, mais il redevint bientôt sérieux. « Tu es sûr de vouloir faire ça ? Y retourner pour de bon ? Et tes vieux ? Et Kady ? »

Seth perdit un peu de sa bonne humeur.

« Je n'ai pas envie de la quitter, reconnut-il. Mes parents non plus. Tu crois que je n'y ai pas réfléchi ? Comment pourrais-je leur expliquer où je vais ? Leur faire comprendre que je ne pourrai même pas leur envoyer une carte postale ou leur passer un coup de fil de temps en temps ?

— Dur, dur. C'est plus facile pour moi : il n'y a rien qui me manque, ici. Mais toi… »

Seth soupira.

« Kady sera plus heureuse ici. Mes parents sont heureux… ou aussi heureux qu'ils peuvent l'être, en tout cas. Mais ce monde n'est pas pour moi. J'ai trouvé ma place, et je dois y retourner. »

Justin hocha la tête.

« Ouais. Moi aussi. » Il regarda Seth dans les yeux. « Je suis content que tu viennes avec moi, mec. Ça n'aurait pas été la même chose, sans toi.

— Je sais. Pareil pour moi. »

4

Quand ils arrivèrent à Hathern, il faisait déjà sombre. Un vent froid soufflait. Ils étaient sortis de Crouch Hollow et avaient arpenté des routes de campagne jusqu'à trouver un automobiliste qui les conduise jusqu'à l'autoroute. Il leur avait fallu patienter longtemps ensuite avant que quelqu'un n'accepte de les prendre tous les quatre ensemble. Finalement, ils s'étaient entassés à l'arrière d'une camionnette. Face à l'étonnement du chauffeur devant les tenues bizarres de Seth, Kady et Justin, ils avaient prétendu revenir d'un festival de musique. Il avait eu l'air de trouver ça formidable ; il leur avait offert des sandwiches qu'ils avaient dévorés, et avait fredonné des chansons de Johnny Cash pendant tout le trajet jusqu'à la sortie vers Hathern. Ils avaient parcouru le reste du chemin à pied.

Les adieux avec Alicia avaient été rapides, car la nuit tombait, et elle devait encore cheminer jusqu'à son propre village. Seul Seth l'avait réellement connue ; pour les autres, c'était presque une étrangère. Pourtant, elle avait joué un rôle important dans la lutte contre Tall Jake, et Seth savait qu'elle lui manquerait.

« Tu n'auras plus besoin de redouter d'être enlevée pendant la nuit, dit Seth en la quittant. Ton ami Philip est hors de danger, lui aussi.

— Nous avons bien agi, n'est-ce pas ? »

Seth comprit qu'elle repensait à Grendel.

« Tu l'aimais bien, pas vrai ?

— Il avait besoin qu'on prenne soin de lui. J'aurais tant voulu pouvoir l'aider. »

Ils échangèrent une embrassade, et elle partit en direction de chez elle.

L'étape suivante était la maison de Seth. Ils passèrent par des ruelles écartées. Hathern était presque désert le soir ; personne ne les aperçut. Enfin, ils arrivèrent à l'église au sommet de la colline.

« Attendez-moi ici. »

Seth descendit la rue en restant soigneusement dans l'ombre. Il n'avait pas oublié la voix sinistre qui avait imité sa mère au téléphone. Peut-être n'avait-ce été qu'un stratagème de Tall Jake, mais depuis lors, il n'avait cessé de craindre qu'il soit arrivé quelque chose à ses parents. Avant de retourner à Malice, il avait besoin d'en avoir le cœur net. Il vérifia que personne n'était en vue et se glissa dans l'allée.

La lumière était allumée dans le salon. Seth s'approcha de la fenêtre ; les rideaux avaient été tirés, mais pas complètement. Seth colla son œil à la fente.

Ils étaient là, tous les deux, papa dans son fauteuil, maman dans le sien. Ils regardaient un jeu télévisé. Sa mère, en survêtement, semblait vieille et fatiguée ; le crâne de son père s'était encore un peu dégarni. Mais ils étaient là, en bonne santé. Seth poussa un profond soupir de soulagement.

Ça avait donc effectivement été un stratagème. Tall Jake n'était jamais venu ici. Ses acolytes et lui avaient toujours scrupuleusement évité de mêler des adultes à leurs affaires. Avec ses pouvoirs, intercepter un coup de fil n'avait probablement été qu'un jeu d'enfant pour Tall Jake.

Mais ce genre de plaisanteries était terminé, maintenant.

Dans le salon, sa mère se mit à rire de quelque chose vue sur l'écran. Son père lui-même eut un petit sourire. Cette vue fit sourire Seth à son tour. Leur fils était parti, mais ils avaient encore la télévision ; c'était déjà ça.

Il remonta la rue vers le cimetière de l'église.

« Tu n'entres pas ? demanda Kady, étonnée.

— Pour leur dire quoi ? "Bonjour, je repars" ? "La troisième fois, c'est la bonne" ? » Il secoua la tête. « Je ne peux pas faire ça.

— Tu ne vas même pas leur dire que tu vas bien ?

— Je leur téléphonerai de la gare, avant de partir. »

Seth se sentait coupable de faire ça ; il aurait voulu pouvoir s'y prendre autrement, leur faire comprendre sa position. Mais il savait que c'était impossible. Il essayait de ne pas être un mauvais fils mais, quoi qu'il fasse, ses parents ne le comprenaient jamais. Peut-être étaient-ils trop différents de lui, tout simplement.

Comme Kady.

« Bon, alors ça y est, dit Kady comme en lisant dans ses pensées. Je... je dois rentrer chez moi. Mes parents... Je sais qu'ils ont dû être à l'agonie chaque seconde passée sans nouvelles de moi. Il faut... il faut que je rentre. »

Justin s'agita, mal à l'aise. Seth et Kady avaient besoin de se dire adieu en privé, et il les dérangeait.

« Bon, je vous laisse, OK ? Allez, une dernière

bise. » Il embrassa Kady. « Tu vas me manquer encore plus que le tigre en conserve !

— Promets-moi de la retrouver quand tu seras là-bas !

— Juré. » Il la lâcha et se tourna vers Seth. « Je t'attends au coin. »

Il traversa tranquillement le cimetière, les mains dans les poches, capuche sur la tête. Kady et Seth se retrouvèrent seuls parmi les tombes, éclairés par la lumière des lampadaires. Le vent soufflait dans les branches.

Kady n'arrivait pas à regarder Seth en face.

« Je suis désolée, chuchota-t-elle enfin.

— De quoi ?

— Je voudrais être comme toi. Me jeter la tête la première dans l'action. Aimer Malice autant que toi.

— Ne t'excuse pas, Kady. Ce n'est pas ta faute, ni la mienne. Nous… nous avons simplement des désirs différents.

— J'aurais tant voulu qu'il en soit autrement. C'était facile de quitter Tatyana et Justin, mais toi ? » Elle avait les larmes aux yeux. « Oh, c'est vraiment nul ! »

Seth baissa les yeux.

« Je ne peux pas rester, Kady.

— Et je ne peux pas venir avec toi.

— De toute façon, je n'ai que deux billets. »

Kady eut un rire qui ressemblait à un sanglot.

« C'est vraiment le moment d'être pragmatique, idiot ! »

Seth passa ses bras autour d'elle. Elle le serra contre lui, de toutes ses forces, comme si elle avait pu le retenir. Mais Seth savait que c'était leur dernière embrassade avant longtemps. Sa gorge se noua.

« Trouve d'autres billets, reviens nous rendre visite, d'accord ? lança Kady.

— Bien sûr. Je trouverai un moyen de passer facilement d'un monde à l'autre. Comme ça, je pourrai revenir te voir souvent. Je pourrai aussi revoir mes parents.

— Promis ?

— Promis. »

Kady cacha son visage dans son cou.

« Et maintenant, qui va prendre soin de moi, Preux Chevalier ? »

Elle recula et s'essuya les yeux d'un revers de main. Puis elle l'embrassa sur la joue et partit.

Seth trouvait que tout avait été trop rapide. Il aurait voulu la rappeler, lui dire adieu correctement. Mais il s'abstint. Il ne pourrait jamais la quitter *correctement*, sans que cela les fasse souffrir tous les deux. Et Kady n'aimait pas les adieux.

Kady sortit du cimetière et disparut. Seth entendit ses pleurs qui s'éloignaient. Mais il ne courut pas pour la rattraper. Pour quoi faire ?

Quand il traversa le cimetière dans l'autre sens, ses jambes pesaient aussi lourd que du plomb. Justin l'attendait. En voyant son expression, il lui tapota affectueusement le bras.

« Courage, mec. Tu la reverras un jour.

— Je sais. Je lui ai promis.

— Dans ce cas, pourquoi tu fais cette tête ? Allez, un peu de peps ! Pense au futur. Tout un monde nous attend ! Dis, c'est par où, la gare ? »

Seth ne put s'empêcher de sourire. La bonne humeur de Justin était contagieuse.

« Il faut aller jusqu'à Loughborough. C'est assez loin.

— Alors en route ! dit Justin. Nous avons un train à prendre ! »

VOUS AVEZ AIMÉ RAVAGE

VOUS ADOREREZ

CHERUB

une série exceptionnelle

de romans d'espionnage